单边楼

梦天岚 著

湖南师范大学出版社

图书在版编目（CIP）数据

单边楼/梦天岚著.—长沙：湖南师范大学出版社，2016.9
ISBN 978-7-5648-2494-5

Ⅰ.①单… Ⅱ.①梦… Ⅲ.①中篇小说—小说集—中国—当代 ②短篇小说—小说集—中国—当代 Ⅳ.①I247.7

中国版本图书馆CIP数据核字（2016）第125807号

单边楼 Danbian Lou

梦天岚 著

◇策划组稿：李　阳
◇责任编辑：王　巍　李　阳
◇责任校对：胡晓军　孙楠楠
◇出版发行：湖南师范大学出版社
　　　　　　地址/长沙市岳麓山　邮编/410081
　　　　　　电话/0731.88873071　88873070　传真/0731.88872636
　　　　　　网址/http://press.hunnu.edu.cn
◇经销：新华书店
◇印刷：永清县晔盛亚胶印有限公司
◇开本：710mm×1000mm　1/16
◇印张：11.75
◇字数：230千字
◇版次：2016年9月第1版　2024年8月第2次印刷
◇书号：ISBN 978-7-5648-2494-5
◇定价：48.00元

凡购本书，如有缺页、倒页、脱页，由本社发行部调换
本社购书热线：0731.88872256　88872636
投稿热线：0731.88872256　13975805626　QQ：1349748847

目 录

光明洗衣店 …………………………………… 001

胡大的遗憾 …………………………………… 011

火车的声音 …………………………………… 021

蚂蚁 …………………………………………… 035

金翅鸟 ………………………………………… 044

粉笔 …………………………………………… 054

单边楼 ………………………………………… 065

跳水运动 ……………………………………… 105

压岁钱 ………………………………………… 110

我的村长叔叔 ………………………………… 124

伯父之死 ……………………………………… 137

镜像 …………………………………………… 145

一窝老鼠 ……………………………………… 163

全是幻觉 ……………………………………… 170

后记 …………………………………………… 183

光明洗衣店

一

我是凭着一种直觉找到光明洗衣店的。那天下班后，我抱着一件黄色的休闲棉衣出门，除身上穿着的这件黑色的风衣，我就没有撑得上门面的衣服用来换，更何况一天比一天冷。走在路上，我把风衣裹得紧紧的，一些细碎的雨点不时夹在风里打在脸上。

拐过一条巷子，光明洗衣店在一个毫不起眼的角落里，门面窄小、低矮，招牌上的字是用红漆写在一块木板上的。透过一块玻璃，一个矮小的中年男人正站在衣案边摆弄着，他身后的衣架上，挂满各种颜色、款式的衣服，地上也堆了一些，看起来生意还不错。

男人好像有点心事，见有顾客来，也不笑，脸看上去就像门外的天气阴沉沉的，眼睛只是斜斜地瞟一眼我手上的棉衣。

我问他："洗一件这样的棉衣，多少钱？"

他接过去看了看，头也不抬一下，说，"十二块。"

我又问："什么时候可以来拿？今天晚上行吗？"

他像是想了一下，然后摇着头说，"过两天吧，两天后什么时候来拿都行。"

我有点犹豫，天越来越冷了，身上的风衣虽然是夹层的，但还是没有棉衣暖和。

男人也觉察到我的犹豫，"放心吧，你到别的地方去洗也要这么久，价钱还要比这里贵。"

"价钱倒是不贵。"我呵一口气,顺便又扫一眼这间窄小、低矮的铺面。

"那就两天吧,两天后随便我什么时候来拿吧?"我又强调一下。

男人找到一支笔和一本洗衣单据边填边说,"你就放一万个心吧。"

我付了钱,把他填好的单据收好。在走出店门时,还特意回过头去看了一眼。

二

两天后,光明洗衣店的那个男人不在,一个体形单薄的女人站在男人的位置。她正在用一个贴着胶布的蒸汽熨斗熨衣服,见有人进来,她咧嘴笑一下,用一种近乎询问的眼光看着我。

"我是来拿衣服的。"我说,一边说一边找出那张单据。

女人看一眼单据后问我是哪一件衣服。

我觉得奇怪,以前洗衣服,只要把单据拿出来,洗衣店的老板就会准确无误地按照单据上的编号把衣服交给顾客。

"难道你们自己不知道?"我的语气里有了明显的不快。

女人看我一眼,又看单据一眼,小心翼翼地问我:"你的衣服是我老公接的吧,他忘记在上面写编号了,只写了棉衣和价格。"

"不好意思,我老公这个人就是粗心。"女人赔着一副笑脸说。

我有点好气又有点好笑,心想,哪有这样糊涂的老板,要是拿错了衣服怎么办。幸亏这店里挂着的衣服看上去都不高档,我也不是那种贪便宜的人,要不,这店早就关门大吉了。

我先将挂着的衣服翻找一遍,没有,再把堆在衣案和地上的衣服找了一遍,还是没有找到我的那件黄色的休闲棉衣。

"衣服呢?怎么没看到?"我有点不耐烦。

"应该不会吧,"女人问,"你那件棉衣是什么颜色的?"

"黄色,是一件黄色的棉衣。"

"是不是那件黄色的?"女人用手指指挂着的一件黄色棉衣问我。

"肯定不是,我那件的黄色跟这件的黄色不一样,我的那件没有这么黄,黄得有点旧,样式也完全不一样。"

"哦,要是这里没有,那肯定是我老公还没有送过来。"

"衣服不是在这里洗吗?"

"你看,这里的地方小,衣服都是由我老公在家里洗好再送过来的。"

"明明说好两天后来拿的,今天已经是第三天了!"

"这就不好意思了,按道理应该是洗好了的,可能晾在家里还没有干。要不你晚上再来,要是晚上没空,最好是明天上午来。"

"明天上午一定有吗?"

"你放一万个心吧。"

她老公这样说她也这样说,心里就越发放不下了。

晚上本来是有时间的,但一想到那句"最好是明天上午来",我就没去,省得又白跑一趟。

三

当我第二天上午跑去拿衣服时,再也忍不住了。

"这还是我的衣服吗?"我手里抓着女人递过来的一件棉衣质问道,"我的棉衣什么时候变成这种颜色了?这还是我的衣服吗?还皱皱巴巴的。"

这确实又是我的棉衣,商标、样式、大小,一模一样,只是颜色由原来的黄色变成了油绿色,以致我差点不敢相信自己的眼睛。

"我老公说就是这一件,颜色应该不会变吧。"女人像是吓了一跳。

"不可能!"我一下子提高了嗓门,"你现在就去把你老公找来。"

"他……他……我……他在家里,离这里很远。"女人像做错了什么似的,站在那里怔怔地望着我。

"我只是要他干洗一下,他凭什么把我的衣服染成这样!"我感觉到我的火气在一股一股地往胸口上蹿。

"我老公这个人就是这样,经常没经过别人同意就自作主张把衣服翻新。"

"翻新?!"她要是不说"翻新"还好,一说我的火气就更大了,"这也叫翻新吗?好好的颜色谁要他翻啦?要是颜色不好,我会去买吗?"

"不是,他可能是看到你这件衣服的颜色旧了点才去翻的。"女人看样子也急，说话的语调有点发颤。

"要翻新，我自己不会说吗？"她越是这样说，我的气就越是不打一处来。

"你自己看看，这哪里还是我的衣服？！"我把衣服翻来覆去地看了看，"还皱皱巴巴的，像缩了水。"

女人赶忙把衣服拿过去，手忙脚乱地找熨斗，"刚洗出来是这样的，我现在就给你熨好。"

女人一边熨衣服，一边又安慰我说："先生，你先消消气，唉，我老公这个人就是这个样子，跟他说了很多回，他就是喜欢自作主张，"女人一副无可奈何的样子，"他自己穿的衣服也是这样，他最喜欢油绿色了，还说这种颜色今年很流行，他自己的衣服也全部染成了这种颜色，好像染衣服不要钱，你看那上面就挂着一件他的衣服，也是这个颜色，真是拿他没有一点办法。"

女人说完，怕我不相信，还特意用晾衣竿拨了一下挂绳上的衣服，指着其中的一件给我看。

我根本就没看，拿眼睛直瞪着她，有好几秒钟。

"你老公呢？跟你一下子说不清，还是把他找来吧。"我努力让自己平静了一点。

女人没有动的意思，脸上的表情由无可奈何变成了愁苦状。

"先生，现在翻新一件衣服都要好几十块呢。"

"可我根本就不需要你们翻新……我，你们怎么能这样呢，人家的衣服你们想翻就翻啊！再说了，你们也没有这样做生意的吧，哦，收了我十二块，洗了，又贴几十块去翻新，这种赔本生意你们也去做，这不是有毛病吗？"说着说着，连我自己也觉得滑稽。心想，我怎么会遇上这种不可理喻的事情呢。

"现在的年轻伢子都喜欢这种颜色，有的事先也没说，跟他们翻了新之后，他们都很满意，上次有个年轻伢子就是这样，唉，好像就是你不喜欢。"女人叹了口气，像是在自言自语，"我老公也是的……"

"别说这么多了，我又不是年轻伢子，我现在还要赶时间，你看这衣服怎么办吧。"我打断她的话，皱起眉头看着她。这确实是一个问题，连我自己也不知道怎么办。要是就这样拿走心里肯定不是滋味，那感觉就好像是自己无缘无故被人耍了一下。

女人看来比我更为难，她想了好一阵后才用一种商量的口吻说："要不，我赔一些钱给你？"

"怎么赔？"我冷冷地问道。我不知道她所说的"一些"到底是指多少钱，事实上我也不想知道，我要的只是一件棉衣，一件和原来的颜色一样的棉衣。

"先生，我和我老公开这样一个店实在是不容易，现在的生意又不好做，你看看，我老公这个人又老是这个样子……"女人停顿一下又接着说，"先生，我知道你是个很好讲话的人，洗衣服的钱我退给你，另外再赔你三十块要得不？"

她一边说着的时候，我就一边直摇头。

我对她说："我不要你赔什么钱，这件衣服就暂时留在这里，再给你三天时间，你要你老公再把这件衣服的颜色翻过来，翻成和原来一样的颜色。"

说完，我转身就离开了光明洗衣店。

接下来的心情很不好，在办公室里我把衣服的事跟同事一说，同事一下子就从凳子上站了起来："那你怎么不要洗衣店赔呢？"

"怎么赔？"我问。

"你花多少钱买的，就赔多少钱。"

"衣服是去年买的，买衣服的单据早就丢了，你说多少就赔你多少，只怕是说不清。"我摇了摇头。

"那怎么办呢？"

"我也不知道，但我要他们把衣服的颜色重新翻回来。"

"那就到时再看啰。"同事似乎也没有更好的办法。

四

本来说好是三天后去拿的，但想来想去还是不放心，或者说是越来越不放心了。要是她没有拿去翻新怎么办呢，真的要她赔吗？如果是赔，又怎么赔呢？最让我不放心的是万一翻不回原来的颜色呢？这完全是有可能的，洗衣店里那么多衣服，谁还记得谁的衣服是什么颜色啊。

第二天我又来到光明洗衣店。

那个男人好像是失踪了，又是女人一个人在店里，见我来了，马上堆一脸的笑。

我走进店里一眼就看到我的衣服还摆在衣案上，还是那种经得脏的油绿色。我知道她还没有拿去翻新，或者说她根本就没想过再拿去翻新。

见我又来了，女人似乎并不感到意外，只是那笑脸夸张得有点假，脸皮像是被人用手往两边拉开了一样。

可能是我的脸色看上去有点沉，女人笑着笑着就有点僵硬。

"看来，你是不打算拿去翻新了。"我像是冷笑了一下说。

"先生，还是照上次说的，我赔些钱给你，还是你自己拿去翻新吧。"女人停下熨斗用类似于征询的眼光看着我。

"怎么又不见你老公？他人呢？哦，把我的衣服搞成这个样子，人就躲起来了。"

"哪里，他在家里忙着洗衣服，没得空。"

"连这点空都没有？"

"家里离这里太远了。"

"要不，你带我去找他。"

"先生，你看，这店里又离不开人。"

"那也不能就这样吧，我也忙得很，没时间和你们耗。"

"先生，真是对不起，下次再也不会这样了，你看……"

"下次？还有下次吗？下次我还会到你这里来洗衣服吗？"

……

接下来，有好几分钟的沉默，空气好像分成凝固的两团，对峙着。

"先生，"女人终于又开口了，"要不你穿上试试看，说不定这个颜色适合你呢。"

"这还要穿吗？"话虽这么说，我还是一把拿过女人手上的衣服，飞快穿上站在穿衣镜前照了照。

"唉哟，这个颜色蛮适合你的，不会比你原来的颜色差，你看看，你再仔细看看。"女人对着我的背说。

"这也好看？"我飞快地脱下，"原来的颜色比这个强多了。"

"你怎么就觉得这个颜色不好看？你看，你看，这种颜色蛮好的，耐看，又经脏，现在到处流行呢。"女人一边围着我转，一边自顾自地说着。

"真是奇怪，你怎么就知道我觉得这个颜色好看？"我被她搞得哭笑不得。

女人愣了一下，见我一副很认真的样子，不好意思地笑了。

"我—就—是—不—喜—欢—这—一—种—颜—色！"我绷着脸，一字一顿地说。

"你硬是不喜欢，那我也没办法。"女人在衣案上随便抓了一件衣服熨起来。

"既然你是这个态度我也没办法，那你就赔吧。"我面无表情地说。

"赔？我上次不是跟你说了吗，洗衣服的费用免了，再赔你三十块。"女人睁大了眼睛望着我。

"我要赔的是这件衣服。"

"那怎么赔啊？"女人的声音一下子小下去。

"我这件衣服原价498块，98块算折旧，你就赔400块吧。"

"你说400就400啊？"

"我有购衣服的单据，我现在就去拿。"明知单据掉了，但我还是装着胸有成竹的样子。

女人听我这样一说，一下子手足无措起来："先生，我不是不相信你，你看，这件衣服就是颜色不对，又没有损坏，先生，再把颜色翻过来就行了。"

"现在不是翻不翻的问题，"我冲她摆摆手，"你要是赔不了，把你老公叫来，你老公要是不来，那我也没办法了，到时你就等着看戏吧。"说这句话的时候，我心里其实有点虚，她老公要是真的不来，除了投诉我也没有什么更好的办法。就算投诉吧，现在投诉的多了去了，一桩桩大得吓人，人家顾不顾得过来不说，更何况你这是一件棉衣，谁能把它当回事啊。或许我是想得消极了些，但即使人家当回事，也不会好到哪里去，再说时间上拖不起，十天半个月算是快的，但这个冬天差不多也就过完了。

女人连着叹了几口气说，"那你今天晚上来吧，晚上他在店里。"

五

晚上，男人果然在店里，那张脸与几天前的一样，还是阴沉沉的，仿佛走进店里和从他店门口经过的人都欠了他什么似的。

"老板，你老婆应该对你说了吧。"我拍了拍风衣的下摆。

"我老婆？她说什么？"男人站在那里连头也不抬。

"赔衣服的事，难道她没跟你说？"我的声音又一下子大起来，并瞪了旁边的女人一眼。女人急忙扯了扯男人的衣角，"刚才我跟你说要赔衣服的那个人就是他。"

"太晚了，今天不洗衣服了，你把衣服拿回去吧。"男人边把衣案上的棉衣推给我边说，好像是这件棉衣是我刚刚才拿来要他洗的。

女人在一旁听他这么一说，一脸无奈地看着我。

"我看你是在装宝吧。"一股怒火直往脑门上冲，我一巴掌拍在衣案上，"你把我的衣服搞成这个样子了，现在倒好，要你赔，你就不认账了，世上哪有这样便宜的事！"

男人把头仰起来，目光有点呆滞地望我一下，又扭过头去看站在他身后的女人，他的脖子看上去有点硬，扭过去好像很困难，明明有点困难但他的身子却一动不动，等他扭过去一点的时候，嘴角掉下长长一串口水。

刚才他还好好的，怎么突然像变了一个人，等他好不容易看了女人一眼再转过来时，他的脸扭曲得变了形。

这时女人忙上前两步拦在我和他老公之间，有点气喘地说，"不瞒你，我老公这个人头脑是有点不大清白，你千万不要在意。"

"到底是他不清白还是你不清白？想赖掉？像你们这种人我见得多了。"

这时男人突然一把将女人拖开，冲我咧嘴一笑说："这个颜色好，像新的一样，不要洗，新的一样。"女人被他这一拖，差点摔倒在衣案下。

男人突如其来的一笑，让我的心悸动了一下，他的笑里仿佛有一种瘆人的光。也就在这一刻，我相信了女人的话，也就是说他是一个头脑不大清白的人，从他刚才一连串的反应来看，不像是装的。如果真是这样，再跟他纠缠下去就没什么意义了。

"你也喜欢这种颜色啊？跟我喜欢的颜色一模一样。"男人涎着脸说。直说得我身上泛起一层层鸡皮疙瘩。

我不再看他，拿起棉衣对女人说，"这次算我倒霉，下次我还会再来找你的。"

说完，我快步走出了光明洗衣店。

六

我不知道还有没有下次，也不知道这种事情还有没有其他人遇到过，遇到了又是怎样处理的。但我想得最多的还是那个女人，女人似乎很爱他的老公，要不然也不会左一个"我老公"右一个"我老公"，仿佛没有她老公她就不是一个女人似的，可他老公偏偏就是这样一个头脑不大清白的人。这样想的时候，我甚至隐约觉出了女人的可怜，也不再为自己就这样稀里糊涂把衣服拿回来而感到后悔了。

但衣服还是要穿的，好好的一件棉衣，好几百块钱，也就是不喜欢这个颜色而已，就这样不穿太可惜了。

我决定还是去找个地方把衣服的颜色再翻过来，翻成和原来一模一样，即使翻不成和原来一模一样，大致差不多也行。

我好不容易找到这么一家能把衣服翻新的店子，店子的老板竟一眼就认出了我手中的这件衣服，"这件衣服不就是前几天在我这里翻过来的吗？怎么又要翻回去？"

我说："我不喜欢这个颜色。"

老板说："你现在不喜欢这个颜色我也没办法了，这衣服的颜色哪里能从深里往浅里翻。"

我说："原来这件衣服我是拿去干洗的，没想到干洗店的老板自作主张给翻成这样了。"

老板说："我知道，那天有个男人急三忙四地拿这件衣服来翻，我问他要翻成什么颜色，他竟然不知道，说随我怎么翻，我就给他挑了这种经得脏也还好看的油绿色。"

"那男人你认识吗？"

"认识，不就是光明洗衣店的伙计吗。"

"伙计？不对，应该是老板吧？"

"他是什么老板，老板经常在外面嫖赌逍遥，他是老板的亲侄子。"

"那女人呢？"

· 单边楼

"女人是老板娘。"

"那翻一件这样的衣服要多少钱?"

"六十块。"

"最低要多少钱?"

"最低不低于五十。"

老板见我有点发愣,就说,"我这里已经是最便宜的了,有的还收到八十块一件,你要是还有什么衣服要翻新我可以看情况再给你优惠一点……"

老板后面还说了些什么,我一句话也没听进去。

在回来的路上,那个女人所说的话,那个男人,衣服翻新,以及我手上的这件棉衣,都是如此不真实,我甚至开始怀疑自己也是不真实的。

七

第二天,同事一见到我眼睛就亮了一下:"什么时候又买了一件新衣服?"

"昨天才买的。"我故意这样说。

"这件衣服好像跟你从前穿的那件款式差不多,但我觉得这个颜色要好看些,也经脏。"同事多看了几眼说。

"是吗?"我笑了,这些天来我还是第一次这样笑。

"那你原来的那件呢?上次你不是说拿去洗坏了吗?赔了没有?"

"赔了,这不,又买了一件新的。"

又一天下午,一件与衣服无关的事情使我又来到这条街。

在经过光明洗衣店门口的时候,我盯着路面,不由自主地加快了步伐,像急于寻找什么,又像是要摆脱什么。事后连我自己都觉得很可笑,再看看自己身上穿着的这件衣服,才突然发现自己与眼前的这个世界有着难以逾越的障碍。

胡大的遗憾

一

胡大的家住在市区附近的农村,去市监狱只要翻过一个小小的山头。每次到市里去,胡大都要经过监狱高墙的外围,胡大也总是边在土坡上走边禁不住踮起脚尖往高墙里面望,就像一个小小的习惯。一晃几十年过去了,监狱的外围由原来的泥疙瘩变成了砖墙,再由砖墙变成厚厚的水泥墙,墙上布满铁丝网,监狱的面积也宽了好几倍,为此胡大很不理解,现在的生活越过越好,怎么犯事的人倒是越来越多了。

胡大活了一辈子都没犯过事,胡大是个良民,或者说是一个安分守己的人,从另一个方面来说,胡大这一辈子活得很平淡,没有起过什么风浪,更没有翻过什么船。胡大经常教育自己的子女说,做人要厚道,千万不要有歪脑筋。话是这样说,胡大虽然在行动上没有犯过事,但并不等于他没动过歪脑筋。

二

有一年,一下乡女知青被安排吃住在他们家里,那时胡大快三十了,跟母亲守着四间瓦房,或许是村里考虑到胡大没娶老婆有意想成全他,才安排一个女知青的。女知青算不上漂亮,但皮肤白皙,身段也好,还讲一口标准的普通话。胡大的母亲自然是欢喜得不得了,整天把女知青当未过门的媳妇,还经常有意给儿子创造机会。胡大虽然快三十了,也有过谈对象的经验,但一遇上这城里来的姑娘竟连主动亲近的胆量也没有。女知青虽然也喜欢胡大,但女知青更喜欢城里,女知青在心里就是把胡大当一个乡下的哥哥。时间一长,胡大的母亲见胡大一直不敢有实质性的行动就在心里着急,她暗地里给

·单边楼

胡大使过无数次的眼色，也明打明地提醒过胡大，可胡大就是一副没有出息的样子。其实胡大天天做梦都在想着如何才能亲近女知青，但一到机会来了，他却又像是一个鼓足气的皮球被针扎了。

一天，母亲走亲戚去了，屋里又只有他和女知青两个人。母亲出门前几乎是戳着他的额头说，要是这次回来还没有动静，今后胡大娶不到老婆就不要怪她这个做娘的。胡大心里没底，但他明白自己的处境和母亲的心情。一到了晚上，胡大的心就像是一群蚂蚁在翻来覆去地噬咬。他一边躺在床上，一边听着隔壁屋子里的动静。开始是女知青细碎的脚步声，衣柜被打开的吱吱声，舀水的哗哗声，木桶搁在地上的咚咚声，木桶里的水倒在澡盆里的声音，然后是水从毛巾里滴落下来的类似于下雨的声音，手搓在皮肤上的声音，毛巾被拧干时的声音，再然后是澡盆里的水泼到外面的声音。胡大知道，女知青已洗完澡了，他还从来没有看到女知青刚洗完澡出来是个什么样子。他轻手轻脚地下了床，把眼睛凑到门边，原来这扇门是有一条缝的，但他从来没有通过这条缝去偷看过，现在他想偷看一下，谁知这条缝又被女知青用一张旧报纸给糊住了。胡大只好又轻手轻脚地回到床上。回到床上之后，胡大就觉得自己又可笑又可恨，还是她母亲骂得好，是男人就应该像个男人的样子。他胡大是个男人，但他有男人的样子吗？胡大觉得自己不像个男人，眼看着日子打着水漂过去了，转眼自己就是奔三十的人了，想着想着，胡大就觉得既难受又窝火。

女知青洗完澡之后，又接着洗换下来的衣服。洗完衣服之后有好长时间没有动静，胡大想她是不是睡了，他不由自主地又来到门边，他看到了从那张旧报纸隐隐透过来的灯光，难道她也像他一样坐在床上想心事？这样的念头一产生之后，胡大就觉得自己一下子好受多了，但很快，他更难受起来，不光是母亲，要是村里人知道他和女知青孤男寡女过了一夜而又什么事情也没有发生会怎么看呢？估计连老村长都会骂他个狗血喷头。更何况自己喜欢这个女知青已不是一天两天了。这时，胡大听到隔壁下床的声音，那细碎的脚步声在屋旮旯儿的便桶边磨磨蹭蹭地停了下来，接着便桶断断续续发出了一种清亮的类似于洋花小调般的声音，紧接着又是脚步声。这回女知青是真的要睡了，胡大只觉得一股热血直往脑门上冲。胡大越是想抑制住，那热血越是奔涌得厉害。这次胡大下床不再是轻手轻脚了，他大踏步地走到门边，他的大脑就像是突然被洗劫了一样，一片空白。

门被敲响了，敲了三下，胡大本来想控制一下敲的节奏，但他控制不了，或者说来不及控制了，急促的三下，这令女知青有点慌乱："胡大哥有事吗？"

"想跟你说件事。"胡大感觉到自己的声音有点发抖，说了这句话之后就抖得有点厉害。

"有什么事不能明天说吗？"女知青下了床，细碎的脚步声到了门边。

"是关于你回城的事。"胡大想了一下说。

门果然一下子打开了，女知青一副很惊喜的样子："你是听谁说的，我什么时候可以回城？"

胡大根本就没有听人说过这件事，他只是找了个由头而已。

胡大没有回答女知青，他的一双眼睛只是在她薄薄的睡衣上摸索。此刻，她就站在自己面前，瞪着一双闪光的疑问的期待的眼睛看着他，他突然伸手一把将她捉住，喘着粗气说："你就不能留在这里？！"

女知青被胡大突如其来的举动吓坏了，一双手本能地抱在胸前，浑身发抖，想挣脱，但她越是想挣脱胡大就抱得越紧，还腾出一只手来把女知青抱在胸前的双手掰开。

女知青大叫道："你要干什么？"

胡大一声不吭地埋下头，一只手摸到了女知青的胸前，女知青像弹簧一样想跳起来，但被胡大有力的臂弯给压住了。女知青的眼泪一下子涌了出来："不要，不要。"她用近乎哀求的声音抵抗着。

胡大好像没听见，像一头野兽一样寻找女知青躲来躲去的嘴唇。眼看就要得逞了，女知青突然发了狠劲，扬起头，咬牙切齿地瞪着他："你再这样我就大声喊了。"胡大愣了一下，也只是愣了一下，手上并没有放松。女知青不再挣扎了，她可能也知道挣扎是没有用的。她扬起手在胡大的脸上掴了一巴掌，大声说："胡大，即使你得逞了，我也会去告你，告你强奸，让你去蹲监狱！"胡大一听到"强奸"和"监狱"这两个词，手上的劲一下子就消失了，手像虚脱了一样缓缓地滑了下来。监狱就在附近，胡大从没想过自己有一天会因为强奸而去蹲监狱。

胡大的眼前一下子闪现出他十二岁那年看到的一个场景：一个越狱的犯人慌乱中藏到了他家茅坑顶棚的稻草垛里，他因翻越监狱的高墙而摔断的那条腿在流血，血沿着稻草秆直往下淌。几个荷枪实弹追出来的狱警一边大声叫嚷着一边搜寻过来，他们在搜到胡大这里时，发现了厕所边的那摊鲜血，"在这里！在这里！"在此起彼伏的喊声中，犯人随即被揪了出来，他拖着断腿，狱警拖着他，拖回监狱去了。听说那次越狱的不只一个犯人，还有两个没有抓到。胡大就想，监狱里一定很苦，要是不苦，他们肯定不会越狱，他至今也没有想明白，那个摔断腿的犯人是如何爬上茅坑的顶棚的，那么高，就是一个正常人也得费一番气力。胡大就又想，我这一辈子无论如何也不能去蹲监狱。

女知青趁胡大正在发呆的时候，使劲将他推了出去，慌乱地将门关紧，插上，然后靠在门上呜呜咽咽地哭起来，哭着哭着那身子就软了下去。

胡大回到自己的床上后觉得女知青捆他的那一巴掌不够重，自己又给自己捆了一巴掌，捆了一巴掌之后，胡大清醒了许多，胡大没想到事情会是这样，但胡大又有点庆幸，就像他有一次在梦里开的那辆车，他不知道自己是如何坐上那辆车的驾驶座的，他握着方向盘，车突然改变方向，他想把方向盘扳过来，但车还是向路边的悬崖冲去，就在这个时候他猛地一脚将车给刹住了。

第二天，女知青就从胡大的家里搬走了，搬去和另一个女知青住到了一起。

半年后，胡大在自家屋后山坡上的林子里搞定了一个对象。女人是外村的，走亲戚经过这里，尿急，就在胡大长势良好的辣椒地里脱下了裤子，正好赶上胡大去给辣椒浇水，他原以为那女人是去偷他的辣椒的，跑过去时看到了女人的白屁股。女人屙完尿正准备提裤子时被胡大从背后一把抱住了。

胡大抱起女人就往土坡上的林子里跑，女人并不叫喊，只是在他的怀里扭动了几下，进了林子后，胡大把女人放在厚厚的树叶上，女人看着他一脸的茫然。胡大问她："愿不愿意做我的女人？"女人摇了摇头，之后，又点了点头。女人点了头之后，胡大才一把将女人的裤子全部脱了下来。

三

就在胡大的母亲为儿子的事伤透脑筋的时候，儿子竟突然出息了，很快就将媳妇娶了回来。更让胡大的母亲笑得合不拢嘴的是这个媳妇不但该大的地方都大而且很孝顺，里里外外也收拾得服服帖帖。倒是胡大还是与以前一样，像有很重的心事，难得看见一回笑脸。

时间过得飞快，女知青回了城之后还来过一次，给胡大的儿女们带了一包花花绿绿的糖。她还是喊他胡大哥，好像那天晚上的事从来就没有发生过。这一次胡大笑了一下，但笑得很不自然。那一年，这里的行政区域变动了一下，离胡大家几里路远的老街正在拆除，据说要建成一个市。如果这里真的建成了一个市，也就是说胡大住的地方其实也算是市区了，至少算是城里吧。进而，胡大就想，女知青要是真的成了他的女人也不算太亏。但女知青回城之后进了一家国营大厂，并很快成了家，这次来只是回来看看而已，看完就走了，他甚至没机会跟她说上几句话。当时胡大还想到了自己的女人，自己的女人在生了两个儿子和一个女儿后又怀上了。这个女人对于他来说，没什么不好，但也没好到哪里去，唯一好的地方就是能生。但能生又有什么好的呢，最好是别再生了，越生越不像个女人了。如今儿子有了，女儿也有了，够了，根本没她的事了，但胡大又想不出什么办法来。胡大的女人才不管那么多，整天腆着个肚子在他的跟前晃过来晃过去。胡大就想，自己的女人与城里来的女知青就是没办法去比，人家也照样生过孩子，但就好像没生过一样。而且胡大的女人还在不断地生，在生了第六个之后才刹住。

六个儿女加上母亲、老婆和他自己，一共九张嘴，也难怪胡大没有笑脸。

胡大成了一头牛，把一家人用绳子串起来全套在肩上，但胡大毕竟不是一头牛，他也有背不动的时候。

那天，胡大正坐在门槛上抽闷烟，他的两个小女儿哭了起来，一个比一个哭得响亮。胡大心里正烦，这下就更烦了，他把烟袋往地上一摔，冲着两个女儿吼道："哭什么哭，老子还没死呢！"这一声吼把两个女儿吓住了，连哭声也吓没了，不光是两个女儿，胡大的女人也吓了一大跳，她一边安慰两个女儿一边嘟哝着："小家伙还不懂事，你吼她们干什么？"胡大一下子蹦了起来："就是你，只知道生生生，一家人就等着饿死算了。"女人一听眼泪刷地一下就下来了："我只知道生生生，还不是你晚上干的好事，你以为我想生啊。"女人的话把胡大给噎住了，他拾起地上的烟袋又坐到门槛上抽起来，想想也是，这能怪自己的女人吗？但不怪她又能去怪谁呢？别看现在这些嘴巴还小，但小嘴巴会一天比一天大，那得需要用多少东西去填啊。胡大正想着，有人跑过来喊胡大，上气不接下气地说村里的一头牛跑到他的自留地里去了。胡大跳起来抓起一把锄头就往自留地跑，一边跑一边骂："畜生，别人的土里不去吃偏要跑到我胡大的土里去吃，我宰了你！"

那头牛是村里最健壮的一头水牯，体形高大威猛。胡大跑到它面前的时候，它并无一点惊慌的神色，一边甩动着粗硬的尾巴，一边有节奏地咀嚼着口里鲜嫩的菜叶，它的富有挑衅意味的怡然自得让胡大高高举起手中的锄头。水牯鼓起眼睛望一眼胡大和胡大举起的那把锄头，然后掉过头去，似有几分不屑地从土里拔出它深陷其中的蹄子，再然后慢慢悠悠地走了。胡大的锄头没有落下，在半空中停了一下，最后砸在自己的脚前。

晚上，胡大怎么也睡不着，当一个人穷得睡不着的时候，也往往是他没有办法的时候，在没有办法的时候，胡大突然想到那头牛，如果他把这头牛偷出去卖掉，至少这一年就不用发愁了。这个想法一旦从脑子里跳出来，就立马像一只生铁爪子把他给抓住了。当然，胡大不可能现在就去把这头牛偷出来，这头牛白天刚刚去过他家的菜地，要是晚上就去偷，很容易让人想到是他偷的。他必须等待一个合适的时机。

胡大太了解村里的这头牛了，这头牛有个特性，就是见不得母牛，只要让它看到哪怕只是闻到母牛的气味它就会反应强烈，首先是长哞，然后就是踢腿摆头，任凭怎么拉也拉不住，你只能眼睁睁地看着它向母牛狂奔过去。村里的牛棚布局也似乎应了这种特性而有意将公牛和母牛隔开的，左边关的是母牛，一条道直通山后；右边关的是公牛，要绕过院落经过一口池塘才能到达村口。胡大就想，如果要偷，是绝对不能牵着它经过母牛那里，要是那骚劲十足的公牛听到母牛一叫唤，全村人都会被吵醒。唯一的办法就是绕过院落和池塘，从村口出去。但这样肯定会很麻烦，他必须还得牵着这头牛从村口再绕到通往后山的那条路，走后山不易被人察觉，即使有人追来，山上的掩体容易藏身，再说了，只要翻过两个山头，这事就算是天皇老子也能给蒙过去。当然，他不能把牛直接牵到附近的市里去，新市区还在建设之中，村里来来往往的人多，要是去了，正好被逮个正着。但翻过两个山头就不一样了，听说那里有人专门贩牛卖，从来不问你这牛是哪里来的，一手交钱一手交牛，对方付了钱牵了牛就走，干干净净，利利索索。想着想着胡大就激动起来，激动得一个晚上也没有睡。

四

胡大终于等来了一个月黑风高的夜晚，胡大的女人见这些个晚上胡大不沾她的身又老是迟迟不睡就问他是不是病了。胡大骂了一句，你是巴不得老子生病吧。女人讨了个没趣，含糊不清地嘀咕了几句就歪过头去不再理他。到了后半夜，胡大轻手轻脚地出了自家的门往村里的牛棚摸去。快要靠近牛棚时，突然"喵呜"一声，一只猫从头顶的屋檐上蹿了下来，吓得胡大浑身一紧。胡大想，幸亏村里的那条狗在一个月前被人打死了，要不他也绝对不敢来偷牛。

除了风在耳边发出的咻咻声，还除了那只猫远去的叫声，村子里显得很安静，甚至安静得有点可怕。但胡大还是麻着胆子摸到那一溜牛棚的跟前，他伸出手掌，连五根手指头都看不清，他就一路摸过去，一边摸一边数，摸到第五间他停了下来，这是他白天特意过来确认过的，这间关着的正是那头水牯。

胡大三下两下就将门栏的木头一根根取了下来，然后解开拴在门顶上的绳子，这时胡大看到了水牯黑沉沉的轮廓。"谁让你到我的土里偷吃。"胡大一边扯了扯手中的绳子，一边在心里念着，仿佛是因为这头牛先偷了他土里的菜他才来偷它的。其实不是，胡大心里明白，他之所以这样念是为了给自己壮胆，从小长到这么大，胡大还是第一次偷东西，更何况这东西这么大而且是个活的。

胡大又扯了扯手中的绳子，里面的黑影开始动弹起来。

这时胡大听到附近有一声咳嗽，他顿时心胆欲裂，马上躲进了牛棚里。他仔细地听了听，那咳嗽声是从附近的一个茅房里传出来的，而通向那间茅房的正是他要把牛偷出去的必经之路。胡大只听见自己的心像是被撞击的沙袋一样，嘣嘣嘣地弹来跳去。"趁现在还没有人发觉，撤还来得及。"胡大又在心里对自己说。一旦想到了撤，胡大酝酿了十几个夜晚的计划就像是大水冲在建在沙堆上的堡垒一样，一下子全垮了。

第二天，胡大听到村里人很奇怪地说："那头水牯一大早自己挣脱绳子和木栏跑到禾田里去了，把一分田的禾苗啃了大半边。啃了禾倒是小事，幸亏没跑远，要是跑到后山那边去只怕就完了。"

有人不相信，就问："好好的怎么会自己跑出来，是不是昨天晚上有人想偷牛。"

"应该不会吧。"胡大虽然心虚还是在旁边装模作样地插了一句。

"嘿，要是这偷牛的被当场给抓住了就有得他受了。"

"起码也得判他好几年。"

胡大一边听着一边背脊上就冒出冷汗，心想，幸亏他胡大及时跑了。但过了几天之后，胡大又有点后悔，那牛不是自己也跑出来了吗，这跟一个人牵出来还不一样，不是也没被人发现吗？要是那天晚上他再忍耐一下，说不定就神不知鬼不觉了。这样想的时候，胡大就在心里对自己说，后悔什么呢，后悔了你还可以再去偷啊。但胡大再也不敢去偷了，甚至一想起那天晚上的情景就感到后怕。

五

　　从那以后，胡大认为自己是个胆小鬼，正如他母亲以前说的，他不像个男人。等他觉得自己真的像个男人的时候，也就是他在市里打工挣钱回家的时候，因为他的六个子女不要饿肚子了，并且能陆陆续续地供他们上学了，如果他多卖点力气，还能给自己的女人添置一件像样的衣服。

　　市里正在搞大规模建设，外省人都来这里打工，何况是胡大。比起他们来，胡大挣的钱要多得多，他早出晚归，连中餐都是自己从家里带去，基本上不花什么钱。外省的就不同了，挣了钱首先得养活自己，来回的车费、伙食费、房租费、买日常用品、喝酒打牌找廉价的马路妹，哪样都得花钱，真正能寄回去的也就不多了。

　　这脚手架上上下下的事情干久了，也就熟络了，熟络了好，有人请，胡大这临时工就干得像个城里的铁饭碗。这里完工那里又接着干，很少有歇着的时候。胡大的大儿子初中还没毕业就把书本一丢跟在他的屁股后面。也好，小家伙读书不行，干起活来倒是利索得很，不到一年，十八般武艺就学得有模有样了，每个月挣的钱也比他少不到哪里去。胡大心里高兴啊，以前嫌老婆生多了，怕养活不了，现在从大儿子身上他看到了多生有多生的福气。如今大儿子后面还跟着自己的二儿子、大妹子、二妹子、三儿子、三妹子，一个个看上去都不像是能读书的料，正好一个跟着一个出来挣钱，天大地大还是钱最大，要是他们都出来挣钱，那日子就红火起来了。但很快胡大又泄了气，这后备力量是多，但儿女们大了是要成家的，他们挣的钱得一分不少地存起来，娶媳妇的要娶媳妇，嫁人的要嫁人，同样也是一个接着一个。

　　胡大或许从来就是这样矛盾的一个人。

　　倒是有一种人让胡大怎么想也想不明白，那就是蹲在监狱里的犯人。胡大每天从监狱那里过几乎都会看到他们，年龄大的估计跟他差不多，年龄小的估计跟他的大儿子差不多。

　　后来市监狱扩建，胡大带着大儿子去了，这是胡大第一次如此近距离和犯人接触。监狱似乎并不像想象中的那样戒备森严，那些犯人也各自有一定的活动空间。由于工地上人手紧，有一部分犯人充当了民工，帮着挑沙、卸砖、挖土方，有的在清扫，有的在厨房里生火、洗菜、淘米，连掌勺的大师傅都是剃着光头穿着囚服的犯人。他们的眼神里总有一种闪闪烁烁的狡黠的光，但他们干起事来倒蛮认真。当然他们不认真肯定是不行的，据监狱的看守讲，他们都在想方设法给自己加分，要加分就得看平时的表现，他们刑期的长短与加分的多少关系很大。胡大没有分加，他也不需要加分，他是一个良民，他只是觉得有趣，他甚至假想自己也是他们中的一个。如果真是这样，他的加分一定会很高，因为他不仅是个良民，而且是一个勤劳刻苦的人。有时胡大还能看到监狱里的敞篷解放牌汽车上站满了犯人，就像是装着大棵的青菜萝卜开到市里面去，车子一边开，犯人们就一边跟着车子摇晃一边唱着笑着，看得胡大直发呆。他们有什么值得开心的事呢，胡大怎么想也想不明白，他相信像他胡大这样一个人更应该有理由开心，但他就是开心不起来。

胡大见大儿子有时干活也不专心，时常盯着正在干活的犯人看，就对大儿子说，做人要厚道，千万不要有歪脑筋。大儿子听了一声不吭，扭过头干活去了。胡大就觉得这儿子太像自己，甚至比自己还要老实巴交。胡大不知道他应该为此感到高兴呢还是担忧，想想老实巴交终究不是什么坏事，自己这么多年还不是平平安安地过来了，这样想着的时候胡大又感到有几分释然。

经常有人到监狱里来送一些钱或者物品，其中有一个很漂亮的女子，隔不了几天就会来一次。女子的长相和身段自然不用多说，一看就是让人的眼睛一时半会拐不过弯来的那种，再就是那穿着，肯定是富贵人家的女子。经打听，女子是来看她的情夫的，一个四十多岁胡子拉碴的中年男子，经常隔着门上的铁栏两人的手就死死地抓在一起，女的总是如带雨梨花，男的总是不断地用手去擦女子脸上的泪水。男的是因为经济犯罪关在这里的，数字大得吓人。胡大倒是不关心这些，他心里想的是，这样的男人莫说是关起来，就是死了也不冤，至少他胡大这一辈子也不可能遇上这样的事。想着想着他又想到了女知青，心里就很不平衡，但他知道，即使是他那天晚上犯事坐了牢，女知青也绝对不会来看望他的，如果女知青能来看望他，他即使是犯了事也绝对不会来坐牢。想到这里，胡大不禁有几分凄苦地笑了一下。还有那头牛，胡大想着想着又想回来了，要是他因偷牛而关起来了呢？可以肯定的是，他的女人会来看她，他家挨这里近，她肯定会天天来看他，但谁稀罕呢。

市监狱又一次扩建的时候，胡大没有去，他的大儿子、二儿子、大女儿去了。胡大觉得自己老了，干不动了，加上儿女们都成了家，他是应该好好地歇一歇了。

无事又无聊的时候，胡大就到村口上去转悠，村里人看见就会过来打招呼，年轻一点就在"胡大"后面加一个"爷"，就像女知青在"胡大"后面加一个"哥"一样，都叫他"胡大爷"。这一叫胡大就知道自己是真的老了，也就是说这一辈子快走到头了,胡大不想这么快,胡大又慢不下来。胡大总觉得自己还有什么很重要的或者对于他来说是很重大的事情没有干,但他又无法确定那重要的或者说重大的事情具体是指什么,胡大的心里因此经常慌得厉害。胡大的女人又开始疑心胡大是不是病了,胡大不承认,说你才有病呢。

六

胡大六十大寿这天,村里人都前来祝贺,胡大破例喝了几杯白酒,并即兴讲了几句话。话的意思是说他胡大这一辈子没有做过什么亏心事,虽然也苦过累过,但那些都挺过来了,没什么大不了的,现如今儿孙满堂,他胡大高兴,这做人哪,还是厚道好,千万不要动什么歪脑筋。一边说,胡大还一边抹了几下眼眶。胡大的女人就在旁边笑他,你是喝多了,糊涂了。胡大脖子一梗,谁说我糊涂了,我清醒得很。

酒席还没有散,胡大就支撑不住了,胡大的女人把他搀扶到床上,然后又去招呼客人去了。

这时,胡大做了一个梦,他梦见自己被黑白和无常捉到了阎王爷那里。

阎王爷问他:"你就是胡大?"

胡大应道:"我就是胡大。"

阎王爷又问:"你对自己的生前还满意吗?"

胡大答:"满意。"

阎王爷又接着问:"你难道就没有什么遗憾的事?"

胡大想了想说:"有。"

阎王爷问:"有什么遗憾的事?说来听听。"

胡大说:"遗憾的就是这一辈子没蹲过监狱。"

阎王爷一听乐了:"那好办,我就再允许你多活几年,让你去蹲一次监狱。"

胡大一听就蒙了,自己怎么会想到要去蹲监狱呢?当即吓得大叫起来。

胡大的女人刚把客人送走,听到叫声,不知发生了什么事,跌跌撞撞地走了进来,只见胡大靠在床上,口里喘着粗气,满头是汗……

火车的声音

一

作为湖同社区的工作人员，刘江每天的任务就是了解社区的新动向并继续关注以前存在的一些悬而未决的问题，问题有大有小，大到人身安全，小到鸡毛蒜皮。每个月进行一次整理，然后向社区的领导汇报，社区领导根据每个月的汇报情况不定期主持一个由居民代表参加的会议，主要是征求意见和商量解决问题的办法。

近两年，湖同社区周围的环境变化很大，先是搬来了一个轻工业品批发市场，很快这座城市公共汽车的终点站也设在了这里。后来又添了一条火车货运专线。湖同社区一下子就变得热闹起来，或者说异常热闹。每天只见大街上到处是南来北往的客商和长短途汽车，来来往往的人多，车也多，湖同社区的周边环境也变得复杂了，连刘江这个平时装模作样只跑腿不流汗的小办事员也正儿八经地奔跑起来。

最近刘江遇到了一件烦心事。住在刘江隔壁的莫老爷子跟他提到噪音问题，噪音确实是一个大问题，只要不是聋子，只要你住在湖同社区，这噪音问题就没办法回避。莫老爷子今年六十八了，年轻时干过木匠，当过兵，在一家工厂里做过技术员、车间主任。莫老爷子最大的能耐就是生了三个好儿女，个个都在外面赚大钱，自从老伴死后，莫老爷子就一个人守着这套三室两厅的房子。刚开始，刘江经常跟莫老爷子开开玩笑："莫老爷子，现在的社会不同了，别老是一个人憋着。"要不就是："莫老爷子，有什么不好解决的，社区可以跟你想办法，但有东西放在家里不用就不行，放久了会生锈的。"刘江不笑，一本正经地说。莫老爷子有点转不过弯来，曾经还私底下问过别人，社区的刘干事说我有什么东西放久了会生锈，我能有什么东西生锈呢，想了大半天就是想不起来。被问的人听了只管捂着肚子笑，笑完了也不点破他。直到第二天莫老爷子才醒过神来，碰见刘江就用手指点着他的头骂，原来你是在拿我这个老头子寻开心啊。这样的玩笑开多了，莫老爷子就不再把刘江的话当回事了，刘江一个人笑，莫老爷子则只顾低着头走路。

刘江也记不清是从什么时候起，莫老爷子开始变得心事重重的。他经常一边走一边用手挠他那颗秃头还一边嘀嘀咕咕。想跟他开几句玩笑，他总是手一挥赶刘江像要赶走一只苍蝇一样。后来他就跟刘江提到了噪音问题，说这个市场太闹了，当初市政府就不应该把这样一个大市场搬到湖同这边来，现在说这些已经晚了，但你们社区的领导总该想点办法吧，这样闹下去那还得了，我这个老头子还想多活几年呢。

过了一段时间，莫老爷子又找来了，说现在的汽车司机一点职业道德也没有，他们除了按喇叭还能干出什么好事，明明知道这里是社区，政府不也在马路上竖了禁止按喇叭的标志吗，他们就没看见，眼睛长到裤裆里了。莫老爷子在反映上述这些问题时，眼冒精光，神情愤怒，仿佛那些喇叭全是刘江一个人按的。其实反映噪音问题的不止莫老爷子一个人，只是谁也没有像莫老爷子这样认真和费劲。社区也就这个噪音问题讨论过许多次，每次讨论的时候，莫老爷子都是作为居民代表参加的，但每次轮到他发言的时候，他要么不吭声，要么就梗着脖子说，早知道你们要来问我，我还向你们反映什么。搞得社区领导哑口无言，表情甚是尴尬。

按喇叭的问题还没讨论出个什么结果，谁知火车的问题又紧接着出来了。

莫老爷子是在忍无可忍的情况下向刘江反映的，这是什么狗屁火车，平时不叫，偏偏在晚上十二点钟和早上六点钟叫，还让不让人活了。

莫老爷子反映的情况千真万确。莫老爷子有失眠症，晚上本来就睡不安稳，这火车一叫，即使是睡安稳了也会给吵醒来，他的这些痛苦谁都能够理解，毕竟不像年轻人，过一段时间就习惯了。

这天，刘江正因一件与在社区停车有关的小纠纷要去看看，正好在楼梯口碰到莫老爷子，莫老爷子也低着头，刘江跑得急见他又低着头就没喊他，谁知与他擦身而过几步远之后，莫老爷子回过头把他给喊住了。

"小刘啊，上次我提的那个事你反映了没有？"莫老爷子抚着楼梯的栏杆一脸严肃地问。

刘江装作这才看清是他，赔着笑脸回道："原来是莫老爷子啊，对不起，刚才走得急，一下子没看清楚。"

"我是问你上次的事你到底向上面反映了没有？"莫老爷子又问。

"唉，最近事情比较多，不过您放心，您反映的问题我都记着呢，明天我就去帮您落实。"刘江有点不好意思地说。

"小刘啊，这可不单单是我一个人的事，湖同社区的每一个人都有份，你可要分清楚，只是这么久了没有人提我才提出来的。"莫老爷子似乎很不高兴，脖子一梗说。

"对对对，您说得很对，是我们整个社区的事情，明天我就去向领导反映。"

第二天一进办公室刘江就把莫老爷子提出的噪音问题向领导反映了。正在桌子边写着什么的领导听了后不知所以地笑了一下："这个莫老爷子，他那脑壳里进水了，天天就装了这些事。不过老刘啊，对待这样的老人我们要有耐心，遇到解决不了的问题要想办法开导，没有办法，说法总还是要有一个吧。我们社区是多年的先进了，不能因为个别人的不满把先进给丢了哇，尽量把工作做细点。"领导说完又趴在桌子上写起来。

想想，刘江觉得还是领导说得对。问题固然重要，先进比问题更重要，先进要是给后退了，那可是大问题。

领导说了，遇到解决不了的问题要想办法开导，开导刘江倒是会，但办法总还得想出来。领导见刘江不出声，就首先开导刘江说，"小刘啊，你想想看，那火车整天在这个闹市区转悠，它怎么可能不叫呢？你又不是不知道，火车路边的铁丝网早就叫人给捅开了，哪天万一有人在铁轨上走来走去，它要是不叫，压死了人怎么办？影响了休息这也是客观事实，但休息总不会比人的生命更重要吧。"

领导就是领导，平时神龙见首不见尾，一遇到什么问题总能洞若观火，拿得起放得下。刘江说，领导你就放心吧，我去找莫老爷子说说。

在没有找莫老爷子说之前，刘江决定先去铁路上走走。

铁路就修在立交桥的下面，一条锈黄的铁轨从远处的酒店、居民区、工厂、街道所组成的夹缝里像蛇一样游走过来，铁轨两边有两条狭长的用石头和水泥垒成的沟渠，沟渠上面长满了一人多高的杂草，这些杂草从两边向铁轨伸出来，草叶上像沾满了黑糊糊的油烟，有些草尖已经腐烂，草堆里随处可见白色的塑料袋、可乐瓶、废弃的针管和报纸的碎片。在靠近桥下一个巨大的桥墩时，铁轨拐了一个弯从立交桥下穿过然后从湖同社区和轻工业品交易市场的后面绕进去。此时还不到货运的时间，一个中年男人正挑着一担蔬菜在铁轨上摇摇晃晃地走着，他后面十几米远的地方，一个妇女正拉着一个小男孩的手走走停停。

刘江的脑海里又回响起领导的话："它要是不叫，压死了人怎么办？"这样一想，刘江一下子变得底气十足，这火车不叫怎么行呢？它是应该叫的，它不叫，那些在铁轨上走的人怎么会知道火车来了，又怎么知道及时避让。要怪也只能怪活在这个世界的人太多了，或者说不要命的人太多了。

没想到在回来的路上刘江正好就碰到了莫老爷子，莫老爷子一双手背在背后，这回他好像是事先知道刘江会经过这里而特意等在这里的。见刘江过来了，他一把把他拉到了一边。

"小刘，问题反映了？"

"反映了。"

"社区领导是怎么答复的。"

"社区领导？哦，社区领导对这个问题很重视，您就放心吧。"刘江的脑壳在拐了一下弯之后说。

"那就好，那就好。"莫老爷子的黑脸一下子就舒展开来，"只要领导重视，事情就好办了。"

二

星期五，社区召开居民代表会议。

刘江先把已得到解决的问题作了一个总结性汇报。譬如上个月有人提到的湖同花园的问题，花园水池里的水已重新换过，里面乱丢的杂物已得到了全面的清理，并就往水池乱倒垃圾的行为专门起草了一个制度。这个制度已用油漆写在一块木板上，这块木板就钉在花园的旁边，希望社区的广大居民互相监督，遵照执行。前不久的停车问题也基本上得到了解决，本社区居民的私家车一律停在划好的黄色停车线内，对外来车辆的管理办法我们也做了一些修订，关于停车收费的标准也都写进了新的门卫出入制度里。还有就是社区卫生问题，以前社区组织大规模清扫时总有不少家庭无动于衷，有大量的时间用在麻将桌上，却没有时间去擦一块玻璃，社区广播喊爆了，就是不予理睬。不像有些家庭，为了社区的形象工程，自己工作忙没时间，就花钱从外面雇请清洁工，里里外外搞得干干净净……另外还有……

刘江往本子瞟一眼，坐在对面的领导则瞟一眼刘江又看一下手表。刘江正一件一件地接着往下说着，正准备说到莫老爷子提出的噪音问题时，领导突然冲刘江挥了挥手。刘江就想，可能是他说得太啰嗦了，要不就是领导还有其他的急事。领导把双手交叉放在桌子上，轻轻地咳了一声，然后说："刚才小刘把社区近段的工作汇报了一下，大家也听到了，我们的工作还是卓有成效的。当然还有这样或者那样的不足，但作为社区的服务工作人员，我们的工作就是尽自己最大的能力给大家分忧解难。"领导抬腕看了看手表，"待会我还有一个重要的会议要开，时间有点急，如果大家还存在什么问题，赶快在这里提出来，小刘做好记录，社区会积极想办法予以解决的。"领导说完，抬起眼皮扫视了一圈。

十来个居民代表叽叽喳喳了一阵，却没有人站出来。领导又扫视了一圈，然后说："既然大家没什么问题了，我看，今天就到这里为止吧。"领导正准备起身，坐在角落里的莫老爷子突然站起来说："既然大家都不提，那就由我来提吧，上次我跟小刘反映的噪音问题，不知什么时候才能得到解决？我记得这个问题我已经跟小刘说过好几次了，上次在市场里我还问过小刘，小刘说已经反映上来了，"莫老爷子看了刘江一眼之后又接着说，"大家又不是不知道，尤其是我们这些上了年纪的老年人，一到晚上就睡不好睡不着，好不容易睡着了，又被火车的叫声给吵醒了，这个问题一天不解决就没有一天能睡得安稳。"

莫老爷子这样一说，其他的代表马上就有了共鸣，会场上你一言我一语乱成了一锅粥。

"我也有同感，火车的声音那么大，一叫起来好像整个房子都在摇晃。"

"我现在每天要等火车在十二点叫过之后才敢上床睡觉。"

"以前，我是要到后半夜才能睡着，早晨八点钟起床，现在一到早晨，只要六点钟的火车一叫，就再也别想睡了。"

……

好不容易，领导才让会场安静下来。他站起来一边摆着手一边提高了声音说："请大家放心，关于这个问题我们一直在想办法，但凡事都有个过程，现在的情况大家也很清楚，湖同社区本来就处于闹市区，噪音问题是在所难免的，大家一方面应该表示理解，另一方面我们社区也会想办法与市里的有关部门协调。如果还有什么事情请大家先反映到小刘这里来。今天的会就开到这里，散会。"

莫老爷子的嘴唇动了动，好像还想说什么，但此时会议室里只听见凳子噼里啪啦地响，与会人员都已起身准备离开会场了。

莫老爷子几步追上刘江说:"小刘啊,你不是说已经反映了吗?"

刘江显得有点不耐烦:"反映了啊,领导刚才不是也说了吗?这不正是在想办法吗?莫老爷子啊,您也太心急了点。"

刘江说完急匆匆地走了。

"我……"莫老爷子搓了搓自己的耳朵,嘴里嗫嚅着,突然像记起了什么想把刘江喊住,但此时的刘江已跑出了老远。

三

一个月过去了,莫老爷子又先后找刘江问过不下十次,问得刘江的耳朵都快起茧子了。最后一次莫老爷子跑到了刘江的家里,他的情绪看上去很激动,像是刚刚受了某种刺激。刘江要他坐下来说,他不坐。莫老爷子劈头就说:"你们这些当干部的都一个样,表面上一套,背后里搞的是另外一套,我一个老头子,你们也当猴耍。"

刚开始,刘江还能沉下气来,说:"莫老爷子啊,话可不能这么说,事情并不是您想的那么简单,您以为能解决就一下子能解决啊。"

莫老爷子冷笑了一下:"你不必跟我讲什么道理,问题解决了才是硬道理。依我看,你们根本就没有把这个问题放在心上,你们要是解决不了,我自己解决好了。"

莫老爷子一边说一边喘着粗气。刘江把手中的烟掐灭,看着莫老爷子急剧起伏的胸脯说:"好,好,你既然这样不相信社区的领导,那你就自己想办法解决吧,今天这个话可是你自己说的,出了什么事我们可一概不管。"

莫老爷子的脸一下子变成了猪肝色:"管,管,管,连向你们反映的这点小事都管不了,你们还能管什么!我就不信,谁还能把一个老头子怎么样?"莫老爷说完,气咻咻地回自己家里去了,身后的那扇铁门被他关得啪啪响。

四

不知道是不是上次刘江说的话太重了,伤了他莫老爷子,原本那样温厚的一个人是越看越不对劲了。有人甚至向刘江反映说,莫老爷子是不是中了邪,突然变得不怎么理人了,好像这个社区的人都亏欠了他什么似的。也有人反映说,莫老爷子年龄越来越大,火气也越来越大了。这些刘江都听着,一边听还一边点头,这不是敷衍,他们所反映的也正是刘江所想的。但每次刘江总是在听别人说完之后机械性地补充两句,说可能是莫老爷子最近心情不大好,人绝对是个好人,我跟他是多年的邻居,这一点我比你们都清楚。

事实上刘江也觉得莫老爷子的火气越来越大是有原因的,别说是莫老爷子,就是刘江自己摊上这些事也会发火,只是刘江的手里经常提着一桶水,火苗一旦蹿上来就及时地用这桶水给浇灭了。

有一次是社区的环卫工人在过道上焚烧垃圾。整个社区里搞得乌烟瘴气,空气中弥漫着十分难闻而又极为复杂的气味,当时刘江一边捏着鼻子一边就在心里骂。待刘江离那堆垃圾还有二三十米远时,看见莫老爷子也站在那里破口大骂,骂这世上就是少不了这种缺了心肝烂了肺的人,骂这是在放毒,是在杀人。见刘江过来了,眼白一翻,骂得就更起劲了,好像是故意骂给刘江听的,甚至连社区办事处也连筋带骨一起骂了。还有一次是深更半夜有人在楼底下争吵,当时刘江正在床上做一个好梦,由于争吵的声音很大,一下子就把刘江吵醒了,一场久违的好梦就这样咔嚓一下断了。争吵的是一对夫妻,刚从一楼的一家私人麻将馆打完麻将出来。女的骂男的是一头猪,那样在旁边提醒他还要放别人一个大炮。男的显然不服气,说这能怪我吗,你以为我是神仙,我怎么晓得那就是一个大炮,本来我是不打的,你偏偏又要我打,站在我旁边转来转去,转得我心里烦,现在输了钱就来怪我了,等等。声音很大,越来越大,刘江当时真恨不得丢个炸弹下去(如果他有的话),正这样想着的时候,隔壁阳台的窗户哗啦一下给推开了,随即听到楼下一只空瓶子砸在水泥地面上的碎裂声,这声音就像一副猛药,或者说是一把刀子,楼下的争吵声戛然而止。刘江知道那个瓶子就是莫老爷子砸的,幸亏没有砸到人,也正因为没有砸到人才让人觉得特别痛快和过瘾,要是这瓶子由刘江来砸,他肯定会瞅一眼下面的空当,但莫老爷子似乎是不假思索就把瓶子给砸下去了。第二天,一男一女找到刘江,一进办公室,女的就大呼小叫,说昨天晚上差点出人命案了,这事你们一定得管一管。男的在旁边附和说,我看清楚了,瓶子是从莫老爷子的阳台上砸下来的,那天晚上,只有莫老爷子阳台上的窗户开了一下。办公室里只有刘江一个人,他指着这对夫妻数落道,你们还有脸找到办事处来,你们以为别人吃饱了饭没事干,平白无故就拿瓶子砸你们啊,你们自己也不想想,深更半夜了还在为打麻将的事争来吵去,打雷一样,谁听到都会有火,丢个瓶子算是客气的,要是有炸弹,只怕也会有人丢。听刘江这么一说,夫妻俩的气焰一下子就下去了,可能也自知理亏,相互恨恨地瞪了一眼,口气就软了下来,我们这不是在反映情况吗,像莫老

· 单边楼

爷子这样动不动就想砸人的人，实在是太危险了，幸亏没砸到人。他们的口气一软，刘江的口气也软了许多，说本来社区里是不允许赌博的，但考虑到某些人的精力没地方去，也就睁一只眼闭一只眼算了，这不，还是搞出状况来了，你们就不能在自己家里关起门来吵吗？莫老爷子是冲动了点，我会去找他说的，如果你们还是这样，难免有一天会出大事的。

发生这样的事情还好理解，接下来发生的一件事就让人觉得有点不可思议。

那天，一辆红色的士突然从立交桥下的转盘处直插过来，差一点撞到公交车左边的前灯上，然后拐了一个弯在前面十几米远的地方停住了。公交车司机在紧急刹车之后，迅速打开车门从驾驶室里跳出来，直奔那辆红色的士。

公交车司机气急败坏，而那个长着娃娃脸的的士司机好像也不甘示弱，两个人从争吵过渡到相互谩骂不过就是一瞬间的事情。自恃身材高大的公交车司机终于忍不住一巴掌打中了的士司机的头部，一眨眼的士司机打开车门钻出来，对着公交车司机一头撞过去。的士司机的个头还不及公交车司机的腋窝，年龄大约二十来岁的样子。果然不出所料，的士司机很快就被打得一塌糊涂，打着打着，的士司机干脆不还手，公交车司机打着打着似乎也觉得自己过分了点，怕把事情闹大，住了手正准备脱身，但事情似乎远远没有完结，的士司机用右手死死地揪住公交车司机的衣服，左手摸出手机拨了个号码。

两人僵持了大约两分钟的样子，从市场里冲出来几个与的士司机年龄相仿的外地青年，很显然，这是刚才的士司机打电话喊来的帮手，情况一下子发生了逆转。眼看着公交车司机这回吃不了要兜着走了。

正在这时，莫老爷子不知从哪里钻了出来："吵什么吵！吵什么吵！"

他站在一个略高的水泥台上，两手叉腰，双目圆瞪，头稍稍向上昂起，一副凛然不可侵犯的样子。那几个青年与的士司机交换一下眼色，的士司机摇摇头表示并不认识。他们就以为这个人站出来是跟公交车司机出头的，便撇开公交车司机冲上去将莫老爷子团团围住。

"老头，你怕是活得不耐烦了吧。"其中一个边骂边推了莫老爷子一把。

刘江一见情况有点不妙，就上去劝解，但那几个青年根本就不把刘江的劝解当回事，他们中的一个一把拉开刘江，其他几个将莫老爷子围在了中间。

莫老爷子的额角眼看着就肿了起来，他一只手撑在地上，一只手摸了摸自己的腰，他努力挣扎着想站起来，屁股上又被踢了一脚，莫老爷子刚刚想抬起一点的头部又倒伏下去……

莫老爷子在医院呆了差不多有一个星期，刘江代表社区办事处去探望过两次。两次刘江都想和莫老爷子好好谈谈，但两次都无法谈下去，莫老爷子只是目光呆滞地盯着别处，刘江问他，他也是有一搭没一搭，两眼发直，双手经常握成拳头状，一边握就一边不住地发抖，心情也极不稳定。由此可见，莫老爷子不再是原来的莫老爷子了。

"莫老爷子还好吧。"领导问。

"还好。"刘江答道。

"幸好只是皮外伤，这个莫老爷子啊，人家年轻人打架他也敢搅和进去，真是越活越糊涂了。"领导像是自言自语。

"是啊。"刘江也有点心不在焉。

"哎，你说，莫老爷子是不是出什么毛病了？我总觉得他有什么地方不对劲。"领导像是突然想起什么似的问道。

"是啊。"

"小刘啊，上次我要你去找他谈谈，谈了吗？"

"谈了。"

"平时如果没什么要紧事，你还是多抽点空与他再谈谈。"

"还怎么谈啊？"刘江嘴上没说心里在说。只怕是没得谈了，依莫老爷子现在的这副样子，谈什么也是白谈。刘江突然就觉得莫老爷子其实很可怜，而自己当初的态度也是恶劣了点，当初他如果耐心好好开导他，可能不至于像今天这样。

五

时间转眼又过去了半个多月，在这段时间里，莫老爷子再也没有找刘江说过噪音的问题。刘江只知道他每天一早就出去了，不到吃晚饭的时间见不到人，刘江觉得很奇怪，问社区的人，他们也不知道莫老爷子早出晚归到底是干什么去了。

有一天天快黑了，刘江吃完晚饭想到市场上去转一转，迎面遇到莫老爷子，他还是像以前那样低着头，与往常不同的是，他的手上拿着几样东西，竟然是一支毛笔、一本毛边信纸和一瓶墨汁。刘江哈哈一笑："莫老爷子，准备练书法啊？"

莫老爷子像是没听见，头一直低着，脚步反而迈得更快了。

刘江讨了个没趣，但一想这未尝不是一件好事，像莫老爷子这样一天到晚没事干的人能够练练书法，倒可以修修心养养性。

接下来的一个星期莫老爷子几乎很少出门。偶尔出来买菜，路上碰到有人打招呼，他也是不理不睬。有好几次刘江想到莫老爷子的家里去看看，但走到门口又打住了。

刘江忙，星期天也没闲着，他本来想带着女儿去公园玩的，正准备出门，领导的电话就来了，要他赶到办公室去。

领导桌子上有一个信封，鼓鼓囊囊的。领导眉头一皱说："刚才铁路部门的人来了，这封信就是他们拿来的，小刘，你先看看。"

刘江把信封一打开就知道是莫老爷子写的，毛边信纸整整有十七页，全部用不成体的毛笔写的，看得出来，莫老爷子为写这封信是花了心思的，每个字的每一笔每一划都用了劲，可能是因为墨迹还没有干透，有的信纸粘到了一起，其中有不少字成了模糊不清的墨团。读完两页刘江就读不下去了，语句不通，错别字也不少，翻来覆去说的无非是噪音问题如何危害到人的身心健康，请铁路部门引起重视予以解决云云。

"这个莫老爷子，我看是走火入魔了，这不是在闹笑话吗？"领导说着说着脸色就很不好看。

"我再去找莫老爷子说说。"刘江小声说。

"最好是把他写的这封信也退给他。"领导双手一摊，一个劲地摇头，"这个莫老爷子在写这封信之前还曾多次找过铁路部门，就连他们也觉得这个老头是不是脑袋有问题。接下来还不知道他会搞出个什么事来。"

六

当刘江把信退还给莫老爷子时，莫老爷子的手剧烈地抖了几下，一双浑浊的眼珠子差点鼓出来。但他还是什么也没说。

这天像往常一样，刘江打算把最近一段时间的意见整理一下，刚坐下来桌子上的电话响了，一接是找领导的，领导问是哪里打过来的，刘江说是为民律师事务所的王律师。

领导觉得奇怪，他跟王律师从来没打过什么交道，他怎么会打电话过来。王律师在电话那头问："你们社区是不是有一个姓莫的老头？"

"请问你找他有事吗？"

"不是我找他有事，是他有事经常跑到这里来找我。"

"他找你有什么事？"

"他要我帮他打官司，我干律师这么多年，还从来没有人为噪音的事打过官司。"

"他能跟谁打官司？"

"他说他要把公交公司、铁路部门告到法庭上去，哦，还包括你们湖同社区。"

"这个姓莫的老头是个神经病。"

"我觉得他是有点不正常，所以特意打个电话来核实一下。"

……

七

刘江特意在墙头的挂历上多翻了几下，因为再过一个礼拜就是他的生日。在按响莫老爷子家的门铃时他还哼着一首歌。门铃响了很久，一首歌哼完了，他才听到莫老爷子穿着拖鞋踢踏着走到门边的脚步声，为了让莫老爷子看得仔细一点，刘江还特意对准猫眼将脖子往后靠了靠，好让他的这副尊容与猫眼保持一个适当的距离。谁知莫老爷子的脚步声又踢踏着走到里屋去了。刘江不甘心，使劲地敲起来。这一次莫老爷子把门打开了，很不友好地剜了刘江一眼，也不打招呼，背过身又踢踏着穿过卧室径自到阳台上去了。

莫老爷子看来是很不欢迎他，这刘江能够理解，事实上他向刘江反映的问题没有一样得到了解决。

"莫老爷子，你家里好像有一股锯木灰的气味。"刘江装作若无其事的样子，先是在他的客厅里转了一圈，然后故意提高了声音。

话音刚落，就听见阳台上传来嘎吱嘎吱的锯木声，这声音吓了刘江一跳。刚才还觉得奇怪，心想这气味是不是莫老爷子新买了什么家具散发出来的，根本就没想到是莫老爷子真的在锯木头。

阳台上，莫老爷的秃头正在他身体的耸动中冒着细细密密的汗珠。尽管他家的阳台是封闭式的，但太阳光还是透过玻璃照了进来，阳台的空气看上去就像是一团浑水。

"莫老爷子，亲自做家具啊。"刘江用一种讨好的口气说。

"刘干事，有事你就说吧。"莫老爷子头也不抬。

"没事，"刘江从莫老爷子的脚边捡起一块刨过了的条形木板，"只是来看看你的伤好了没有，现在看来一点事都没有，我就放心了，你先忙吧。"

· 单边楼·

  莫老爷子正在一门心思地锯一根一米多长的木头。
  "手艺不错嘛。"刘江说。
  一听有人赞他手艺不错,莫老爷子抬了一下头:"好多年没搞,手生了。"
  "这是在做什么?"刘江终于忍不住问。
  "没做什么,一个人没事干,好玩。"莫老爷子用一种警惕的眼光看了刘江一下。
  刘江没有再问,他做什么并不是刘江这次来的重点,一个人闲着无聊找点事情干才是正常的,怕就怕他无事生非,莫老爷子以前干过木匠,重温一下自己的手艺完全是有必要的。他既然没有什么想谈的,他刘江就不应该勉强他,这是刘江的为人准则,说是工作准则也行得通。本来刘江想问问他最近的睡眠质量如何,有什么需要帮助的,但看到他那副挥汗如雨的样子,刘江就什么也不打算问了。装着有点兴趣的样子,把那块条形木板翻来覆去看了几遍。
  时隔一个礼拜,也就是说那天恰好刘江过生日,正在家里热闹着,领导突然打电话找他,要他到办公室去一趟,尽管刘江是一万个不乐意,但领导平时是不打电话给他的,听领导的口气好像这件事很急,刘江就去了。
  领导的脸色很不好看,他指了指丢在办公室角落里的一块木牌问他:"你知道这是谁干的吗?"
  刘江不知道到底出了什么事,只见那块木牌上用油漆写着四个字:"禁止鸣叫",还像小学老师批改作业一样在上面打了一个红色的"×"。
  "这牌子是哪里来的?到底出了什么事?"刘江问。
  "这牌子是刚才铁路部门的同志拿来的,他们说有人私自将这块木牌插在立交桥下的一个拐弯处,要我们帮忙查一查,看是不是我们湖同社区的人干的。"
  "应该不会吧。"刘江拿起角落里的木牌仔细看了看,总觉得有点眼熟。
  "没有什么应不应该的,林子大了,什么鸟都会有。"领导点燃一支烟吐了一口又接着说,"这交通上的标识都是有规定的,私人乱设标识是一种违法犯罪行为,我看这个人不是脑壳有问题,就是胆大包天。"
  "应该不会吧,"刘江突然一拍脑壳,"想起来了,上次我去莫老爷子家里看到过的正是这块木牌,只是当时还没有刷油漆。"
  "又是他,这个莫老爷子,怎么又是他。"领导惊愕地看着刘江,呆了足

032

足有一分多钟,"这件事还是由我来处理吧,你碰到莫老爷子就当没这个事,免得再刺激他。"

八

莫老爷子的行为越来越古怪,原来清清爽爽的一个人,现在只要隔一段时间没看到他就差点认不出来了。

有一天刘江从背后喊莫老爷子,他转过身来竟然好像不认识刘江了,就好像听错了一样又把头转了过去。要不是那颗醒目的秃头,只怕刘江也会怀疑这个人到底是不是他曾经熟悉的莫老爷子。这么热的天,他竟然穿着一件带夹层的旧军服,脚上还蹍着一双翻口的毛皮鞋。就连刚才回过头来看刘江的眼神,也有一种说不出来的涣散和暗淡。看来,莫老爷子是真的老了,老得不成个样子了。

后来,刘江就不去找莫老爷子了,找也是白找,就连社区里的人也像是在有意疏远他。这个莫老爷子也是怪,他好像并不在乎这种疏远,每天一个人上楼下楼,总是行色匆匆,仿佛有忙不完的事情,可谁也不知道他在忙些什么。有一次领导又召集开了一次会,与会居民代表中唯独莫老爷子没有参加,领导明明知道他没来,也没有问刘江什么原因。会后才对刘江说,莫老爷子不来参加也好。

九

这天早上,刘江正在楼下的小餐馆里吃一碗面条,听见有人议论说,莫老爷子今天早上大约六点钟的样子在立交桥下被火车撞死了。刘江把手中的碗筷一丢,就直奔立交桥。在去立交桥的途中,领导的电话过来了。

"小刘,你赶快赶到莫老爷子出事的地点,要是现场有记者采访,你就说这个人不是湖同社区的。"

"为什么?"

"没有为什么,回来再跟你解释。"

"我正在路上。"刘江一边喘着气问,"记者?哪里的记者?"

"我听说市晚报的记者已赶到出事现场去了。"

"知道了。"刘江啪地挂断,在说这几个字的时候,连刘江自己都觉得语气有点冷硬,但也顾不得这么多。莫老爷子的死实在是来得太突然了,他怎么会跑到铁路上去呢,他一大清早跑到铁路上去做什么,难道是活腻了?昨天还看到他在市场里面转悠，怎么今天就……一边跑，刘江这心里头就有点隐隐作痛。

等刘江赶到立交桥的时候，一个中年男人正佝着身子往下面看。桥下的铁轨上已空无一人，在离桥墩大概十几米远的地方，散落着两只翻口毛皮鞋，左脚的那只歪倒在两根枕木之间，右脚的那只指着桥墩的方向，两只鞋相距大约两到三米的样子，形成一个锋利的锐角。

"对，对，当时应该是快六点钟的样子，我准备到市场里去买菜，平时买菜我一般骑摩托车去，正好摩托车昨天晚上被一个朋友借去了，我就只好走路。走到这里我站了一会，正准备点支烟，这时，我亲眼看到一个老头从桥墩下走出来，我知道这个时候火车就要来了，平时差不多也就是六点钟的样子就会听到火车叫，于是我就在上面喊他，火车来了，火车来了，要他赶紧从铁轨上下来，但他好像什么也没有听见继续沿着铁轨往前面走。"

中年男人一边比划一边咽了一口唾沫接着说："正在这个时候，火车叫了起来，这一次火车叫的声音拉得老长，我记得清清楚楚，他对着火车过来的方向喊了几声'吵什么吵、吵什么吵、吵什么吵'，然后继续往前面走，走了不到几米，我在桥上看到火车已从那片居民区里拐出来了，要是这个时候他跳到旁边的沟里去应该还来得及。"

中年男人重重地咳嗽了一下："但他还是继续往前面走，对，对，一直走到那两只鞋子的地方还要往前面一点点，站住了，火车又叫了起来，这一次的叫声很短，但一声接一声，那个老头双腿岔开对着迎面开来的火车好像一点也不知道害怕，我看见他还用手指着火车头，好像还在不断地喊着什么……"

蚂蚁

一连好几天了，我一直被一种莫名其妙的情绪困扰着。我不断地对自己说，这样下去肯定不行。但这个世界好像铁定了心要跟我作对，我并没有招惹它，但我总感觉自己在它的胃里陷着，我的腿老是拔不出来，这种感觉让我胸闷、头晕。尤其是站在脚手架上的时候，我就胸闷和头晕得厉害，有时身子虚空得像悬浮在空气中，有时一顶安全帽也沉重得像一座山，压着我。再这样下去总有一天我会从脚手架上摔下去的。我跟工头说，我快不行了，我必须请两天假。工头就在后面两天的日志上提前给我画了"×"。我走到大街上，还是胸闷，我奔跑，大口地喘气，我想把堵在胸口的类似于棉絮的东西呕吐出来，但无济于事。我又不断地问自己，这是怎么啦？这到底是怎么回事？

一个月前我做过一次全身检查，健康状况良好。一个星期前我对着一张拣来的过时的晚报做过一次心理测验，心理状况也很正常。

走到一个花坛边的时候我停住了脚步，这是今年新修的花坛，红的黄的白的紫的花在这里排成合唱的队形，但它们并没有真的唱出来，或者只是在心里唱，倒是花坛周围来来往往的车流和人流一直在唱在叫在吼。花坛的四周都由磨得发亮的大理石拼成，照得见人影，我照了照，我的脸显得模糊而灰暗。

我不知道自己为什么要跑到这里来，以前我挺喜欢这种地方，做梦都想住在城里最繁华的地段，随着大学梦的破灭，我开始讨厌这种地方，尤其在辗转漂泊了这许多年之后的现在。我讨厌挖土机可可可的声音，讨厌一幢幢房子被拆除时扬起的灰尘，讨厌新的住宅区里电钻发出的哒哒声，讨厌越升越高的起降机，讨厌这里的一切。可讨厌总比害怕好，总比一个人呆在一个安静的角落里强，如果是那样，我会更加敏感自己的存在，对于我而言，要是能够感觉不到自己的存在该有多好啊，但这可能吗？当然不可能，不像以前呆在大山里，眼不见心不烦。可我还是跑到这里来了，怪谁呢？谁也怪不上。或许一个人的注意力不能太集中了，太集中的注意力一旦分散，你身边所有的东西就会突然像洪水一样打着漩缠住你，把你淹没或者卷走。

我现在就处于这样一个漩涡的中心。

我就着花坛的边沿坐下。想想真有点滑稽，这个花坛与漩涡是多么相似。想到这里，我甚至莫名其妙地苦笑了一下。在我的对面，一个胖胖的中年男子原本是半边身子蜷缩着的，而就在我苦笑的时候，他看了我一眼。他努力地把颈子抬了抬，面部表情有点狐疑，眼白向上翻了一下，仿佛我是一个不太知趣的人。当然，肯定不是，我可以发誓。事实上我也并没有对他造成什么不利的影响，倒是他的眼神古怪得像一把无形的铁爪，一下子伸过来在我的心里抓了一把。我有意地侧过身去，把右腿绕到左腿上，把头偏过去不再看他，表示我根本就没有想过要去招惹他。

一只蚂蚁爬到我的脚边，它探头探脑地在我的鞋跟处嗅着，并这里看看那边望望，像是有满腹疑问，又像在寻找攀援的路径。说句心里话，面对这样一只蚂蚁我竟然有点自卑。我脚上穿的总是一双半新半旧的解放鞋，我的裤子通常要比我的腿短上一截，要是坐下来就显得更短，至于脚踝向上露在外面的肤色完全是日晒雨淋的结果。当然，比它们更黑的还有我的手臂和脸。但这只蚂蚁仿佛看出我是它的同类，很快像是作出了决定，它开始沿着我的鞋后跟往上爬，它爬行的速度比较快，在爬到我的小腿肚时我竟然没有什么感觉。接着它又沿着我的裤管一直向上爬，我把腿转动了一下，就这样看着它，看着那漆黑的比米粒还小的身体在深秋的太阳下泛着黑亮的油光。

这时，垫在中年男人身下的几张报纸发出刺耳的摩擦声，紧接着是双脚落地时鞋底突然击打在地面的啪嗒声。那个半躺着的中年男人差点从坛沿上滚落下来，幸亏他反应快，双脚在着地时及时用双手给撑住了。坐稳之后，他像是惊魂未定，头部迅速地转动了几下，那神情仿佛是在怀疑刚才有人推了他一把。他向四周张望一下，然后很快将目光落到我的身上和脸上。

我笑了一下，目光有点游离。那只蚂蚁在爬到我的膝关节处折转身子开始走下坡路。

眼角的余光告诉我，那个人已起身，并在向我走来。我有点紧张，仿佛刚才真的是我推了他一把，害得他差点从花坛上摔下来的。但很快我又消除了这种紧张，我猜想他是不是准备走了，回家或者到别的什么地方去。我对陌生人一直有一种很强的戒备心理，说得更准确一点，我有点怕生。但那人的脚步声还是在走到我的跟前时停住了。

"有没有打火机？"他弓下身子问。

我抬起头，见他手上捏着半截烟头，准确地说是一截黑到只剩下一点点的烟屁股，就觉得有点意外，像他这样穿得还算有点式样的人该不会去捡地上的烟屁股抽吧。

我迟疑了大约两秒钟，像突然想起来似的赶忙摸自己的口袋，我的烟虽然不上档次，但总比烟屁股要好，这让我一下子找到了一点自信。我抽出一支递给他。我想他一定是身上没烟了，又不好直接向人家讨烟抽，就故意拿着一截烟屁股以点烟为由来暗示我，我虽然智商不高，但这点意思还是领会得出来的。我想这下他应该满意了，应该在点燃烟之后心满意足地走了。他接过烟放在鼻子底下狠狠地嗅了几下，然后出乎意料地像宝贝一样揣到口袋里，手里拿着的仍然是那截烟屁股！我觉得这有点不可理喻，但又不好说什么。我还是把打火机打燃了，火蹿得有点高，他把那截烟屁股叼到嘴里，脸侧着凑过来，用力地叭了几口，还眯着眼瞟了我一下。

"火太大了。"他嘟哝了一句，毫不客气地从我的手中抓过打火机把阀门拧紧了点。打了几下后见火小下去了，就又将打火机塞到我的手里。我以为这下他应该走了，谁知他紧挨着我坐了下来。

"喂，"他用手肘弯碰了我一下，"这个地方不错。"

我哼了一声算是回答。

"在等人吗？"

"没有。"我回答得既简单又干脆。

"不等人坐在这里干什么？"他又问。

我奇怪地望了他一眼，因为我不知道他问这个干什么，我等不等人关他什么事？一个陌生人，以点烟为名搭上你，该不会有什么其他的目的吧。我突然一下子警惕起来，并有意向左边的空地方挪了挪屁股，好与他保持一定的距离。

"交个朋友吧，我叫老B，院子里的人都这样叫我。"他一副满不在乎的样子。

见我不搭腔，他指着前方说："就在前面那个路口，向左拐，再向右，前面一点点，有一个大院子，院子门口有几棵很高很高的树，我就住在那里。"

·单边楼·

"哦。"我爱理不理，连这个"哦"字也哦得含含糊糊。但在哦完之后，我还是多了个心眼，把他说的地方在脑子里打了个转。前面那个路口，向左拐，再向右，前面一点点……不对！我们去年还在那里呆过两个月，那地方我太熟悉了，根本没有什么能说得上很高很高的树。除此之外哪来什么院子，连住户都很少，他这不是明摆着在糊弄我吗？

"院子里有一口井，井边上长满了草。"这个叫阿B的人边说边把手掌伸到自己的头顶，他的意思是要告诉我井边的草长得比他还高。

不远处灰蒙蒙的工地上，与我一同出来的老乡和其他外乡人正面目全非地在脚手架上忙碌着，他们宁肯赌博把好不容易到手的工钱输掉，也不会耽误一天的工期。此刻与他们比起来，我所拥有的应该是一段虽说不太真实但应该称得上有几分悠闲的时光，但这种悠闲被这个陌生人一纠缠后，让我感到无聊透顶，进而强烈地感觉到一种想要发泄的愤怒。

"那口井是一口水井，"我故意顺着他的话说，"前几年里面还淹死了一个人。"

"你怎么知道？"他怔住了，神色惊讶地反问我。

"我为什么就不能知道？"我提高了声音。

"其实那个人不是淹死的，井里的水早就干了，信不信由你。"他肯定地说。

我没想到他还会接着煞有介事地说下去，明明是一个无中生有的事，再说下去即使是一个假的也会被说成是真的。我低下头来看了看，一只蚂蚁爬到老B的鞋后跟里去了，好像就是刚才爬到我裤管上的那只，又好像不是，谁能够肯定呢。但我突然觉得这样说下去还他妈的真有点意思。

"你怎么知道？"这下轮到我反问他了。

他把头放低了些，显得好像有点紧张，一副神秘兮兮的样子。

"是被人杀了丢到井里面去的。"

"你亲眼看到了？"

"不需要看到，还要看到干什么，我就有一把那样的刀子，这么长，这么宽。"怕我不相信，他伸出两根食指向我比划。

"好像还是个女的吧。"话一出口连我自己也觉得有点好笑。

"是个男的，个子和年龄跟你差不多。"他上下将我打量了一下然后有几分得意地说。

"是你把他杀死的吧。"我终于忍不住了。

"开国际玩笑,我怎么会杀人呢?你看我这个样子像一个杀人的人吗?"他的神情一下子变得严肃起来。

我没有回答他像还是不像,因为我突然觉得一个圈子兜到这里已经寡然无味了。

"喂,你怎么不说话?"老B说,"很明显那是情杀,可有人硬说是谋财害命,真是无聊,一个案子破了几年也没破出个什么名堂。"

我还是假装没有听见。

见我在盯着一只蚂蚁发呆,老B就将话题转到了蚂蚁身上。

"你对蚂蚁感兴趣吗?"他问。问过之后他好像有点兴奋和激动,而这种兴奋和激动竟然是蚂蚁带给他的。这简直有点令我无法接受。

我不屑一顾地摇了摇头。对蚂蚁感兴趣那应该是小时候的事情了。记得最清楚的一次就是几个小孩一起在山路上对着一群蚂蚁尿尿,尿完了,抖几抖,一齐蹲下来,看尿液如何泛着泡沫沿着踩得溜光的路基跑一样地流下去,看蚂蚁们又是如何狼狈地乱窜或挣扎着被冲到山坡下面。然后一个个用手指着它们大笑,说不出是因为好奇还是因为好玩,一点也不觉得残忍。

"我几乎每天都和蚂蚁在一起,信不信由你。"他快活地说。

"你家里是养蚂蚁的专业户?"我在鼻子里哼了一声。我之所以这样猜,是因为有一段时间我在报上看到一则广告,说养蚂蚁如何如何好,如何如何来钱。我当时还动了心,也曾经打电话去问过,不打还好,一打吓了一大跳,电话那头大嘴一张:培训费是多少多少钱,资料费是多少多少钱,由对方提供种蚁,按只算,又是多少多少钱。后来才知道是骗人的把戏,幸亏自己没有上当。

谁知我话音刚落老B竟然哈哈大笑起来,连连说:"你看我这个样子像吗?"

"像。"本来我不想回答的,但心里有点窝火,就故意这样回答他。

"如果不像,那你天天盯着蚂蚁看又有什么好看的呢?那不是很无聊吗?"为了让他觉得我不是在敷衍他,就补充了一句。

"我只是很羡慕它们,"老B说,"你说这人哪,活什么活?活得还真他妈的不如一只蚂蚁。"

这句话从老B口里说出来倒是有点出乎我的意料,因为他跟我想的差不多,尽管这在我看来就是一句废话,但我还是对他产生了一丁点好感。

"在那个大院里,我经常丢一些碎馒头让它们搬,在它们看来,我一定

单边楼

是一个救苦救难的菩萨,他妈的,其实我什么也不是。尽管我给了它们馒头,让天上掉下了馅饼,但是……"

他顿了一下,喘了一口气之后向我伸出两个指头,像剪刀一样剪了几下。

是有好久没抽烟了,我在递给他第二支烟时,神思有点恍惚。他好像有点不满,又冲我做了一个打火的动作,我醒悟过来,掏出打火机,没来得及打燃就被他一伸手拿了过去。烟点燃后,他狠狠地吸了一口,但并不急于将打火机还给我,他喷了一口烟又接着说道:"但是它们该干什么还是干什么。"

又是一句废话。我把注意力分散到打火机上,因为那是我的打火机。

"你到底是什么人?"我盯着老B手中正在玩弄的打火机终于忍不住问。

"你问我以前是干什么的?"他脸上的肌肉向上耸了耸,一边很自然地把打火机揣进自己的口袋里。

真是好笑,那明明是我的打火机,他居然一声不响地把它揣进了自己的口袋。

老B做了一个双手一摊的动作:"什么也不干,一天到晚吃了睡,睡了玩,玩了又吃,还有人招呼,信不信由你。"

"那你一定是很有钱了。"

"钱算个卵?"他激动得一下子站起来,双手使劲地拍了拍裤兜以及裤兜上沾着的灰尘,"我有的是钱,他们都找我要,他们不找我要我也把钱给他们,钱算什么,我他妈的就从来不带钱,一分钱也不带!"

"那你现在有钱吗?"

"没有。"

"没有钱总该有权吧,要不,谁来给你买单?"

"我要权干什么?你不是存心想害我吧?"

我冷笑了一下,然后伸了个懒腰。

见我不出声,他又坐下来神情暧昧地俯在我耳边说:"喂,想不想女人?"

我摇了摇头。看来这又是一个无聊的话题。

"是男人都会想,像你这样一个人待在外面,不想女人肯定是假的。"

不想确实是假的,但光想有什么用,没有钱什么都是假的。

"告诉你一个秘密,没有钱照样可以玩女人,昨天晚上我就玩了一个,信不信由你。"

蚂蚁·

"有这样的好事？"我望了他一眼，故意逗他。

"我对她说我身上没有钱，如果要钱我就不干，嘿嘿，她说你把我看成什么人了，一分钱也不要。"

老B似乎越说越来劲越说越得意了，不时用手拍一拍我的肩头，"真他妈的爽，她一边笑一边就来脱我的衣服，我的裤头打了个死结解不开，她就用牙齿咬……"一边说他还一边真的掀开自己的上衣，让我看他裤头上的牙齿印。

"后来呢？"我问。本来我想说，是你自己咬的吧。

"后来？后来我有点累，睡着了，等我醒来的时候她已经不见了，信不信由你。"

"哎，你不知道她有多漂亮，她是我见到过的最漂亮的女人，信不信由你。"

"你能不能不说'信不信由你'？"我一听他说"信不信由你"就有点不舒服。

"你到底信还是不信？"

"我信，当然信。"

"光信有什么用，明天我就带你去找一个。"

"到哪里去找？"

"街上啊？街上到处都是啊。"

"那我自己也会找啊，可我没钱。"

"要钱干什么？"

我盯着老B，心里突然觉得好笑，但马上又觉得有一种说不出来的难受。

"就像这地上的蚂蚁一样，你想要哪只就哪只，"老B突然目光发直地叫起来，"不对，它们是一大群人，一律穿着黑衣服，它们力气大得骇人，见人就打见东西就砸。"

我吓了一大跳，没想到老B会突然这样。但老B说着就一下子站了起来："对，它们还穿着雪亮雪亮的高跟鞋，走起路来大摇大摆……它们一脚就能将这里的花坛踢翻，一拳就能将对面的房屋打倒。哈哈，它们就在那里！你看看，你看看，喏，它们就在那里！"

顺着他手指指着的方向望过去，那里是熙熙攘攘的人、车流、红绿灯、市政大楼门口升起的巨型氢气球和五颜六色的条幅。

要是真的像老B说的这样，这个世界将会是一个什么样子呢？我的情绪渐渐被他调动起来，那些原本堵在胸口的像棉絮一样的东西正在像糖一样一点点融化。

"你说的那个女人该不会是一只成了精的蚂蚁吧。"

"蚂蚁？她不是蚂蚁，我也不是，哈哈哈，有人说我是一个……"

说到这里他突然压低了声音问我："你杀过人吗？"

"杀人？"我反问他一句，"难道你真的杀过人？"

兜了一大圈似乎又兜到了原地方。

"咔嚓，"他用手做了一个"切"的动作，"前天我又杀了一个，信不信由你。"

"你到底杀了几个人？像你这样的人怎么没被抓起来呢？"

"当然抓过，但我就不能逃出来吗？"老B见我不相信似乎有点生气，对我有点爱理不理。

"就算你能逃出来，你也不可能说自己杀过人吧。"

"信不信由你！"老B这下真的有点生气了。

"那你告诉我你杀了些什么人。"

"不能告诉你。"

"为什么？"

"这是秘密，不能随便让人……"

老B的声音戛然而止。不知什么时候，三个男子出现在我们的面前。站在前方的那个头上戴着一顶白色的圆筒帽，上身穿一件西服，打着领带，脚上穿着一双白色的跑鞋，看上去既怪异又别扭。左边那个穿一件领口很低的羊毛衫，露出一团浓密的胸毛。右边那个看上去则文弱得多，他穿着一条浅色的灯笼裤，留着长长的指甲，长长的头发上扎了个马尾。

"他是你什么人？"圆筒帽指着我问老B。

"他是我刚认识的朋友，但我不认识你们，你们问这个是什么意思？你们想干什么？"老B愣了一下，然后歪着头不解地问。

我不知道究竟发生了什么事情，也不知道即将发生什么事情，因为事情来得太快，一点心理准备都没有。但我还是像突然反应了过来，赶忙冲他们点了点头，仿佛在说他说的一点也没错，我是他刚认识的朋友。

也就在这一瞬间，我将一团乱麻的脑子稍稍梳理了一下：这三个人难道是乔装的警察？如果是，那么我刚才认识的这个叫老B的朋友岂不真是一名在逃的——正如他自己所说的那样——一个杀人犯？如果他是，那么我这个自己承认了的"他的朋友"岂不是会受到牵连？这样一想，我的心一下子揪了起来，脑子里一片空白，更要命的是，胸口里的那堆棉絮也跟着迅速膨胀起来。

"把他带走！"圆筒帽对另外两个男人说。

两个男人上前一步架住了老B的双臂。老B突然发力想挣脱，架住他的那两个人似乎早就知道他会来这么一手，两边一用力将他按了个结结实实。

"哎哟，你能不能轻一点，他的指甲抠到我的肉里了。"老B龇着牙对着长指甲叫了一声。

"你们为什么要抓他？"明知多余我还是忍不住问道，我感觉到自己吐出的每一个字都带着颤音。

"与你无关。"胸毛说。

我在感到头部一阵阵刺痛和眩晕的同时也松了一口气。

"你们凭什么带我走？你们凭什么？"老B在推推搡搡中突然使劲地扭过头来大声地嚷道。

我站在原地没有动，看着三个人架着他穿过花坛，穿过马路，在走到马路对面那棵硕大的法国梧桐下时，老B又扭过头来，他奋力从裤袋里摸出那个打火机，向我示意，这次他是冲我喊的。

"明天我还会再来。"

怕我没听清，他扭过头跳起来又冲我喊：

"明天再见！明天再见！"

我看到他鼓凸的眼球和费力呲着的牙，心里狠狠地哆嗦了几下。

走到快看不见了，他还不时回过头来，跳起来对我喊。只是我已听不见了。

第二天我没有去花坛。工头找到我，问我身体好些了没有，行不行，要是不行，他准备换其他人。我抖了抖沾满尘土的工作服很平静地说了一句，你想怎么样就怎么样吧。工头听了非常意外，近乎惊奇地看着我，仿佛一天不见我就变成了一个怪物似的。好，好，好，他说，我再给你一个下午的时间考虑。快要走出工棚的时候，他又转过身来说，如果在晚上还没有一个确切的答复，明天你就可以走人了。

下午，当我在工棚里再一次与一只蚂蚁相遇时，我觉得它跟我以前见过的任何一只蚂蚁都不一样，我试图找出其中的原因，但找了整整一个下午，也没有找到。

金翅鸟

一

有一种长有金翅的鸟一共在村里出现过三次,每一次出现都是在村里发生灾难的时候。

"第一次是付姓和胡姓的那场械斗,死了三个人,重伤二十好几,轻伤百余人。那样的打斗我这一辈子只看到过一回。"村长说,"那时我还穿着开裆裤,我爹就是在那场打斗中死的。"

秋宝娘在喊秋宝把家里的牛牵出来。

秋宝不去,大哥和二哥都在家里,秋宝要娘去喊他们牵。秋宝娘喊不动秋宝,气得大骂:"秋宝你个砍脑壳剁脑壳的,连娘的话都不听……"秋宝任娘骂,接着问村长:"那第二次呢?"

第一次秋宝听村里很多人都说过了,付老大的腿就是那一年被打折的。那一年夏天,大旱。为了争彩潭里的水,胡姓上百号人企图霸占彩潭,连夜将水抽了个精光,连彩潭里的鱼都捉走了。付老大去评理,当场就被一根扁担打折了左腿。付姓由此也聚集了上百号人,双方都操着家伙,就在彩潭边的神庙前大打出手。

当时穿着开裆裤的村长刚蹲完茅厕出来,他捧着光溜溜的小屁股叫喊着,要他娘拿草纸来给他擦屁股,结果看到了这一场你死我活的打斗。他趴在茅厕外的一个土堆上看,双手捧着没有擦的屁股,不敢出来。他看到他爹被人用铁耙挖倒在地。他爹被抬回来后当天晚上就死了。

第二天,彩潭边神庙的尖顶上出现了一只金翅鸟,金翅鸟飞走的时候,天上下起了一场瓢泼大雨。空荡荡的彩潭不过一天的工夫就灌满了,比原先的水更深。村长他娘呼天抢地地嚎:"老天爷啊,你为什么不早一天下啊。"

要是早一天下雨，就没有人放彩潭里的水，没人放水，就不会打架，不打架，村长他爹就不会死了。

村长的喉结上下蠕动了一下接着说："第二次是有一年春上发大水，水快淹到彩潭时，村里已有好几间房子倒塌了。"

"死了几个人？"秋宝问。

"倒是没死什么人，人都跑出来了，但水还在涨。要是再涨，全村就都泡在水里了。"

"后来涨了没？"

"后来金翅鸟来了，来了，又飞走了。水也就退了。你看看，为了感恩，彩潭边的神庙就是那个时候村里人共同建的，当时，金翅鸟就出现在那个位置。自从建了这神庙之后，村里就再也没发过大水了。"

"那第三次呢？"

"第三次，第三次是村里的猪发瘟，喂在栏里的猪一头接一头地死。死了的猪都不能吃，只能埋掉。"

"后来呢？"

"后来连兽医都没有办法，急倒是急，背着手不停地围着猪栏打转，但急也没急出个办法来。"

"再后来呢？"

"后来金翅鸟来了，来了，又飞走了。猪也就不再发瘟了。金翅鸟是村里的救星。它可以驱散村里的邪气。"

对于村长说的这个金翅鸟秋宝开始有点半信半疑。秋宝长到二十多岁了，从来就没见过什么金翅鸟。但村长说得像真的一样，他说金翅鸟的翅膀是金色的，发光，翅膀一张开，就像一团被风吹旺的火。

"金翅鸟还会来吗？"秋宝想象着金翅鸟的样子问。

"只怕是不会来了。"村长摇头，像脑袋里有一根绳子被什么东西给挂住了，"哪有那么容易哦，说来就来。"

付老大的孙子春生过来了："秋宝，你别听村长的，那都是他瞎编的。"

"细伢子懂什么。"村长一直以来都不喜欢春生。

"你要是懂，你变出一只金翅鸟来给我看看。"春生激他，"变不出金翅鸟也行，哪怕是变一根鸟毛出来我都信你。"

秋宝看了看村长，又看了看春生，不知道该相信谁。

"那金翅鸟总该是真的吧？"秋宝问。其实秋宝以前也听村里人说过金翅鸟，但跟村长的说法不一样，有的说金翅鸟一旦出现，村里就会发生灾难，有的干脆说村里的灾难就是金翅鸟带来的。

"什么金翅鸟，那是凤凰，这穷山沟里的梧桐树，怎么可能引来金凤凰？"春生对村长说的话流露出一脸的不屑和得意，然后扭过头又对秋宝说，"你是个傻子，说了你也不懂。"

看着春生趾高气扬离去的背影，秋宝愣在那里，半天说不出话来。春生是村里唯一念过几年书的人。

二

大哥二哥把牛牵到彩潭边的草坪里，准备杀了。家里唯一的一头牛，是用来耕地的。

秋宝问："娘，明年开春怎么办？杀了牛，我们拿什么去耕地。"

"是耕地要紧还是你爹的病要紧？"

"爹的病。"

"晓得是你爹的病要紧就给我闭嘴。"

"哦。"秋宝像是明白了。

秋宝他爹病了大半年，总是摸着胸口，有时痛得整晚都睡不着，被折磨得一天比一天瘦。

村里的兽医过几天就会到秋宝家来一次，每来一次就会从后山采一些草药过来，要秋宝娘熬了给他爹喝。

"他是兽医，哪里能治得了人的病。"这话本来是春生说的，秋宝学了说给娘听已经不是一次两次了。

可秋宝娘性子倔，她总认为治人和治畜生是一个理。

这样治了大半年之后，秋宝娘心里也没底了。看来兽医是治不好秋宝他爹的病了。就请来一个师公。师公说秋宝爹平时走路走得太急，胸口正好撞上了路过的鬼魂，要用牛血来祭。

"牛血有什么用？那是骗人的。"村长神秘兮兮地说。

"呸，你又不是师公，你懂什么。"秋宝娘吐了一口痰到地上，像生怕沾染了什么晦气，逃一样转身进屋，还不忘把门关上。

"我不是师公，但我是村长。"村长看了一眼秋宝娘的背影，头一昂，

金翅鸟·

"不信我的话，迟早是要吃亏的。"

"金翅鸟会来吗？"秋宝怯怯地问村长。

村长示意秋宝把耳朵俯过来："你问我，我怎么知道？"

"你不是村长吗？我不问你，那我去问谁？"

"我只知道有金翅鸟，但我哪里知道它什么时候来。"村长装模作样地想了一下，"还是去问你爹吧，看他有没有这个命。"

"问我爹？我爹要是知道早告诉我了。"

但秋宝还是决定听村长的。

大哥、二哥把牛牵到了屋前的草坪上。牛鼓着一双水汪汪的大眼睛，很无辜地看着秋宝大哥手中明晃晃的尖刀和二哥手中的绳子。

秋宝不忍心看杀牛，就去找他爹说话。他爹以前不怎么说话，尤其是跟他娘，说不了几句就不说了，一个人闷在那里，抽一阵烟，然后一拍屁股到地里去了。自从得了这个怪病之后，他爹的话就多了起来。但他爹还是不怎么跟他娘说话。

大哥有什么话喜欢跟秋宝的二哥说，他们两个是穿一条裤子的，他们只听娘的。秋宝爹就经常跟秋宝说话。

"爹，你见过金翅鸟吗？"

"没见过，你是不是听村长说的？"

"嗯，是村长说的。"秋宝把爹扶起来靠在床上，"村长说他见过。"

"村长说见过就一定见过，我没见过，但我相信村长。"

"哦，村长还说，金翅鸟能化解灾难。"

"村长说能就一定能。"

"可春生说金翅鸟就是凤凰，凤凰是不会到我们这个穷山沟来的。"

"傻儿子，春生懂什么。"

"但春生念过书。"

"念过书怎么啦，还不是待在这个穷山沟里。"

"哦，那我听村长的，金翅鸟不是凤凰，金翅鸟会来的，爹的病会好的。"

秋宝爹伸出手，摸了一下秋宝的头，"秋宝啊，爹暂时还死不了，爹还没给你娶媳妇呢。"

"我不要媳妇，只要爹。"泪水在秋宝的眼眶里打转。

三

二哥用木盆接了热腾腾的牛血进来。

师公把牛血糊到秋宝他爹的脸上，一边糊，一边念念有词。

"胸口上要不要也涂一些？"秋宝忍不住问。

师公闭着眼睛在念，仿佛没听见秋宝说的话。

秋宝娘听见了，她在旁边狠狠地瞪了秋宝一眼。秋宝转过头，大哥站在身后，也狠狠地瞪秋宝。秋宝只好不做声，只看着他爹的脸。

师公终于念完了。牛血像糊泥巴一样糊在秋宝他爹的脸上。黑红的牛血沿着他爹的脖子外下流，流到衣服里面去了。

"我保管三天过后就没事了。"师公瓮声瓮气地说。

秋宝娘听师公这么一说差点给他下跪，"三天？就算是三个月见好，也谢天谢地了。"

师公扛着秋宝他娘打发的一腿牛肉翻山越岭走了。

"给村长也送一腿去吧。"秋宝他爹说。

"凭什么要送给他？"

"你懂什么！他是村长，明年开春，他家的牛会帮我们耕地的。"秋宝他爹的胸口又痛了，嘴巴一咧，脸上快要干了的牛血也像大旱时的田地一样跟着裂开了。

秋宝娘虽有几分不情愿，但听自己的男人这样说也不是没有道理，只好对秋宝说："秋宝，你去吧，给村长家送一腿牛肉去。"

四

秋宝扛着一腿牛肉向彩潭的方向走去，村长家就住在彩潭附近的针松林子里。

秋宝走到彩潭的时候，一眼看到草坪里拴着几头牛，春生家的、胡妈家的、桂花家的……

春生手里拿着一根很粗的绳子正在给牛脚下套。

"你爹呢？"秋宝问。

"我爹去追师公去了。"

"去追师公干什么？"

"祛邪。"

"你家也要祛邪?"

"村里家家户户都要。"

秋宝没听明白,他加快了脚步。一路上,他看到越来越多的人牵着牛前往彩潭的草坪。

秋宝到村长家门口的第一眼就瞅了一下村长屋侧的牛栏。村长家的大水牯还在,正在白沫横飞地咀嚼着一把枯草。

"村长,村里人都去杀牛了。"秋宝把一腿牛肉搁到村长家的桌子上。

村长没做声。

"村里要是连一头牛都没有了,那明年春上拿什么耕地?"

村长透过窗户瞟了一眼自家的牛栏,然后望着彩潭的方向,还是没做声。

"村长,金翅鸟会来吗?"

村长终于把目光收了回来。

"秋宝,我问你,你的胸口痛不痛?"

"不痛。"秋宝使劲地摇了摇头。

村长狐疑地盯着秋宝看了一阵,又问:"真的不痛?"

"不痛,村长,我要是骗你不得好死。"秋宝发誓。

"村里人人都说你傻,其实你一点也不傻。"村长像是在自言自语。

"我娘,我大哥和我二哥都说我傻。还有春生,春生也说我傻,只有我爹从来不这样说我。我爹还对我说要相信村长。"

村长苦笑了一下,又转过身去望着彩潭的方向。

"金翅鸟再也不会来了,村里要出大事。"

"你不是说村里一出大事金翅鸟就会来吗?"

"那是从前,现在不会,再也不会了。"

秋宝觉得村长说的话有点深奥,但他相信村长。村长说不会,那肯定就不会,村长说要出大事,那肯定就会出大事。

五

秋宝从村长家出来的时候,春生他爹回来了。他跑了十几里地都没有追上师公:"他娘的,扛着一腿牛肉,跑得比兔子还快。"

没有师公,杀了牛也没用。大家站在草坪里一时不知道该怎么办。

"还站在这里干吗？都把牛牵回去。"

"早知道这样还不如听村长的。"有人嘀咕。

春生他爹突然捂紧胸口，慢慢地蹲下去。

"爹，你是不是胸口又痛了？"春生放下手中的绳子。

"可能是跑得太急。"春生他爹喘着气说。

"一定是跟我爹一样，被鬼魂撞了。"秋宝忍不住脱口而出。

"你爹才是，你们全家都是。"春生对着秋宝呸了一声。

秋宝看到春生眼里要喷出火来，一下子吓住了。

"不要跟秋宝一样，你那几年书都白读了，他傻你也跟着傻。"春生爹冲春生使了一下眼色。春生这才搀扶起他爹，牵着牛离开了草坪。

其他人见春生他们走了，也各自牵了自家的牛，陆陆续续走了。

秋宝站在草坪里没有动。他隐隐约约听到散去的人边走边说话。

"村长说杀牛没有用，这牛到底要不要杀？"

"要是不杀，那万一这病好不了呢？"

"你说的是万一，那万一杀了牛这病还是不见好呢？"

"反正不杀也得杀。"

"也不急于这一下，秋宝他家不是杀了一头牛吗？师公保证说不出三天秋宝他爹的病就会好，我们何不再等三天呢？要是真好了，依我看，去把师公请回来再把牛杀了也不迟。"

……

秋宝下意识地拍了一下自己的胸口，他的心里突然像是被某种很大的东西给抓住了。虽然不痛，但感到很闷。

头顶的天空也灰蒙得可怕。针松林里雾气缭绕，原本幽深碧蓝的彩潭，此刻被水汽所遮掩，仿佛水底像沸腾了一般，有无数气泡往上冒，发出咕噜咕噜的声响。

秋宝的耳边再次响起村长刚刚说过的话，村里一定是出大事了。

秋宝来到一个空阔一点的地方，他想离迷雾远一点。秋宝突然很向往那些风和日丽的日子，树叶看上去是那样新，鸟的鸣叫是那样动听。他多么希望村子里所有的人在村长的带领下相亲相爱。

秋宝这样想着的时候，就又回头去找村长。

"村长，你知道金翅鸟在哪里吗？"秋宝问村长。

"不知道，应该是在一个很远很远的地方。"

"它是不是飞到别的村里去了？"秋宝又问。

"不知道，有可能。"

"这世上到底有多少金翅鸟？"

"不知道。"

"要是金翅鸟真的来了，我爹的胸口是不是就不痛了？"

"嗯。"

"要是金翅鸟真的来了，是不是村里人就不用请师公也不用杀牛了？"

"嗯。"

"村长，你是不是一直在等金翅鸟？"

"嗯。"

村长突然用手捂住胸口重重地咳了一下，那张老脸一下子憋得通红。

"秋宝，你知道金翅鸟是怎么来的吗？"村长问。

秋宝不知道，他使劲地摇头。

"听老一辈人说，在很久很久以前，有一个年轻的傻子，被一场大火烧死之后就变成了一只金翅鸟。"

"他为什么会被烧死呢？"

"不知道，有可能是因为一次意外。"

秋宝的好奇之心刚刚被点燃，又很快被村长给浇灭了。

"那它为什么要从很远的地方飞到这里来呢？"

"不知道。"

秋宝想："我要是一只金翅鸟就好了，我不会飞远，天天只围着这个村子飞，从一棵树飞到另一棵树，天天看护着我爹、我娘、大哥、二哥、村长，还有这村里的每一个人。还有，还有那些猪呀、牛呀、羊呀、鸡呀、鸭呀，只要是村里的东西，我都会好好地看着。"

七

三天很快就过去了。秋宝他爹的病一点也不见好。

秋宝娘挥舞着一把菜刀一边在砧板上剁一边抹着眼泪一边骂："砍脑壳的，剁脑壳的，我的牛啊……"

秋宝听了心里很难受，为他娘也为他爹的病。

村里人像看把戏一样围了拢来七嘴八舌地议论。

"幸亏牛没杀得成。"

"还是村长说得对,杀牛有个卵用。"

有的则忧心忡忡地说:"连杀牛都没用,那以后怎么办?"

"金翅鸟会来的,会来救我们的。"

"别做梦了,连村长都说金翅鸟不会来了。"

……

有的人因此很失落,望向天空的眼睛里一片空茫。

秋宝娘骂累了,一屁股坐在地上,耷拉着头,那披散的头发遮住了她的大半个脸,使她看上去像一个犯人。

八

秋宝把自己关在屋里昏睡了两天两夜。娘喊他,他都不应。

这天一大清早,秋宝跟他娘说:"娘,我要死了。"

"要死就早点死,好让娘早点省心。"秋宝他娘又开始给他爹熬兽医采的草药,她一边往灶膛里添柴一边用扇子扇风,连头都不抬一下。

"哦,"秋宝没想到娘会这样说,娘的话令他很伤心。

"娘,我真的要死了。"秋宝还是有点不甘心。他不相信娘真的希望他早点死。

"大清早的,晦不晦气?要死就死远点,不要让娘看见。"

"哦,"秋宝应了一声。他又跑到他爹的床前,本来他也想跟爹说的,但他看到爹痛苦的样子就忍住了。

秋宝走出家门,看到大哥和二哥正在捡屋漏。屋漏早该捡了,天看上去总是一副要下雨的样子。

秋宝看了大哥和二哥一眼,大哥和二哥从来就没有把他放在眼里。

秋宝一个人向彩潭的方向走去。走到彩潭边的神庙前他停了下来。神庙里早就断了香火,泥塑的神也早已身首异处,里面堆满稻草和遗弃的木头,以及其他杂七杂八的物什。尘土盈尺,到处都是蛛网。

村长说金翅鸟要是飞来,肯定会出现在神庙的顶上。秋宝相信爹的话,由此他也相信村长的话。秋宝想,他要是变成一只金翅鸟就好了。为此,他一个晚上都没有睡着,一闭上眼,他仿佛看见自己张开金色的翅膀像一团被风吹旺的火飞到了神庙的尖顶上。

在神庙里，秋宝将一堆稻草点燃。稻草没有干透，冒出一股浓烟，呛得秋宝涕泪横流，但秋宝忍住了。火慢慢地大起来，那些木头也加入到燃烧的行列。秋宝开始变得神情恍惚，他的身体像个缠满丝线的棒槌，被一双无形的手慢慢地往外抽。但秋宝并不感到难受，他在变轻，轻到要离开地面了。火越烧越旺，外面的风吹着敞开的庙门，火吐出长长的舌头，舔着神庙的内壁。很快，火势蔓延到了秋宝头顶的横梁，火堆里不断发出哔哔剥剥的响声……

秋宝娘是第一个看到神庙起火的人。

她念叨了一句："那是哪个缺心眼的人干的好事。"

·单边楼

粉笔

一

崔莫两腿叉开蹲在一个废弃的水泥台上，他正在用一截沾满油污的粉笔写字。每写到光滑处，粉笔就会像车轮一样打滑，一些字的笔画就会突然断掉，留下淡淡的泛着油花的划痕，崔莫想把那些笔画接起来，但它们很顽固，怎么也接不上。显然，崔莫感到不满意，他用黑指甲将粉笔的头掐掉一部分接着写。崔莫总是不太清楚自己要写些什么，有时就写自己的名字，十次有八次是这样，有时也写我的名字和车间主任李晓华的名字。这次他写了"中国人民解放军"，这是他在脚下踩着的一张旧报纸的碎片上无意中看到的，他就翻来覆去地写，写了长长的好几溜，然后把最后那一点点快要抠进指甲缝里的粉笔往台下一丢，一屁股坐下来，点燃一支烟，神思恍惚地看着这些字，直到这些字和他这个人在我的眼前变得模糊起来。

"无聊啊，"我揉了揉眼睛顺便用肘关节顶了一下崔莫，"身上没烟了。"

崔莫侧过身子向我挺挺胸脯，我搓了一把脏兮兮的手，然后伸出兰花指从崔莫的上衣口袋抽出一支，点燃。崔莫弹掉一截烟灰，起身，用脚上穿着的黄胶底鞋去擦那些字，仿佛是要踩死一群蚂蚁，结果有几只由于鞋底的缝隙得以逃脱，而不得不又补上几脚。

说句心里话，我不喜欢崔莫的字，一点字的架子都没有，写来写去也没觉得有什么长进。但我喜欢崔莫这个人，任你拿他开心、开涮，开什么都行，就连他生起气来也是一本正经的样子，脸都会红，这年头，真是很少见的一个人了。

"老崔，听说李晓华干不了一年就会走人。"我猛吸一口烟后说道。

"走人？走到哪里去？你听谁说的？"崔莫一脸的愕然。

粉笔

"反正有人说，就当是谣言吧，"我故意把话题一转，"老崔，你当磨工班的班长应该有十几个年头了吧。"

"15年，整整15个年头，"崔莫扳着指头算了一下，眉头一挑神情里似有几分得意，"你问这个干吗？"

我将抽剩的烟屁股伸到脚板底下，不紧不慢地说，"你是习惯了，我可是真的有点烦了。"

我说的是真心话，我当车工班班长不到6年，都烦了，他崔莫15年，也该烦了。

有一天，我特意跑到二楼的办公室，开门见山就跟李晓华说李主任我实在不想当这个班长了，你就另请高明吧。李晓华眯眼一笑，起身就去给我倒茶，然后用手攀着我的肩头说，刘班长啊，你这么年轻，技术又好，今后的前途大着呢，你不当，谁来当啊，要我去当，我这个主任还当不下呢。矮矮墩墩的李主任在打了几个哈哈之后，几乎是连推带哄把我"赶"出了办公室。

想想真他娘的窝囊，他李晓华活该就是一个当领导的料，你琢磨来琢磨去琢磨了好几个月的想法还抵不了他的三言两语。

"你这个人啊，什么都好，就是灌不得迷幻药，半句好话就能把你激动得像哑巴。"崔莫见我默不作声就故意激我。

"老崔啊，你别笑我，估计你也好不到哪里去。"话虽这么说，可心里还是不得不承认崔莫这话简直就是点到了自己的死穴。老朋友终究还是老朋友。我掏出一盒烟，抽出两支，递一支给崔莫，崔莫嫌手太脏就俯下身来让我把烟递到他的嘴里，叼上，但我没找到打火机，就向崔莫努了努嘴。

崔莫在口袋里摸了半天，结果摸出一截粉笔来，短短的，大部分已经在口袋里消磨掉了，像一粒正在融化的糖，又不完全像。

二

一连几个月下来，车间的形势一月比一月好，但职工的收入并没有增加，很快就有人坐不住了。

首先发难的是车工班的黄晶亮。

这天早上并没有什么特别的迹象，像往常一样，我严格地按照操作规程把车床开动起来。先让它低速空转一会，并在床身的各个部位加好润滑油，然后用铁架车把昨天没加工完的产品拖到尾座边。见运转正常，就把转数调整了一下，装好产品和刀具，然后试车。车刀在半自动手柄的推进中让铁屑像弹簧一样，一根根从刀尖的切屑槽里蹦出来，又一根根掉下去。

突然，整个车间闷闷地嗡了一声，所有的机床都在同一时间停止了运转。

我昨天刚磨好的一把车刀卡在产品里，刀尖的硬质合金已布满裂纹。开始以为是全厂停电，只好自认倒霉。但很快有人像看把戏一样往总闸开关的方向走过去，不一会就爆出一片应和声。

原来开关是黄晶亮故意拉的，很明显，是专门针对李晓华的。

黄晶亮煽动说，"我们一定要向李晓华讨个说法，事干得比平时多得多，钱却没看到多起来，这钱都到哪里去了？我们谁不是要养家糊口的人？"

很快，磨工班的也围了过来。

我在心里骂，黄晶亮，好你个兔崽子，想闹事也不事先打个招呼，你把我这个车工班的班长摆在哪里了。

骂归骂，除了有点面子上过不去外，我对黄晶亮的这种行为并无太多的反感，甚至在心底里认为这未见得就不是一件好事。

在黄晶亮的带动下，一伙人找到了李晓华的办公室，但办公室没人。

有人起哄说，今天好像是厂部开什么会，李晓华一定是到厂部开会去了，正好，我们就到厂部去找厂领导去说，看他李晓华怎么下台。

马上就有人附和，顿时群情涌动。

大大出乎我意料的是老崔在这个时候站了出来，他一下拦住黄晶亮说，黄师傅啊，你这样可不是个办法，只会把事情越搞越糟，大家有想法这是好事，但千万不要冲动，如果大家相信我，由我去跟李主任谈。

听他这么一说，大家的情绪才慢慢平息下来。李晓华大家可以不相信，但没有人会不相信崔莫，包括我在内。崔莫是车间的元老，技术全面又是班长，他去谈，比任何一个人去谈都有分量。

见大家安静下来，崔莫把我扯到一边说，你负责做好车工班的工作，我负责磨工班，工作不能耽搁。等李晓华开完会回来，我把大家的意见理一下再去跟他谈。

据我多年来对崔莫的了解，崔莫从来只是埋头干自己的事，即使是天塌下来，他都会充耳不闻的。

通过这件事我看到了崔莫陌生的一面，才突然发现崔莫了解我比我了解他要多一些。我总感觉崔莫有许多心里话憋在肚子里没跟我说，且这些话像一把铁爪，不但抓住了他也抓住了我。

崔莫与李晓华谈过一次后所得出的结果并不令人满意，关于职工的收入问题仍然没有一个明确的答复，崔莫解释说车间里也有车间里的难处，不当家不知柴米油盐贵啊。崔莫还说论工时我比你们都高，论质量我比你们都好，论收入我也没有比你们高多少，大家还是相互体谅一下吧，李主任许诺了，只要大家好好干，以后会慢慢好起来的。

我听得出，崔莫平时是绝对说不出这样一通话来的，即使他能说出来他也绝对不会去说。

尽管当时有几个职工在私底下有点不满，但又不能否认崔莫说出来的一个事实，那就是论工时论质量没有人能超过崔莫，崔莫的收入也是透明的，除了工龄补助和几十块钱的班长津贴他并不比大家高，他崔莫都这样说了，谁还有资本去说呢。

之后，我陆续听到一些关于崔莫的议论，有的说老崔变了，变得心不跟大家在一块了，而是跳到李晓华那里去了；有的干脆直言不讳地说崔莫跟李晓华之间有猫腻。

为这个我曾经提醒过崔莫，我估计他自己也间接地听说了，脸色虽然有点难看，但好像不太在意。他不在意，我后来也就懒得去说。

看得出来，李晓华对崔莫的那次举动十分赞赏，当着我的面，他就说过多次。每说一次都像是在有意地点拨我。

这次他又提到崔莫，但我并不认账，说得更准确一点我从来就没有买过他李晓华的账。因为这次我是铁下心来不干了，不仅仅是不当车工班的班长，连车工这个行当我也不干了。还是我老婆说得实在，我每个月挣的钱刚够我抽烟，哪怕是我帮衬着她进进货什么的都比当这个班长强，想想也是，她一个人打点一个店也实在是难为她了。

李晓华沉吟了一下，然后说，你要走可以，但现在还不是时候，干满这一年你再走，我决不拦你。我想了想说，行，我就干满这一年。事后一想，其实也没什么奇怪的，这年头停薪留职的人多得去了。倒是崔莫惊愕了许久，然后有点木讷而又若有所思地重复着问我，你决定了？你真走？你真的决定走了？我说，我决定了。并在说出这个决定的时候毫不费劲就找到了一种很平和的语气。

我走后不到一个星期，上次带头闹事并受到记过处分的黄晶亮当上了车工班的班长。

三

　　一晃就是两年。我开在厂门口的杂货店比原来扩大了一倍，也算是对自己停薪留职的这两年有了一个交代。

　　李晓华早已由车间主任升为管人事的副厂长，李晓华刚调走那段时间，我就听人说崔莫很有可能会当上车间主任。当时我就想，老崔总算要熬出点名堂了，当了那么多年的班长，应该要修成正果了，更何况李晓华曾经是那样地赞赏他。

　　然而没有。新上任的主任是从厂部机关放下来的一个年轻人，大学毕业分到机关还不到两年，据说最近跟李晓华的小女儿谈上了。

　　我虽然很久没上班，但有时也喜欢打听打听车间里的情况。

　　有一回黄晶亮到我店里来买东西，我就问他车间里现在怎么样了，老崔怎么样了。

　　黄晶亮头一摇，能怎么样啊，吃不饱也饿不死。至于老崔呀，还是磨工班的班长，只是不像以前那样管事了。现在车间里人心涣散一盘散沙。

　　这似乎是我能想象得到的结果，我的兴趣一下子就低落下来，尽管我曾经恨过这个车间，因为看不惯里面的一些人和事，但我还是希望它能一天一天地好起来。

　　有一天，妻说崔莫到过店里，平时只有他老婆间或过来买些香皂、洗发水、面乳什么的，他是从没来过的。

　　我有点好奇，就问他过来干什么。

　　妻说，他瞄了好一阵，然后问我有没有粉笔卖，要无尘的。我说有，就拿了一盒给他。他说要三盒。我就又拿了两盒给他。开始我以为他是跟公家买，正准备给他开一张发票，他忙说不用不用，这不关公家的事。

　　他另外没问什么吗？

　　没有，哦，问了一句你们家刘班长还好吧。我说还好。他付完钱然后就佝着背走了。

　　我一听禁不住乐了，这个老崔，算是有良心，还记得我这个刘班长。

　　时间过得真是快啊，转眼又是两年。要不是看到厂里的一张简报我还真不知道李晓华已经退休，而且退休有一年多了。

　　啊什么啊？平时你在外面跑得多，哪有这份闲心理这些个朝头国事啊。妻有点不以为然。

四

由于要到省城进一批货，还不到七点钟妻就把我摇醒了，我爬起来，连眼皮都没睁一下就倒了下去，又睡了半个小时。待我拖拖拉拉地收拾停当，已差不多到了厂里的上班时间。

或许是平时起来得晚没什么感觉，一走到厂区的马路上才发觉气氛与往常有点不一样。但见经过身边的人行色都有点匆忙和慌乱。而且隔老远我就发现一幢楼前的一块空地上围了一圈人，那情形好像是地上躺着一个突然发病的人而他们一时又不敢轻举妄动。

我快步走过去，挤进去一看才知道不是什么人，而是几行粉笔字：

李晓华，说话不算话，几年前你曾经许诺过，只要你升为副厂长，就让我来当车间主任的，为何不兑现?!!!你现在退休了，别以为什么事情都过去了，我可一直记在心里。李晓华，你这个言而无信的伪君子，我要让你以后的日子不得安宁。

看得出来，这是个练过粉笔字的人写的，不但笔画清晰、圆滑，而且对仗工整极有章法。

字的正对面，正好是李晓华的家门口。

很快我就知道是崔莫写的，开始我不相信，崔莫的字我又不是不认识，像这样一笔字他是哭也哭不出来的。而一个围观的人却言之凿凿地说，这就是崔莫写的，我亲眼所见那还有假？崔莫写完这些字后还翻来覆去地念了几遍，神情很得意，然后昂着头走了，像个凯旋的英雄。我真有点佩服这个人，唾沫横飞时还能说出这么有文化修养的比喻来。

这下轮到我纳闷了，像老崔那么稳重的人怎么可能冒出这样幼稚的举动呢？难道是老崔的脑袋出了毛病？从字的内容上来看，李晓华对他的许诺是极有可能的，如果没有他崔莫，估计李晓华连车间主任都当不下又怎么能顺利地当上副厂长呢。老崔呀老崔，你也真是的，就为这么一句没屁眼的话一憋就是好几年，到底累不累啊。

其实类似这样的话李晓华曾经也向我许诺过。那时，李晓华上任还不到三个月。有一天他要我到他的办公室去一趟，我就去了，我知道他在为车间的事感到头疼，我当时给他提了几条建议。他听完后拍着我的肩膀很欣赏的样子说,刘班长啊,你还年轻,好好干,干好了都是你们自己的,我已经是一副老骨头了,在这个车间干不了多久就会走人,以后这个车间的车间主任恐怕是非你莫属啊。李晓华话是这样说了,但我提的几条建议最终一条也没有采纳。关于这件事我从来没在老崔面前提过,因为这种打水漂的事我从来就没有放在心上。

直到坐上开往省城的火车,我还在为崔莫的事一路胡思乱想。

五

崔莫被保卫处带走的那天,我正准备到市里去一趟,但听到这个消息,我想也没想就改变了主意。

我走到保卫处的过道门口时,正好碰到李晓华从里面出来,他的脸色有点不好看,比以前瘦了许多,且苍老了不少。李晓华也看到了我,我们两人的目光就像相互之间打了个擦边球,但我还是看到他眼中有一种躲躲闪闪的光迅疾地晃了一下。由于通向门的过道比较窄,在拨身过路的时候,李晓华的肚皮挨到了我,我听到他咳了一声,像是有什么东西在喉咙里卡住了,我没有咳,但喉咙也像是卡住了。李晓华原来是经常拍我肩膀的领导,按道理我总应该跟他打声招呼吧,但我竟然没有,连头都没点一下。憋气的几秒钟,让我的思维有点短路。

崔莫,你现在可以走了。我听到保卫处审讯室里的声音。

审讯室里很简单,一张长条桌子摆在靠窗的位置,门一关,窗户就是唯一的出口,靠里墙有一张排椅,可以坐到四个人。我进去的时候,只有崔莫一个人捧着头一声不吭地坐在那里。崔莫的身子倾斜得很厉害,头埋在双膝间,整个身子像一个没有扎紧的麻布袋,有点瘫软,仿佛只要轻轻一碰就会哗啦一声倒下去。

你是他的同事?负责审讯的中年男子问。

我点点头。

正好,麻烦你带他回去,叮嘱他家里人,好好管管他,动不动就恐吓厂里的领导,像什么话。中年男子转动一下身子,清了一下嗓门说,结果是被他恐吓的人反过来为他求情,还是李副厂长大人有大量,不跟他计较,这次念他是初犯,就算了吧。

说完,中年男子将一页纸在桌子上摊了一下。

我凑过去看了一遍,不是崔莫的笔迹。纸上写着一些"冲动"、"精神不正常"、"情绪不稳定"之类的话，然后，担保人签署的是李晓华的名字，崔莫则在这页纸的右下方按了一个鲜红的手印。

我一直把崔莫连搀带扶送到他的屋里，坐下来刚喘口气，崔莫的妻子朱利也跟着回来了。

朱利看了一眼倒在沙发上面色黯然的崔莫，忙把我拖到屋后的阳台上，刘班长，这怎么得了，你看看老崔现在这个样子。

说句心里话，我一直对朱利没有好感。

朱利是另一个车间的车间主任，一个有姿态的女人。有一天上班没多久，崔莫突然找到我说有急事要我帮着他照看一下磨工班，看他性急的样子我故意逗他说，老崔，真看不出来，平时雷打不动，今天性子怎么这么急？

我老婆被关在门外了，我得给她送钥匙去。丢下这句，崔莫就风风火火地走了。

我愣在那里，本来还想调侃他一句的，你老婆就不能自己来拿吗。但没等我说出口，崔莫就已在我的面前消失。

还有一次，朱利一脸怨气地找到车间里，也不知崔莫出了什么事，站在磨床边就说了崔莫一通。直说得崔莫哑口无言，一张脸红也不是白也不是，幸亏磨床开起的声音把朱利的声音给掩盖了，要不，当着车间里那么多同事，崔莫的脸该往哪里放啊。过后我问过崔莫到底是怎么回事，崔莫装出一副若无其事的样子说，没什么，家里的一点小事情。听崔莫这么一说，我也就不好意思再问了。

我定了定神，对朱利说，嫂子，你能不能把事情的来龙去脉说一下。

朱利叹了口长气，沉默了足足一分钟，然后说道，其实老崔走到这一步，也怪我。

从去年下半年我就发现了一个怪现象，每次洗衣服的时候都会在他的裤兜里找到一截粉笔。我问过老崔好几次，他都没说清楚，我就想，老崔除了上班就没别的爱好，怎么突然写起粉笔字来了。想是想了，就是没怎么放在心上，你也知道，我这个车间主任当得也不容易，哪里有那么多闲工夫去管他呀。还有一次，老崔突然问我知不知道李晓华会调走的事，我当时没反应过来，反问他，你关心这事干什么？他调不调走跟你有什么关系？老崔说了一句，就当我没问好了。就去忙别的事去了。

老崔这人也真是的，你说现在闹出个这么大的事来让人一点心理准备都没有，更何况我还是他的老婆。还有李晓华也是，什么人不好惹偏偏惹老崔，

· 单边楼·

承诺了的话又兑不了现，碰上老崔这副死脑筋哪里转得过弯来。

我听着听着感觉到口有点干，仿佛说话的人不是朱利而是我，就喝了一点水，接着问她，出事那天你对老崔说了什么吗？在问出这句话时，我感觉自己像是在审讯一个犯人。

"这个，说实话，那天他从外面一回来我就听说了是怎么回事，当时我的气就不打一处来，主要是觉得不光是他的脸就连我这个车间主任的脸也一下子都给丢尽了。刘班长，你想想，你现在是不在厂里上班了，对现在厂里的形势可能不太了解，可我不上班能到哪里去呢，更何况我是一个女人，一个中层干部，我有多难呀，厂里我怎么交代，以后我怎么在这里立足……"

不知为什么，我突然打断了她："结果你把这些气都撒在了老崔身上？"

"我是当着老崔的面说了不少难听的话，老崔当时的情绪也很激动，我们就吵了起来。平时我们之间的争吵也时有发生，吵过也就吵过了，老崔好像也没往心里面去。但这次好像与以往不一样，我也知道有些话说得是重了点，但我这也是为他好，为这个家好，现在不说也已经说了，收不回来了。"

朱利说到这里，眼圈就红了，腔调里放出悲声来。

停顿了一下，朱利突然想起来，起身，从抽屉里的一个小本本里翻出一张条子来，递给我。

"这是一张车间里的工票，是用来计工时用的，工票皱巴巴的，上面尽是些油斑和指纹印迹，工票的背面用圆珠笔写着几行字，字的内容和崔莫那天在李晓华家门口写的有一些区别，字里行间划了一些凌乱的标记，其中有两个错别字被改正过来，还有几个字被涂抹掉了。这是我今天从老崔的贴身口袋里找到的。"

朱利接着说："难怪老崔那天晚上有点反常，他一回来就在家里到处找东西，找不到就问我家里的那本《新华字典》哪里去了，我问他，你找字典干什么？他说有用，我就告诉他字典丢在靠阳台的窗户上。他找到字典就一个人猫在书房里半天不出来，见我一进来，就急忙将一张纸条塞进口袋里。我估摸着就是这张纸条。"

我看着这张纸条，不知为什么，鼻子竟有点发酸。

"刘班长，你现在看看他，自从出事之后他就像换了一个人似的，脸也不洗，头也不梳，一回来就像是丢了魂似的，随便找个地方就能躺下来，问他什么总是答非所问，盯着一个地方就能盯半天，你看，这往后你叫我怎么办。"

我抬起头，望着朱利一副手足无措的样子，竟然想不到一句可以用来安慰的话。

六

不到一个星期，厂里人都在说崔莫疯了。尽管我有过一种说不出来的预感，但还是吓了一大跳。

崔莫真的疯掉了吗？我不相信。

我知道老崔的心里很难受，他一直想改变自己，他尽了力，直到唯一的希望破灭，他之所以那样做，绝对不是因为他的愚蠢。人哪，突然出现一次失常的举动是在所难免的。但像老崔这样有理性的人怎么会疯掉呢？还有，老崔当过几年兵，在部队里锤炼过的人，钢筋铁骨都有了，又怎么会这么容易倒下去呢？

一天下午，我忙完店里的活，正准备回家拿一样小东西，一走出店门就看到崔莫在马路边上游荡。我觉得这是个机会，一定要跟老崔好好谈谈，看看他的心里到底是怎么想的。我之所以有这种想法，是因为我一直坚信崔莫是正常的，他的疯是装出来的。他为什么要装疯呢？如果他宁愿让全厂人相信他是因为精神出了毛病才写出那段话的话，那崔莫就太不值了。

我特意绕了一段很长的弯路，装着从外面回来无意中碰上他的。我走到崔莫的面前时，他仿佛无动于衷，我就喊了一声老崔。他抬起头，目光一下子变得呆滞，"你是谁？你是谁？我又不认识你。"

"我是老刘啊，刘班长啊，你的老朋友啊，你怎么能不认识呢？"我一边大声说着一边比划着。

"刘班长啊，他早就走啦，走啦，真的走啦……"

崔莫一边喃喃着一边头一昂准备从我身边走过去，我忙扯住他的衣袖说："老崔，这里又没有外人，就我们哥俩，心里头憋着什么话你就都说出来吧。"

崔莫像是没有听见，手用力一甩，一副很害怕的样子，挣脱了，然后噘起颤抖着的黑厚黑厚的嘴唇，口齿不清地又说了一些什么。由于身子有点摇晃，在跨过一个很小的水沟时，他的膝盖像是在打跪，就这样我眼睁睁地看着他稳了稳身子，头也不回地走开了。

我试图从崔莫的神情里找到他装疯的破绽，但我有点灰心，也伤心，我根本就没想到平时里脑袋从不拐弯的崔莫有着如此高超的演技。他装得实在是太像了。

接下来的好几天，我都会跟妻说，老崔根本就没疯，他肯定是装的。妻开始还能容忍我，间或帮着我一起分析。渐渐地也烦了，说疯了就疯了，哪能装得出来啊，即使能装出来，也不至于要装上十天半个月吧，那难不难受啊，恐怕也只有你这样神经质的人才想得出来。

愚人节晚上，我又说起崔莫。

妻说："今天是愚人节，你这个人怎么就没一点新意，连想让你愚弄一次都不行啊，这日子真没法过了。"

听妻这么一说，我一下子就泄了气。

妻又接着说："是啊，崔莫是你什么人啊，不就是一个同事吗？他现在连认都不认识你了，你还想个什么劲啊。"

说实在的，妻的北方口音有时就他妈的让我自卑。

熄了灯，我侧过身去，背对着她，逼迫自己不再去想崔莫的事情。

这时，妻的手从黑暗中绕过来，我轻轻地把它拿开，妻又绕过来，我又把它拿开，这一次拿开我就有点后悔了，若在平时我肯定会心领神会，甚至比她还要主动得多急迫得多，但这些天忙，忙到头也不知到底忙了些什么，哪有那个心情。

夜仿佛是从这一刻起一下子静下来的，床上的空气都像是跟着凝固了，纹丝不动。

但这种静维持还不到十分钟，妻突然一翻身坐起来，捧着头说："如今的疯子满大街都是，再这样下去，总有一天你也会疯掉，干脆我也跟着一起疯掉算了。"

妻的声音很大，又锋利得像一把刀子，我感觉到耳朵里嗡嗡直响，原本凝固的空气突然被划拉了一下，帛裂般，让紧闭的玻璃窗都有了振动。

单边楼

一

　　早晨七八点钟的样子，在通往工厂唯一的那条马路上，也就是在单边楼对面还不到二百米的距离，李全满脸笑容，正用一担箩筐挑着家什行走在前往老家的路上。

　　他鼓凸着发亮的眼睛，太阳穴上的青筋像蚯蚓一样在爬，又老是爬不动。他身上穿着一件黄色的土布衣，看得出来，左边的衣袖是被剪刀剪断的（但剪得不好，有些地方剪得像齿轮），这使得他的整条胳膊搭在扁担的一头，胳膊上的肌肉显得粗壮有力，随着双脚的跨度微微地耸动，那沿着胳膊流淌下来的汗水在新鲜的阳光下闪动着晶盐一样的光泽。围在他腰间的是一件破烂不堪的沾满油污的工作服，两个衣袖纠缠在一起打成一个死结，工作服的下摆就搭在身体的右边。箩筐里的家什并不多，无非是一些草鞋、席子、衣服、锅碗盆瓢、被子、小凳子之类，七七八八杂乱无章地堆在里面，也不重，重的是两块石头，一边一块，重量差不多，只是石头的形状不同而已。一上肩，那重量就从扁担的弧度上体现出来了，忽高忽低。

　　李全似乎从不知疲倦，又乐在其中。

　　时常有新来的工友感到非常好奇，就问："他回老家怎么不坐厂里的班车？怎么还要挑一担这么重的东西？"

　　有人就会笑着搭腔："他老家离这里很近。"

　　"很近？有多远？"

　　"不远不远，还不到二百公里。"

　　旁边听到的人就会大声地哄笑。

　　问者以为工友们取笑的人不是李全而是他，就会脸一红不好意思地走开。

·单边楼

而事实上这是真的，一点也没有夸张，李全每次回去都要步行近二百公里，打个回转，时间长的要个把月，短的也要两三个星期，且每次都是选在有阳光的早晨，每次都要挑着百十斤重的担子。至于他中途有没有坐车，如果没坐车又是怎样历经千辛万苦走回老家的就谁也说不清了。

二

现在我们住的这栋楼夹在两栋"人"字楼之间，却只有"人"字的一边，它们的走廊又是相连的，格外显眼，故被厂里人称作"单边楼"。

若是站在单边楼向右边望过去，这里的山就像是一个围拢来但又没有扎紧的布口袋。对面，一条马路从狭长的谷底钻出来，然后分作三条散开，在树木的掩盖下分别向山脚的纵深处延伸。一些厂房的轮廓通过山体的坡度和树的浓荫呈现出来，给人一种幽深神秘之感。倘若单边楼不是坐落在半山腰上又正好靠近厂房的出口处，视野就会变得更为逼仄。单边楼的基座由条状的石头砌成，住房分楼上楼下两层，皆为红砖和混凝土结构，一个门挨着一个门，住的全是厂里的单身职工。楼道的走廊很长，上下班的时候，来往的人又多，总是踩得咚咚响。

这里曾经是一个军工厂。后来军转民，成为一家国营机械厂，主要生产一种农用三轮车，这就使得这个原本神秘而幽静的山谷变得喧闹起来。这种喧闹主要来自三轮车试车时发出的啪啪声和尖锐刺耳的刹车声。伴随着这些声音，柴油燃烧时的气味随即就会在空气中弥漫开来。

在上世纪七十年代初的时候，三轮车尚处于试制阶段。李全原本是厂里的一名试车员，因为一次意外的翻车事故导致左腿骨折和脑震荡，经接骨后的左腿有一点点瘸，走路时会伴有轻微的晃动，但不构成大问题。倒是大脑会有间歇性的疼痛。继续试车显然就不太合适了，李全痊愈后，工厂把他转到组装车间去开航车。

开航车是一份相对轻闲而又简单的工作，但就是离不开人，有事没事都得待在车间里。闲下来的时间其他的工友用来聊天谈女人，李全则用来保持沉默，他是一个不善于言谈的人，他最不喜欢的就是谈女人，因为自己的女人很漂亮（至少他自己是这样认为的），很容易成为别人的谈资。

李全更喜欢一个人在旁边待着，神情恍惚地想一些事情，李全想得最多的除了自己的女人就是女儿。每当想到自己的女人时，李全就会涎着脸傻傻地不由自主地笑。女人的漂亮是实实在在的，生了女儿之后胸部还是很挺，屁股还是很翘，毕竟是用山里的水浸泡出来的，皮肤白里透着红，个性虽然有点倔，但这些并不妨碍她本身所具有的美。

女人叫陈赛花，在老家与李全邻村。两家尽管早就认识，却来往不多。李全当兵出来时，陈赛花还是一个小姑娘，等李全从部队复员回来后，陈赛花对李全已没有太多的印象。

回来后的李全先是在供销合作社当了两年的售货员，后来响应国家的号召去修"三线"，修了两年后又回来了，在家里待了半年。不久，接到原部队的通知，进了军工厂，直到军工厂转为现在的国营机械厂。

李全在供销合作社当售货员的时候，陈赛花已长成了一个大姑娘，隔三差五会到供销合作社来买些针头线脑什么的。陈赛花每次一来，李全的心就会像正在拍打的皮球一样情不自禁地乱跳。陈赛花当然不会觉察到李全的这种反应，只是在柜台边上指着这个指着那个，要李全拿来看看，然后精心地挑选起来。李全总是傻傻地站在柜台后面看着陈赛花，要是陈赛花突然抬头或者问他什么，李全就会显得有点慌乱，马上把目光移到别处，在回答她的时候声音就像是喘不过气来似的，有点走样。等陈赛花买好东西走出供销合作社的门口时，李全这才回过神来，暗自里责骂自己又不是没见过世面。但这次骂完了下次还是一样。

修完"三线"回来的那半年时光里，父母开始张罗着给他介绍对象。在那个年代，老实人很吃香，李全没别的，就是人老实。相来相去，相中他的人倒是不少，可李全心里只想着陈赛花。

父母见儿子这个也不行那个也不行，就问他，可他什么都不说，父母一点办法也没有。就在李全相亲的这段日子里，陈赛花也没闲着，她也在相亲，但相的不是李全。陈赛花与李全一样，相中她的人不少，可陈赛花都看不上。李全看不上别人是因为他心里只想着陈赛花，陈赛花看不上别人并不是因为心里有他李全，这两者有天壤之别。

就在李全的父母摇头叹气的时候，部队的通知来了，李全要去离家两百多公里的军工厂上班了。这一去倒是让李全的父母宽了心，甚至对儿子没有在家里找对象暗自感到庆幸，逢人就说还是儿子沉得住气，这回进了工厂自然是去工厂里找，以后就是两个吃国家的皇粮的人了。

转眼又过了三四年，李全快三十岁了还是光棍一条。那陈赛花也是，据村里人说可能是眼界太高。在当时的农村，女的二十五六就算是老姑娘。陈赛花的父母正急得六神无主的时候想到了同样是大龄青年的李全，但一想到

·单边楼

人家是吃国家粮的，心里吃不准，硬着头皮还是托了媒婆前去试探，结果果然不出所料，被李全的父母一口回绝。

李全休探亲假回来，他父母虽然替儿子着急，但对前段日子媒婆受陈赛花父母所托前来打听的事还是只字不提。倒是那媒婆并没有死心，听说李全回来了，特意找到他当面问他自己的意思，万万没想到的是李全竟然一口应承下来。媒婆回头跟陈赛花一说，陈赛花竟然也点了头。这事气得李全的母亲抹了三个晚上的眼泪，后来他父亲在抽了无数袋闷烟之后发话了，说这或许就是天意，天意是不可违的。

李全和陈赛花结婚之后生了一个女儿，李全翻车是女儿4岁那年发生的事。电报拍回老家，陈赛花只好带着女儿过来照料。

李全出院后，陈赛花和女儿也就待在了工厂，在单边楼凑合着住了下来。这一住又是两年，女儿李小花6岁了。这期间李全矛盾过，陈赛花家里还分得有几分地，她一出来，这地就落到了父母头上，也就是说，他成家之后父母不但没享到福，还要多种这几分地，心里很过意不去。陈赛花自从和女儿到了工厂之后就从来不提回去的事，李全也不主动问，他倒是希望自己的老婆能够主动跟他说，可日子一长，陈赛花根本就没有想回去的意思。后来，李全认真地分析过这件事。其实从他内心深处来看，他也想陈赛花和女儿跟自己生活在一起，一是心里觉得踏实，二是一家人在一起可以共享天伦之乐。李全只是觉得这样做有点对不起日渐年迈的父母，如果他主动跟陈赛花提出来，又怕陈赛花对他有想法。事情就一直这样耗着。幸好他的父母也似乎赞同他们待在一起，后来李全也就不想了，懒得去想了。

陈赛花来的第一年，一家人的日子倒也过得其乐融融。慢慢地，李全发现陈赛花有了很明显的变化，首先是人变得懒了，然后是脾气越来越大。人懒一点，李全觉得倒也没什么，因为他自己很勤快。每天早上陈赛花和女儿还没起床，李全就已经把该做的家务都做了，只要他一下班回到家里，女儿基本上是围着他转。令李全头疼和郁闷的是，陈赛花不知什么时候喜欢跟他拌嘴了，动不动就数落他，晚上睡在床上也是爱理不理。为此李全想尽办法讨好她，但没有什么改善。李全只好经常求助于住在隔壁的顾奶奶。陈赛花与顾奶奶倒也讲得来，可一旦和李全关起门来还是一样。顾奶奶只好反过来安慰李全，说一些"床头吵床尾和"之类的话，李全叹了口气说也只有这样了。尽管如此，李全还是有很开心的时候，那就是每当他想到自己的女儿陈小花，这朵娇嫩的小花仿佛就开在自己的心尖上。

·单边楼·

想着想着，李全的眉头拧了起来，眼球鼓凸着，下嘴唇使劲往上挤兑上嘴唇，结果两片嘴唇像尿壶嘴一样翘起来，一张脸呆呆的，一动不动，样子十分滑稽。女儿李小花长得很像她妈妈，跟她的名字一样。但此刻他想的不是这些，小家伙喜欢哭，一哭起来那嗓门儿就像是防空警报，整个单边楼都听得一清二楚。想到入神处，李全的嘴巴就会不自觉地翘起来，他是想逗她笑。

"李师傅，在想什么呢？"

李全一个激灵，见是车间主任，就涎着脸有点不好意思地笑了一下，"没……没想什么。"

"有什么事下了班再想吧，要注意安全。"车间主任在经过他身边时用手拍了一下他的肩膀。

已经是冬天了，北风虽然被山挡在了外围，但李全还是感觉到有点冷。他抽了抽鼻子，像平时下班一样，把手拢进衣袖，顺路转悠到了厂区的小市场。

小市场不大，来这里做生意的大多是本地的农民，属小本经营。也有外地人，大多做不长久，主要是两个方面的原因：一是本地农民不乐意，常有意挤兑；二是这些人漂惯了，又常揣了一颗赚大钱的野心，做了几天没有起色就会自动走人。

李全一个摊点一个摊点地看过去，走到最后一排时，他的眼前陡然一亮，只见一个穿着藏青长袍的汉子一手抓着一张虎皮一手举着一件碎花小棉袄在大声地吆喝着："来来来，瞧瞧嘞，瞧瞧嘞……"

李全一眼看见汉子的腰间挂着一把十分精致的蒙古刀。他好奇地指了指蒙古刀，汉子把刀从身上解下来递给他说："这把刀不卖，出门在外，防身用的。"李全也不是要买，只是想看看。别看刀长不过一尺，拿在手里倒是有点沉。刀鞘是羊皮的，用金线镶着很复杂的花纹，做工很精致。鞘口处扣着一根银链，方便挂在裤腰上。李全将刀从鞘里拔出来，眼前顿时被一道白光晃了一下，刀身的线条看上去十分流畅，刀面的两边各有一条深浅一样的细槽，刀刃异常锋利，刀柄为黄铜铸成，镂空，成椭圆形，小巧而饱满，若用手去握，大拇指指肚扣着的地方嵌着一颗绿莹莹的玉石，温润如脂。刀鞘和刀身相接处，刻着一排蒙文。

"真是把好刀。"李全不由得脱口而出。

"哈哈，老兄，这把刀，多少钱都不卖的。"

· 单边楼·

　　汉子的声音像受了风寒一样有点嘶哑，但汉子长得高大生猛，垂肩长发几乎与他的胡须连成一片，双目炯炯有神，仿佛一眼就能把一块石头看穿。

　　"那是，这么好的刀哪里舍得卖。"李全把刀放进鞘里递给汉子，一脸讨好的表情。

　　汉子接过刀，在腰间扣好，又开始吆喝起来："来来来，瞧瞧嘞，瞧瞧嘞……"

　　看完刀，李全蹲下来，凑到一张虎皮前，他用手摸了一下，啧啧啧地摇晃着脑壳。

　　汉子见他对虎皮也感兴趣，一把抓住他的手说："老兄真是好眼力，瞧瞧，瞧瞧这张虎皮，这是我亲手剥下来的嘞……"

　　"你？亲手？……剥下来的？"李全仰着头，张大了嘴巴，鼓起眼睛看着汉子。

　　"你不相信？"汉子将两只衣袖往上一捋，双手抓成拳头一扭，手臂上尽是凸起的肌肉和青筋。

　　"也就是说，这虎……这老虎……是你打死的？"

　　"不是我，还会是谁？"汉子头一昂，连眼睛都不眨一下。

　　李全这下子相信了。他仿佛从汉子的身上看到了过景阳冈的武松，赶忙哈着腰点头。

　　但李全不是真的要买虎皮，他只是摸一摸，看一看。既然看也看了，摸也摸了，就急忙转过脸去，用手指了指他左手边的那件碎花小棉袄："这个多少钱？"

　　汉子虽感到有点失望，但热情丝毫不减，伸出两根指头："这个便宜，两块。"

　　李全把棉袄拿在手上左看看右看看，做工蛮精细的，颜色搭配也怪好看的，放在胸口上比了比大小也应该合适。两块钱，价钱也不贵，要是穿在小花身上一定好看。李全将碎花小棉袄夹在腋下，付了钱正准备走的时候，被汉子意外地叫住了。

　　汉子满脸堆笑地说，"这位大哥，看你这样子家里一定有一个漂漂亮亮的小千金吧，我就买一送一，再送你一个小玩意，给小千金乐一乐。"

　　汉子边说边从后面的货筐里找出一个小木马来。小木马的屁股后面有一根线，汉子将小木马放在货摊的布垫上，再把线拉出来一大截，那小木马就一边点着头一边哒哒哒地开始走动，屁股后面的那根线就又跟着慢慢地收进去了。李全在一旁看得眉开眼笑，笑着笑着有点不好意思起来。

"多少钱？"李全又问。

"大哥，这个真的不要钱，是送的，白送的，"汉子强调说。

"那怎么好意思呢。"李全把小木马揣到口袋里后，并不急于走了，他蹲下来仰着头有点讨好地问汉子，"兄弟，哪里人啊？"

"内蒙古。"汉子答了一句，又继续向走过来的人吆喝生意，"来来来，瞧瞧嘞，瞧瞧嘞……"

吆喝来吆喝去，总是瞧的人多而真正买的人却很少，汉子的嗓门本来就嘶哑，喊着喊着就没声音了，干脆一屁股坐下来不喊了。

"大哥，你还没走啊，"汉子喝了口水之后见李全还蹲在那里，"正好，向你打听一件事。"

"什么事？你尽管说吧。"

"你们这个厂里有很便宜的房子租吗？"

"你要租房？"李全脸露难色地说，"厂里的职工多，住房本来就紧张，我一家三口就住十几个平方米的单间，哪里还有多余的出租哟。"

"出门在外，没有那么多讲究，只要有个落脚的地方，哪怕是草棚也行，大哥你就想想办法帮忙打听打听。"汉子有点不死心。

李全突然想起自己那间放煤的杂屋，矮是矮了点，地方也确实小，但若是装一个人应该问题不大，就说："我倒是有一间杂屋，估计能睡得下一个人，平时除了用来放藕煤很少做别的用场，你看如果合适那就先住几天再说吧。"

汉子听了高兴得一把抓住李全的手说："大哥，你真是个难得一见的大好人哪，只要能有个地方，哪怕是蹲着也行，我会付房钱给你的。"

"房钱？只要你不嫌弃，哪还能收你的房钱。"李全捏了捏口袋里的小木马很不好意思地说。

"大哥，行，我巴拉赫图果然没看走眼。你这位大哥，我是交定了。"

一句话说得李全心里直发烫："那我就先回去把藕煤搬出来，顺便也跟我老婆说一声。"

走出一丈地，李全又转回来指着对面说："哦，我就住在对面的单边楼，靠最边上的那间就是，等收摊了，你就自己过来吧。"

三

还隔老远，李全就听到了李小花的哭声。那声音尖利而嘹亮，听得李全

· 单边楼

心里直发慌。

李全回到住处时,一眼看到陈赛花像个没事人一样坐在床前,拉长着脸看着李小花哭。李全赶忙拿出那件刚买的碎花小棉袄,一边在小花的眼前晃,一边替她抹眼泪:"小花,别哭别哭,看爸爸给你买什么了?"李小花一看见小棉袄,哭声一下子小了下去,她眨巴着两只水汪汪的大眼睛,小脑袋随着李全的手晃动着:"是妈妈不要我了。"

李全回过头看一眼陈赛花,小心翼翼地问:"小花怎么了?"

"你问我?我怎么知道?她又不是第一回哭了。"陈赛花瞪了李全一眼。

李全马上赔上一副笑脸:"我又不是怪你。"

陈赛花干脆扭过头躺倒在床上,用屁股对着李全。

"小花,妈妈怎么能不要你呢?肯定是小花惹妈妈生气了。"李全从内口袋里摸出那只小木马来,"看看,小花,这是什么?"

李小花眼前一亮,丢下小棉袄就来抓李全手里的小木马:"我要,我要。"

"小花以后要听妈妈的话。"

"嗯。"小花接过小木马使劲点了一下头。

"这是一位蒙古叔叔送的。"李全故意提高声音,他是说给陈赛花听的。

"你说什么,谁送的?"陈赛花果然有了反应。

"一个叫巴拉什么图的人,他说他是蒙古人。我在他那里买了一件小棉袄,他就送了一个小木马给我。"李全说话的神情里有几分得意。

"你以前认识他?"陈赛花不冷不热地问。

"不认识,今天去买东西才认识的。"

陈赛花哼了一声,就不再说话,依旧用屁股对着李全。

李全盯着陈赛花像山峦一样起伏的屁股说:"这个叫巴拉什么图的人刚到这里来做生意,现在连个落脚的地方都没有,他要我帮忙打听,他也不想想,厂里的住房本来就很紧张,哪里还有往外面租的。"

李全见陈赛花不吭声,吞了口唾沫有点底气不足地接着说:"我看他人不错,就说我有一间小杂屋,要是不嫌弃将就着可以对付几天,没想到他竟然求之不得。"

"你说什么?你是头猪!我就觉得奇怪,以前你们又不认识,他怎么会平白无故地送小木马给你。你给他地方住,他当然求之不得啦,"陈赛花从床上一个翻身坐起来,胸脯一起一伏,"再说了,地方那么小,你也不想想,哪里住得下一个人。"

"人家是生意人，走南闯北惯了，只是想找一个落脚的地方，住不了多久就会走的。既然我已经答应他了，总不能说话不算数吧。"李全的声音一下子低了下去。

"厂里有那么多人他不找，为什么偏偏找上你？"李赛花瞪了李全一眼。

"我……"李全一时语塞，他没料到陈赛花会冲他发这么大的火。

李小花正在旁边专心致志地玩拉线小木马，听到陈赛花的声音一下子怔住了，紧接着嘴一扁，又哭了起来。

李全不想跟陈赛花争吵，也不想看到小花哭，就把小花抱到单边楼的走廊上，让小木马发出哒哒哒的声音。小花看着小木马，不停地吸鼻子，她还没有从刚才的惊慌中回过神来。

这时，顾奶奶买菜回来了。

顾奶奶是河南人，工厂初创的时候，她就和老伴来到了这里，是厂里为数不多的元老级职工。他们膝下有一对儿女，原本住在一套三室两厅的大房子里。儿女长大后都在厂里工作。儿子成家那年在单边楼分得一间房，但空着没去住，小两口仍和父母住在一起。两年后，女儿又结婚了，女儿嫌男方分到的一间房太挤也经常搬回来住。这样一来，三室两厅的房子自然就不够用。再加上儿子和儿媳妇老是抱怨这个抱怨那个，顾奶奶和老伴听着心里烦，干脆搬到了单边楼，就住在李全的隔壁。顾奶奶的老伴前年因病去世，儿女们想把顾奶奶再接回去住，但顾奶奶死活不肯。这一住就再也没搬回去了。顾奶奶有事没事喜欢到李全这边串门，自从李全的老婆和女儿过来之后，几乎天天都要过来坐一坐。顾奶奶很疼爱小花，有什么好吃的都要拿些过来，小花也很亲她，对她比自己的亲奶奶还亲。

"小花，顾奶奶回来了，喊顾奶奶。"

"顾奶奶。"小花喊了一句，眼泪又扑扑地下来了。

"小花，怎么啦？有什么不开心的跟奶奶说。"顾奶奶放下菜篮子，从篮子里摸出一个苹果。苹果的颜色跟小花的脸一样红。

小花一边抓起苹果咬了一口，一边含糊不清地用手指着屋里说："妈妈……妈妈……"

顾奶奶看了一眼躺在床上的陈赛花，然后疼爱地摸着小花的脸蛋："是妈妈惹你生气了哦，妈妈肯定不是故意的，小花乖，要听妈妈的话。"

小花没有再哭，一边心满意足地吃着苹果，一边看小木马在地上一停一

· 单边楼

顿地走动。

李全让顾奶奶帮着招呼一下小花,这才腾出手来清理杂屋里的藕煤。

藕煤是上半年买的,烧得也没剩多少了。李全把藕煤搬到了灶台边,码好。然后用扫帚将杂屋好好打扫了一番。打扫完之后,李全特意比划着量了一下,刚好可以放一张床。但李全家里没有多余的床。李全就在单边楼上到处打听,看谁家有多余的,想借过来先用一用,结果一无所获。

天渐渐地暗了下来。那个叫巴拉赫图的人收完摊后挑着满满一担货物径自过来了。李全带他来到杂屋,有点不好意思地说:"家里没有多余的床。"

谁知巴拉赫图哈哈一笑,将那张虎皮往地上一铺:"这就是床。"

四

巴拉赫图的到来使单边楼一下子变得热闹多了。

他每次收完摊回来都要买一些好酒好肉交给李全,晚上就凑一块吃。每天晚上,李全下班回来的第一件事就是和陈赛花一起把菜炒好把酒温好。陈赛花刚开始的时候极不情愿,后来见这个巴拉赫图是个喜乐人,又豪爽,经常送李小花一些小礼物,如虎头帽、发夹、小手套什么的,也就没说什么。

单边楼里不时有酒水和手抓羊肉的香味飘荡出来。

巴拉赫图酒量惊人。动不动就与李全碰杯:"兄弟,一口干了。"

喝酒,李全根本不是巴拉赫图的对手。

为了尽兴,李全总是找单边楼能喝的过来陪巴拉赫图喝。找来喝酒的人当中有技师李亦泉、班车司机雷青松、车工师傅姜月明,钳工刘先进。雷青松是单边楼最能喝的,因为喝酒误过事,有将车开进农田的经历,现在劝他,再也不敢敞开了喝。车工师傅姜月明刚三十出头,据说白酒可以喝一斤半,可真正喝起来还不到一斤的量。技师李亦泉喝酒的速度太慢,总是小口小口地喝。钳工刘先进又喝得太猛,一上桌就找人碰杯,一碰杯就一饮而尽,但不能打持久战,总是别人还在兴头上的时候,他已经先趴在桌子上了。后来,一些不能喝的也到李全家里来凑热闹,看他们猜拳,听巴拉赫图唾沫横飞地说笑话。有时,趁着酒兴,巴拉赫图会端起酒杯敬陈赛花的酒,众人就跟着起哄,陈赛花开始还有点推脱,慢慢地,经不起巴拉赫图左一个嫂子右一个嫂子地喊也就端起了酒杯,这酒杯一端再放下就难了。陈赛花也经常喝得面赛桃花。

家里一热闹,最开心的人是李小花,小家伙有很强的表现欲,大人们在劝酒的时候,她就自顾自地在一旁边唱边跳。有人鼓掌,她就会跳得更加卖力。有一天,巴拉赫图故意逗小花:"小花,你要是喊我一声干爹,下次就带你到很远的地方去玩,那里的人都会跳舞,你可以跟他们一起跳。"

"好啊,好啊,干爹,带我去跳舞。"小花高兴得直跳。

旁边的人都笑了起来。

从那以后,小花一看到巴拉赫图就喊干爹。每喊一次就问一次:"干爹,你什么时候带我去啊?"

巴拉赫图总是笑呵呵地回应她:"快了,快了。"

李全每天早上七点四十准时去上班,走到车间正好赶在八点之前。以前,李全总是埋着头走在上班的路上,自从凭空多出这个叫巴拉赫图的兄弟之后,单边楼的职工只要一看到李全就会凑上来,勾肩搭背地问这问那。大多是出于好奇。

譬如问一些诸如:他成家了没有?他真的是蒙古人?你是怎么认识他的?他的酒量到底有多大……之类的问题。

李全似乎也很乐意回答这些问题。他更乐意看到从这些人的语调和眼神里流露出来的羡慕之情。

五

住在隔壁的顾奶奶很少到李全家里串门了。每次李全和巴拉赫图喝酒的时候,李全事先都会去请顾奶奶,但顾奶奶总是以身体不适不能喝酒为由推脱了。只有当快要酒散人尽的时候,顾奶奶才会接过李全手中已经睡熟的李小花,顾奶奶是打心眼里疼爱李小花。经常带着李小花睡。为此,她没少挨两个儿女的数落,自己家的孙子、外孙不带,偏要带别人家的。可顾奶奶就是要住在单边楼,就是疼爱李小花。

有一天,李全把李小花抱到顾奶奶的床上,正准备离开时,顾奶奶拉住他说:"你要留心这个叫巴拉赫图的人,我担心这个人不是个好人。"

李全当时怔了一下:"顾奶奶,您是从哪里看出来他不是个好人?"

顾奶奶扯了一下李全的衣袖,压低了声音问他:"他说他是蒙古人?"

见李全毫不犹豫地点头,顾奶奶就说:"他肯定是骗你的。"

"他骗我?"李全一下子没反应过来。

"我怎么听出他的话里有很重的河南口音。"

"原来是因为这个啊,顾奶奶,他一个生意人,走南闯北的,哪里的话

· 单边楼 ·

不会讲啊，这几天他还时不时说几句本地方言，您看他到这里来总共还只有多少天。"

"可是……"顾奶奶还想说什么，但话到嘴边又咽了下去。

"好了，您就放一万个心吧，我会留意的，不用担心。"

见顾奶奶还是一脸疑惑的样子，李全就反过来安慰她："自从这个巴拉赫图来了之后，单边楼比以前热闹多了，小花也不怎么哭了，就连我老婆也像是变了个人，一天到晚再也不给脸色给我看了……"

顾奶奶叹一口气，不再说什么。

一天深夜，已经睡下的李全突然听见有人在喊"嫂子"，一边喊一边敲门，声音不是很响，但接连不断，好像不把门给敲开决不罢休。

听喊声是巴拉赫图，李全先是以为巴拉赫图找李赛花有什么事，但一想，这深更半夜的有什么事不能等到明天再说吗？他看了一眼陈赛花，陈赛花一个侧身转向了床里面，但不像是醒着。

李全没有喊陈赛花，心想，一定是巴拉赫图喝醉了，是酒给闹的。

李全披衣下床，开了门，见巴拉赫图斜倚在门框上，满嘴酒气。他见门开了，一把拖住李全，他把李全当做是陈赛花了，涎着脸笑了一下："嫂子，你终于肯出来了。"

李全只当他是喝醉了，没有想太多，费了九牛二虎之力才将如一摊烂泥的巴拉赫图搀扶进那间杂屋。

进了杂屋之后，巴拉赫图一倒下就打起了呼噜。

李全像没事一样轻手轻脚地回到床上。

"是喝醉了吧？"陈赛花有点含糊地问了一句。

"原来你没睡着？"

"你不也是没睡着吗？"

李全以为陈赛花这话里有意思，就尝试着往陈赛花身上靠："反正现在谁也睡不着。"

谁知陈赛花一把将李全推开，冷冷地说了一句："你不睡，我睡。"

陈赛花身子一蜷，背对着他，不再吭声。

日子过得飞快，一转眼巴拉赫图就在单边楼住了半个月，他手里的货也卖得差不多了。巴拉赫图跟李全说，准备离开一段时间，再进一批货源过来。

临走前的晚上，巴拉赫图像是变了一个人似的，端着酒杯却很少往嘴边送，显得有点沉闷。

李全开导他说："你我是兄弟，有什么为难的地方尽管说，别闷在心里。"

灯光下，巴拉赫图迅疾地瞟了陈赛花一眼，突然有几分狡黠地笑了一下，然后什么也没说。

这个细节被李全看在了眼里，他自作聪明地问巴拉赫图："该不是想女人了吧？"

李全见巴拉赫图不做声，接着说："你看看，一个人在外面走南闯北也不容易，你就没想过找个地方给自己安个家？"

巴拉赫图像是被李全说中了心思，叹了一口气说："安家？谈何容易。有哪个女人愿意跟着一个居无定所的男人？"

"这就难说了，说不定就有女人喜欢过这种居无定所的生活。这倒是要看缘分的，缘分到了，没有什么愿意不愿意的。"

"话是这么说，可这样的女人到哪里去找啊？"巴拉赫图又瞟了陈赛花一眼。

陈赛花正靠在床头整理晾晒好了的衣物，似乎对两个人的谈话充耳不闻。

"兄弟，不急，到时我发动单边楼的工友们一起帮你物色一下，只是不知你想找一个什么样的。"李全安慰他。

巴拉赫图的喉结咕噜了一下："要是能找一个像嫂子这样的就好了。"

"嘿嘿，"李全笑了一下，神情里有了几分得意，"我跟你嫂子那也是缘分啊。"

李全正想把他和陈赛花的经过讲给巴拉赫图听，突然看到陈赛花横了他一眼，只好马上改口："来来来，喝酒，喝酒。"

巴拉赫图的心情似乎好了许多，端起酒杯跟李全碰了一下："干！"

六

第二天是星期一。李全站在单边楼上稍稍活动了一下筋骨，他一眼看见顾奶奶在楼下的一块坪地里跳扇子舞。奇怪的是，小花还没起床。若是在平时，顾奶奶在跳扇子舞的时候，小花总是坐在坪地的石阶上拍手掌。顾奶奶跳一会舞就向单边楼望一望，再侧着耳朵听一听。李全也站在顾奶奶的门前听了一会，小花还是没有动静，应该还没睡醒。

李全在去上班之前本想跟巴拉赫图告别一下的，因为他知道巴拉赫图去组织货源可能要一段时间才能再回到这里，但杂屋的门还关着，巴拉赫图应该像往常一样没有睡醒。时间还不到八点，司机雷青松的那班车要九点才开。

· 单边楼

反正他还会再回来,李全这样一想,就先去上班了。

李全在上班的时候,右眼皮老是跳。俗话说,左跳财,右跳灾。尽管李全并不相信,但心里还是有点不安,心里一不安,就有点胡思乱想。他首先想到的是陈赛花,快9点了,陈赛花应该去买菜了,小花也该起床了。至于巴拉赫图也应该走了。

李全这样想着的时候,他忘记及时松开手中的按钮,头顶的航车由于速度带来的惯性撞在了轨道尽头的横梁上,发出沉闷的响声。车间里的工人听到响声,都惊骇得抬起头看过来。幸好航车没有撞断横梁。大家的目光转而聚集到了李全的身上。李全愣在那里,仰着头,眼睛鼓凸着,一副惊魂未定的样子。时间在定格了几分钟之后,工人们又回到各自的工作岗位,只有李全的心一直在突突地跳着。

"李全,电话。"

李全听到办公室楼上的喊声才猛然清醒过来。

电话是厂里的医院打来的,听得出来,电话旁边的顾奶奶心急如焚。李小花正在发高烧!李全的右眼皮跳得更加厉害了。

李全请了假赶到医院时,小花刚打完退烧针。顾奶奶抱着晕晕沉沉的小花坐在病房走廊里的长条椅上,一边轻轻地摇着,拍着,一边左顾右盼,直到看到李全,神情才松动了一下。

"是我太大意了,我以为她赖在床上不想起来,原来是发高烧了。"

"她妈妈呢?"李全没见到陈赛花。

"是小陈要我把小花抱到医院里来的,她急急忙忙地对我说买好菜就赶过来。可到现在还没来,我只好叫护士打你们车间的电话。"

顾奶奶一直叫陈赛花小陈。顾奶奶在说小陈要她把小花抱到医院里来时表情有点古怪。李全心里更不是滋味,还有什么事情比女儿发高烧更重要的呢?

李全从顾奶奶手里接过小花,用自己的额头在小花的额头上贴了一下,还是有点烧。小花看了李全一眼喊了一声爸爸,然后又闭上眼睛。

七

李全拿了医院开的退烧药抱着小花回到家里。他找遍家里所有的角落也没看到陈赛花买回来的菜,看来,陈赛花去买菜还没回来,怎么会去这么久呢?

"是不是到医院去了？"

顾奶奶又回头到了医院，也没看到陈赛花。

她会到哪里去呢？

李全突然有了一种不祥的预感，难道她也出什么事了？不可能，像这样一个巴掌大的地方，就是真出了什么事也会很快传遍全厂。但左等右等还是不见陈赛花回来。

李全把已经睡熟的小花放到床上，托付给顾奶奶，他决定到厂里去找一找。

李全先去了厂区的菜市场，问了几个熟悉的小贩，但他们都没看到陈赛花。难道她没有去买菜？如果没去买菜她会去哪里呢？带着种种猜测和疑虑，李全跑遍了全厂也没找到陈赛花，这让李全很泄气。转眼到了下午，陈赛花还是不见人影。

在厂运输公司门口，李全碰到刚交完班的雷司机。雷司机一边脱下袖套一边有点好奇地问李全："嫂子也准备做生意了？"

这话问得没头没脑，李全没反应过来，他胡乱地摆了一下头，因为心里有事，他哪有心情跟一个司机扯闲谈。

李全正准备走，雷司机却来了兴趣，他搂着李全的肩膀说："嫂子要是做生意应该是一把好手。"

"你说什么？"李全还是不知道他在说什么。

"李师傅，我雷青松也不是什么外人，你就不用隐瞒了。"

李全仰起头，怔怔地盯着雷司机："你到底想说什么？你就直说吧。"

"我都看见了，今天早上，你那个叫巴拉赫图的兄弟，和嫂子，一起……坐我的车……"

雷司机的话还没说完，就被李全一把抓住了胸口："你是说，我老婆和巴拉赫图坐你的车？……"

雷司机一边点头一边不解地看着李全："原来你自己不知道？"

"他们现在去哪里了？"

"我怎么知道，我还以为是你要嫂子跟你那个兄弟去城里进货呢。"雷司机说完张大了嘴巴。

"他们没跟你说什么？"

"没有，只是相互打了个招呼。车上人多，我也没问什么。"

"他们在哪里下的车？"

"城里，哦，我想起来了，在下车的时候我问他们去哪里进货，你那个兄弟说就在附近。我还以为他们进了货会再搭这班车回来的，可到点了还不见他们的人影……"

李全感觉到自己的心一下子裂开了，他的脑子里突然跳出顾奶奶曾经对他说过的那句话"你要留心这个叫巴拉赫图的人"。

李全用手狠狠地拍了一下自己的后脑勺，难怪巴拉赫图昨天晚上神态异常，看来，他们是早已预谋好了。李全来不及跟雷司机再说什么，转身就走。在去厂保卫科报案的途中，李全走走停停，他在犹豫：要不要报案呢？这案一报，不就等于告诉全厂的人自己的老婆跟一个小商贩跑了？要是不报案，人又有可能追不回来。接着他又想，就算是报了案也不见得能把人给追回来。这样想过来想过去，快走到保卫科的门口时，李全心一横，掉头回去了。

李全回去的第一件事就是查看家里缺了什么。奇怪的是除了陈赛花好像什么也没有缺，就连陈赛花平时买菜经常用的钱包都没有带走。

再去看杂屋，杂屋的门是关着的，钥匙和锁挂在门扣上。李全将门推开，杂屋里只剩下摊了一地的稻草。这些稻草是前不久李全从附近的农民家里讨要来的，为了这个冬天能让巴拉赫图睡得暖和一点。

李全失魂落魄地走出杂屋，也懒得再将门关上。

"发生什么事了？"顾奶奶刚给陈小花喂完药出来。

李全把雷司机的话跟顾奶奶说了，顾奶奶惊得跳了起来："我就知道那个巴拉赫图不是什么好东西。那天我提醒过你，你不信，唉，我是把你当儿子看才说的……"

"早知道是这样，打死我，我……也……"李全用拳头狠狠地敲打了一下自己的头。

"现在后悔也没有用了，赶紧去报案吧。"顾奶奶看着蹲在地上的李全说。

"我要怎么跟保卫科的人说呢？"

"这不是人不见了吗？"

"可……"

"是两个人私奔了？有可能，也有可能是被拐骗了。"顾奶奶语气缓和了一下说，"我估计那个巴拉赫图到单边楼来的第一天就对小陈起了想心，要不然不会又是买肉又是买酒的。"

见李全蹲在那里还是没动，顾奶奶又接着说："这事要是传开了，是有点不好听,但事到如今又有什么办法呢?小陈也是,丈夫、女儿都在身边,怎么狠得下心跟一个外地的小商贩走呢?"

顿了一下,顾奶奶突然像想起了什么似的说:"那个巴拉赫图肯定是一个骗子,他说的话里明明有河南口音,我是河南人,他一开口我就听出来了,他却说他是蒙古人,这摆明了就是在骗人。"

李全突然觉得自己很没用,连个老婆都守不住。

"再等几天吧,说不定过了几天他们回来了呢。"李全这样安慰自己。

"你啊,就是太老实,事情到了这一步你还在往好处想,我也不知道怎么说你了。唉,难怪……"

"难怪什么?"

"难怪有一天你上班去了,我从外面回来,正好碰到巴拉赫图从你屋里出来,见到我,他还打了个招呼。当时我就觉得奇怪,他怎么没去做生意。当时我还问过小陈,小陈说他货担上的一根绳子断了,是来借绳子的,没找到合适的就走了。照现在看来,只怕是两人早就好上了。"

"您怎么不早说?"

"当时我也没往这上面想啊。"

"或许他真的只是来借绳子呢?"

"刚才还问我为什么不早说,事情已经到了这一步,你还这样想。"

李全突然感觉到头很疼,像是要裂开了一般。他用手紧紧地抱着自己的后脑勺,慢慢地蹲了下去。

八

第二天一早,李小花的高烧退了。李全托车工师傅姜月明替他向车间主任请假,然后搭雷司机的车去县城。

"去县城找嫂子?"雷司机一边用抹布擦方向盘,一边问李全。

李全假装没有听见,偏着头看着车窗的外面。雷司机见李全面色铁青不搭理他,也就没有再问。

两个小时后,车子到了县城的接待站。

李全找了两天,跑遍了整个县城,四处打听,就是找不到巴拉赫图和他老婆的影子。

等李全再回到厂里后,厂里的人都知道他的老婆被一个小贩给拐跑了。话是从雷司机那里传出来的,单边楼几个平时到李全家喝酒的出于关心都来找他询问，李全把自己关在屋里，任谁敲门都不答应。工友们只好陆续散去。

李全把自己蒙在被子里，想到自己这么多年来一直老老实实工作，老老实实做人，虽然不起眼，却也无人说过他半句闲话。这下好了，他李全一夜之间成了厂里家喻户晓的人物，自己的老婆跟人跑了，何况这个人是自己招惹来的，这事摊到谁身上都不是一件光彩的事。别人会怎么看？他李全虽然老实但并不傻，事情是明摆着的，想都不用去想，任谁都会笑他李全无能。但李全还是要想，乱七八糟地想，该想的和不该想的，他都想了。当他想到他是如何对待陈赛花而陈赛花又是如何对待他时，不由得悲从中来，涕泪横流。当他想到巴拉赫图时，不由得攥紧了拳头，把铁架床摇得山响。

顾奶奶怕李全一时想不通会出什么事，一直守在门外，竖着耳朵听屋内的动静，不时通过门缝窥视。

只有李小花还在记挂着那个不知道放在哪里的小木马，不时去拉扯顾奶奶的衣襟："顾奶奶，顾奶奶，我的小木马呢？我要小木马。"

见顾奶奶顾不上搭理她，就哭了起来。声音越哭越大。

顾奶奶只好哄她说："小花听话，顾奶奶等下帮你去找……"

李小花见顾奶奶并没有去找的意思，就更生气了，大哭大叫起来："我要爸爸去找，我不要你找，我要爸爸去找……"

李小花边叫边用手打门："爸爸，爸爸……"

门突然开了，李全有点吓人地出现在门口。李小花愣住了，顾奶奶怔怔地看着李全："你没事吧。"

李全没说话，径自向工厂走去。

李小花回过神来哭喊了一声"爸爸"，李全像是没听见似的。

李全去了厂里的保卫科。一路上，他目不斜视，任何人跟他打招呼，他都充耳不闻。

在保卫科见到刘科长，李全说了一句"有个男人把我老婆拐走了"，然后转身就走。刘科长找到纸和笔，以为他去了洗手间，就坐在办公室等。等了好一会还是没见李全，问值班室的人才知道他已经走了。这让刘科长哭笑不得，他当了几年的科长还是头一回遇到这样的报案人。其实李全老婆跟人走了的事他已经听说，没想到这个时候李全才来报案，更没想到的是他只说一句话就走。

刘科长决定亲自到单边楼去跑一趟。

李全报完案回来把门一关，又自己蒙在床上。

前来了解情况的刘科长敲了几下门,见无人答应,以为李全不在家里,正准备离去时被顾奶奶叫住了。顾奶奶把事情的来龙去脉详细地告诉了刘科长,刘科长一一记录下来。末了,顾奶奶再三拜托刘科长,一定要想办法把陈赛花找回来。

九

"爸爸,爸爸,我要妈妈,我要干爹。"李小花一边喊着一边向杂屋走去。小家伙并不知道发生了什么事,像往常一样活蹦乱跳。

李全一宿没睡呆坐在门口,他的头疼好像轻了许多。但对李小花的喊叫好像听而不见。

早上的雾气已经散去,阳光从云层里下来,正好投射在单边楼的木质栅栏上,近处的山峦裸露出强健的筋骨。好久没有这样的好天气了,但李全根本就无暇顾及,他的心是乱的,被突如其来的阴霾所塞满,那里看不到一丝阳光。

李赛花走了,这么多年过去,他竟然对这个曾与他同床共枕的女人一点也不了解。

"爸爸,爸爸,刀。"李小花喊了起来。

"刀?"李全心里一跳,赶紧走了过去。

李小花正在翻杂屋里的稻草,松软的稻草下面赫然露出一把带鞘的蒙古刀。

李全一眼就认出来了,这把刀正是巴拉赫图经常佩戴在身上的那把。

"看来,这把刀不像是忘记带了,而是巴拉赫图特意留下来的,他为什么要留下一把刀呢?这可是他出门在外的防身之物。难道……他把刀留下是在暗示他还会回来?"李全这样想的时候心里突然颤栗了一下。

他把刀从刀鞘里抽出来,用手试了试刀刃,他右手的食指立马就划破一道细小的口子,鲜血一下子冒出来,但李全感觉不到痛。

十

一个星期过去,转眼又是半个月过去。巴拉赫图和陈赛花仍然不见人影。顾奶奶去保卫科打听,保卫科的刘科长对顾奶奶说,他们早已将案子移交地方的派出所,所里正在查,初步查实那个叫巴拉赫图的人其实是河南的一个农民,姓卢,光棍,不务农事,5年前将本村的一个村民打成重伤,从此逃

· 单边楼 ·

匿在外，当地公安部门也在找他。刘科长表示，有了进一步的消息一定会通知的。

顾奶奶把刘科长的话原原本本地告诉了李全，李全正在一块磨刀石上磨刀子。他对顾奶奶的话好像没什么太大的反应，只是磨刀的速度慢了下来，像是在思考。顾奶奶叹了一口气，又摇了摇头，也不再说什么。

这天晚上，李全的头痛又犯了。顾奶奶好不容易哄李小花睡下，正准备去关门，突然听到隔壁一声大叫，心里一紧，李全白天磨刀的情形像闪电一样出现在顾奶奶的意识里，再加上李全连日来反常的表情，她担心这个男人会不会因为一时想不通而自寻死路。顾奶奶在走廊上一边冲单边楼的人喊"不好了"，一边去推李全家的门，门并没有从里面上栓，屋里灯火通明，顾奶奶一眼看到滚倒在地的李全，那情形如同孙悟空被唐僧念了紧箍咒，李全在地上抱着头翻过来滚过去，脸上的汗像正在炒着的豆子往外蹦。顾奶奶特意留意了一下，李全白天磨的那把刀挂在床头，他身上和地上都没有看到血迹，也没看到有什么伤口，才稍稍放心。住在单边楼的工友们听到喊声也陆续过来了，一齐七手八脚地把李全从地上抱起来。车工师傅姜月明力气大，他背起李全就往医院跑。

顾奶奶带着李小花去医院看李全，李全正坐在病房的床上发呆。前来查房的护士是新来的，不认识顾奶奶，以为顾奶奶是李全的妈妈，就告诉顾奶奶，说病人的脑部曾经受过伤，留有后遗症，以后再也不能让他受刺激了。顾奶奶一个劲地点头，事实上，顾奶奶早已把李全当自己的儿子看了。

第二天，李全没打任何招呼就从医院里跑了。

陪护在病房里的顾奶奶在睡一觉醒来之后，发现身边原本熟睡的李小花不见了，李全也不在病房里，心里一下子就慌了。去问护士，护士跟她一样也慌了。

在医院门口，一个病人告诉追出来的顾奶奶和护士，说看见一个男人抱着一个小孩形色匆匆，像一阵风一样走了。

"他不会干什么傻事吧。"顾奶奶急得手足无措。她首先想到的是李全是不是把李小花抱回单边楼了。可他们根本就没回单边楼。

顾奶奶又跑到李全所在的车间，车间主任一听到"李全"这两个字就来气："我也不知道他去哪里了，他眼里根本就没我这个车间主任，前段时间请假是别人帮他请的，这两天上班像丢了魂似的，今天连个人影都看不见。他老婆跟人跑了，我也能理解，但上班就应该有个上班的样子。要么就向厂里请长假，只要他请，我就敢批！"车间主任话一落地觉得不合适，马上又赔了一副笑脸说："顾奶奶，您老是厂里的元老，您跟他又是邻居，要是见到他，请您老就把我刚才说的话告诉他，他要是不来上班，等着开航车的人排队都还排不过来。"

十一

李全带着李小花回到了老家。

李全没有告诉双方的父母亲陈赛花跟别人跑了。父母没看到陈赛花一起回来自然就问，李全说陈赛花在厂里找到一份临时工，没时间照看小花，现在又是最忙的时候，他只好将小花送回来。陈赛花的父母并不知道自己的女儿已经跟人跑了，听说女儿成了厂里的临时工也高兴得不得了，逢人便说。

李全在老家只待一天就走了。李全的走更像是一种逃，但在他的父母看来，他之所以来去匆匆，肯定是因为厂里真的很忙，也就没有多问。

李全并没有直接回工厂，而是漫无目的地走在寻找巴拉赫图和陈赛花的路上，这一走就是半年，除他自己，没有第二个人知道他去过哪些地方，为什么去了这么久。等李全出现在单边楼时，已是初夏时分。此时的李全蓬头垢面，浑身散发着一股恶臭，路人无不掩鼻。

没有人认出他是李全，谁认得出呢？都以为是一个外地来的叫花子。

李全站在自己的门口，他看到门上挂着一把锁，但他没有钥匙，以前有，但不知丢到哪里去了，即使有也开不了，因为锁被换了。

顾奶奶正在屋里补一条裤子。一个工友过来告诉她有一个叫花子站在他隔壁的门口，已经站了好久。顾奶奶一下子警惕起来，忙放下手中的针线。顾奶奶见这个叫花子正将脸俯在门上，估计是在通过门缝看里面有什么东西，就凑近一点盯着他看。

"是李全吗？"顾奶奶虽然眼睛有点花，但还是认了出来。

李全听到身侧有人问他，像是受了惊吓，慌忙转过身来。

"真的是李全！孩子，这大半年你跑到哪里去了？"顾奶奶想上前，但又有几分迟疑地站住了。她没想到李全会变成这样一副模样。

李全看着顾奶奶，惊恐慢慢在他的眼睛里消散，他对着顾奶奶笑了一下，然后像个被人提醒的孩子一样，向门边退让了几步。

顾奶奶急忙从身上掏出一把钥匙，把门打开。锁是顾奶奶给换的，自从李全和李小花走了之后，这屋子就由顾奶奶照看。每过一段时间，顾奶奶都要过来清扫一次，因此，屋里仍然保持着以前的样子。

就在门打开的一瞬间，李全迅速从顾奶奶身旁挤了进去，从床头取下那把蒙古刀，然后像宝贝一样紧紧地抱在怀里，生怕别人抢去似的。

李全的变化让顾奶奶很是纳闷，她只是想李全有一天肯定会回来的，但没想到李全会变成这个样子。

那天李全和李小花失踪后，医院通知了保卫科，保卫科把李全老婆被人拐走和李全失踪这两件事联系起来一分析，觉得事态越来越严重，就把情况向厂里作了汇报，厂里决定派一个由3人组成的工作组去李全的老家跑一趟。这3个人一个是李全车间的副主任，另外两个是李全的老乡，其中一个曾经去过李全的老家。

李全和李小花在厂里失踪一个星期之后，工作组一行见到了李全的父母，这才知道李全把李小花带回老家后一个人走了，很显然，从时间上来看，李全并没有直接回厂，也没有向工厂请什么假，而现在已经过去一个星期了。工作组的人知道事情非同小可，只好把陈赛花被人拐走和李全并没有回厂的事全部告诉了李全的父母。

结果工作组回到厂里的第二天，李全和陈赛花两人的父母亲也赶到了厂里，他们认为李全和陈赛花的失踪与厂里有关，要厂里负责。理由很简单，陈赛花是在厂里被人拐跑的，而李全是厂里的职工，他现在也已下落不明，厂里应该给个说法。

这样闹了两天，厂里费尽了口舌。刚开始，先是一起找工厂要人，接着陈赛花的父母把矛头对准了李全的父母，要他们赔自己的女儿。顾奶奶和雷司机是作为见证人出面调解的，说陈赛花是自己跟一个小商贩跑的，责任在陈赛花自己。这样一来，李全的父母一下子变得理直气壮起来，反过来说是陈赛花害得自己的儿子失踪了，要他们赔儿子。吵到最后，两家见吵不出个什么结果，又一齐向厂里要人。最后，厂里的一位领导亲自出面表态，由保卫科负责配合派出所尽最大努力寻找陈赛花和李全的下落。在没有找到人之前，厂里保留李全的厂籍，什么时候找到了人什么时候开始上班。

那天，双方的父母都是哭哭啼啼离开工厂的。

"李全肯定是去找小陈去了，"看着双方父母离去的身影顾奶奶叹了一口气自言自语地说，"比大海捞针还难哪。"

顾奶奶没想到李全会这样傻，一个连亲生女儿都狠得下心说抛弃就抛弃的女人，就算是找回来了还能过到一起吗？退一万步讲，就算是过到一起了又有什么意思呢？

不出顾奶奶所料，李全还是一个人回来了。顾奶奶想不清楚，好端端的一个人怎么就傻掉了呢？喊他，他只是对着手里的那把蒙古刀傻笑。闻讯来看他的工友走近他，他会害怕地躲到顾奶奶的身后，眼睛死死地盯着他们的手，像是怕自己手里的刀子被人抢去，又仿佛他们的手里像他一样也拿着一把刀子。

顾奶奶试着与他说话，他总是似听非听，就是不应答，除了傻笑，还是傻笑。

全厂的人都知道李全回来了，傻了，疯了，关于他的悬念似乎就到这里了。厂里把李全的情况通报了他的家里，李全的父母一听说儿子变成了这样，心里透凉。后来到厂里接过一次，可李全只认顾奶奶，别人只要一靠近，他就躲，躲不了，就把随身带着的刀子抽出来与人对峙。李全的父母只得空手而回。再后来，厂里把李全送到一个精神病疗养院，但没过多久，李全又逃了回来，三番五次都是这样，厂里也束手无策。没办法，厂里只有委托顾奶奶为李全的临时监护人，李全的工资照发，由顾奶奶帮忙代领，李全的生活也由顾奶奶照顾，厂里给顾奶奶一定的补贴。

那个姓卢的自称巴拉赫图的人和陈赛花仍然杳如黄鹤。但这对于此时的李全而言，两个人的下落似乎已无关紧要。此时的李全已不再是从前的李全，他已完全沉浸在一个属于个人臆想中的世界里，这让顾奶奶感到既头疼又省心。头疼的是李全自作主张要搬到杂屋里去睡，肚子饿了就直接到顾奶奶屋里找东西吃，只要是能吃的他抓起来就吃。吃饱之后的李全似乎有忙不完的事情，要么蹲坐在杂屋的门口摆弄那把蒙古刀，间或会去屋后的山上砍一棵小树，然后用刀子削，削一会又去磨刀，磨啊，削啊。有时候也玩失踪，一大早就不见人影，山上厂里到处跑，直到天黑才回来。省心的是李全从不多事，有调皮的小孩子逗他，他也只是傻笑，从不气恼。时间一长，顾奶奶也习以为常了，她总是事先备好一些吃的东西在家里，他要是饿了可以随时去拿。顾奶奶还给他准备了几套换洗的衣服，每次都要像哄小孩一样他才肯换下。至于他想干什么就让他干什么，顾奶奶有时看到李全那种忘我而乐此不疲的样子就想笑，待转过身去的时候又会习惯性地摇头、叹气。

十二

日子倒也过得飞快，转眼就过去了十年。十年时间可以改变很多东西：

单边楼

厂里的三轮车成了抢手货，从外地赶来急着想发家致富的人总是先交钱，再排队提车；几年来厂里的工人也增加了一倍；农转非子女开始进厂，读技校，参加工作；厂里还新分来了一批大学生……一到傍晚时分，出来散步的人如同潮水，在这个狭长的山谷里涌过来涌过去。

单边楼有人放录音机。郑智化、刘德华、小虎队、郭富城正以卡式磁带的方式刮起一阵阵旋风。

厂里有一个叫刘胜的青年，他的父母是厂里的双职工，他从小在厂里长大，念中学时因多次在学校与人斗殴而被学校开除，其父母拿他也没有半点办法。如今20岁的刘胜还是个无业游民，个子高大，穿港式衣，留一头长发，蓄着浓密的络腮胡，一副少年老成的样子，看上去比实际年龄要大好几岁，经常和一帮青年在厂里无事生非。有时深更半夜了，还听见他们扯着精力过剩的嗓子，歇斯底里地唱"他说风雨中，这点痛算什么"。

李小花就是在这个时候进的厂，她已经长成十六七岁的大姑娘了，在老家高中还没毕业就顶替李全成了厂里的一名正式职工。李全从此也提前成了一名退休工人。

李小花进厂的那天，顾奶奶使劲揉着昏花的老眼，还是不敢相信站在她面前的姑娘是李小花，对于李小花的记忆她还停留在十年前那个喜欢哭的小女孩身上。李小花也没认出顾奶奶，但她记得单边楼，记得小时候有一个很疼爱她的顾奶奶就住在隔壁。

"你像你妈妈，但比你妈妈更漂亮！"顾奶奶紧紧抓着小花的手一脸的慈爱。此时年逾七旬的顾奶奶已是满头白发。

顾奶奶突然像想起什么，从衣柜里翻出一张泛黄的照片来："这是我在清理你爸爸的房间时发现的。"

这是一张全家福，是在厂里的一家照相馆里照的。照片的背景是一块画布，李全站在陈赛花的左侧，陈赛花的右手抱着李小花，李小花的手调皮地捧着陈赛花的脸。

"我怎么一点也不记得了。"

"那时的你还那么小，哪里记得。"

李小花告诉自己，那个照片上抱着她的女人就是自己的妈妈，但她却激动不起来，甚至在心里有点憎恨这个女人，尽管这是一张正面照，但她无法从这个女人的表情里读到一种母女之间的亲情，这个女人的目光似乎也不在她的身上，仿佛是在别处，一个她无法看到的地方。倒是那照片上的男人，虽然傻傻地冲着她笑，但那笑仿佛要印到她的心里去，而事实上已经印上去了，就像荡漾着的水的波纹，扩散到了心的每一个角落，且总是不肯平息，就像是有人在心里不停地丢调皮的小石子。

李小花的到来让顾奶奶如释重负。她将一个写得密密麻麻的本子、一本存折和一把门钥匙交给李小花："自从你爸没找到你妈回来后，这屋子就没人住过，他一直就住在杂屋里。孩子，以后你就住这里吧。顾奶奶老了，不中用，你要多照顾你爸。另外，这个本子是我记的，你爸爸每个月的工资及支出数目都写在这上面，剩下的钱全部在这个存折里，现在由你来保管。"

李小花当然知道，这十多年来顾奶奶为他们家付出了太多，她不知道该如何感谢这位恩人，"扑通"一声就跪在顾奶奶的面前。顾奶奶赶忙扶起她："傻孩子，快起来，快起来！谁还没有个难的时候。去看看你爸爸，你爸爸正在杂屋的门口磨一把刀子，唉，不知他还认不认得你。"

李小花在家里念书的时候，爷爷奶奶就经常在家里唉声叹气地念叨过爸爸。十年来，爷爷也多次到厂里来探望过，但每次都是摇着头回去的。至于李小花，她的记忆仍模糊地停留在几岁时对于爸爸的印象。当她现在站在李全的面前时，那点模糊的记忆与眼前这个肢体健壮、皮肤黝黑、鼓凸眼球的男人已完全对不上号了。

"爸。"李小花喊了一声，泪水在眼眶里打转。

李全不由自主地慢慢站起来，放下手中的刀。他盯着李小花看，嘴唇不停地颤动着，然后像是自嘲似的笑一下，又蹲下去了，继续磨他的刀子。

李小花的到来似乎对李全的生活有不同寻常的触动。慢慢地，单边楼也因之有了一些变化。

李全除了磨刀、削树、到处游荡之外又多出了一件事，每当他看到李小花出门都要在后面跟着。李小花开始也不觉得，这样的次数一多就有点反感了。毕竟她是个漂亮女孩，又刚从农村里出来，虽然是自己的爸爸，但老是这样跟着总会让人在背后指指点点，就觉得有点难堪，又无可奈何。谁让她摊上这么一个爸爸呢。想归这样想，李小花的这种反感也只是埋在心里。后来，李小花也学乖了，每次出门之前尽量不让爸爸看见，尽管如此，还是有绕不开的时候。

厂里的青年哥哥们很快就知道单边楼来了一个叫李小花的漂亮小妞。但碍于她有一个经常拿着一把蒙古刀跟在后面的爸爸而不敢轻举妄动。胆子稍大一点的，会经常打着唿哨从单边楼经过，目的也无非是想看一眼李小花，表情古怪而做作。李小花正是情窦初开的时候，听到刺耳的嗖哨声心里就会"砰砰"地跳。至于胆子小一点的也有办法，常邀几个玩得好的一起借故去单边楼玩，有时正好碰到坐在杂屋门口磨刀子的李全用剜人的眼睛盯着他们，又一个个惊散如鸟兽。

也有不怕死的，这个人就是刘胜。

"不就是一个农村来的小妞吗？把你们吓成这样？"

"她有个拿刀子的疯子老爸。"

"那又怎么啦，他还会杀了你们？"

"不怕一万，只怕万一，那万一呢？"

"他又不是今天才疯的，听厂里人说他都疯十来年了，有谁听说过他杀过人？"

"那倒是没有。"

"是你们胆小，这么小的胆子还想出来混？"

被刘胜一顿奚落之后，其中有几个很不服气："你胆子大，要不你去试试看。"

受此一激，刘胜先是低着头看着他们，然后头一昂："老子就不信这个邪，你们都靠边站，以后，那个叫李小花的小妞就是老子的人了，你们谁也别想。"

"你就吹吧。"

"你说什么？说老子吹，老子像是吹牛的人吗？"

"既然是这样，敢不敢打赌？"

"赌就赌！你们想赌什么？"

"要是在两个月之内你没有搞定李小花，就算你输了，以后你就得听我们的。"

"怎么样才算是搞定？牵手算不算？"

"牵手肯定不算。"

"对，牵手不能算。"

"要……上了床……才算。"

见刘胜有些举棋不定，一伙人就开始起哄："还是算了吧，吹牛又不会死人。"

"好，要是我赢了呢？"

"你要是赢了，以后你就是我们的老大，我们什么都听你的。"

"好，一言为定。"

打完赌后的第二天，刘胜一个人去了单边楼，但他首先要见的人不是李小花，而是李全。

正是厂里上班的时间。刘胜在单边楼与另一幢房子搭界的水泥台上面对着李全的杂屋坐下，李全正在用刀子削一根不知从哪里捡来的长竹片。太阳斜斜地照过来，李全手中的刀子晃荡出流水般的波光。

李全削着削着停了下来，他盯着刘胜，刘胜在鼻子里轻轻哼了一声，也盯着他，这样盯了足足有十几秒钟之后，李全把头低了下去，继续削他的长竹片，偶尔偷偷地瞟一眼刘胜，见刘胜还在盯着他，他就转过身去背对着刘胜削。接下来，发生了令刘胜完全没有想到的事情，李全突然惊恐地丢下手中的长竹片，大叫一声，起身往后面的山上跑了。

刘胜看着李全狼狈的背影，先是愣了一下，随后哈哈大笑着扬长而去。

十三

李小花最近变得有点心事重重。在顾奶奶的再三追问之下，李小花才羞涩地告诉顾奶奶，厂里一个新分来的大学生正在追她。

"我还小。"李小花怯怯地说。

"年龄倒是不算小，关键是看你喜不喜欢人家啊。"

顾奶奶的微笑像是对李小花的一种鼓励。

"我不知道。"李小花把头低了下去。

"没关系，先交个朋友，有机会叫小伙子过来坐坐，顾奶奶也帮你参考参考。"

正在追他的那个大学生是车间里的技术员，叫黄斌，戴着一副眼镜，白白净净，很斯文，经常有事没事就来找她说话。前不久，还把一封让她面红心跳的求爱信悄悄塞进她的工具箱里。李小花虽然也喜欢黄斌，但她一直没有回信，日子在慌乱中一天天过去。顾奶奶的话并没有打消李小花的顾虑。她并不是不想谈恋爱，只是一想到自己有这样一个爸爸心里就没有底。她担心爸爸这个样子会吓到对方。

可黄斌并没有死心，一到傍晚就一个人在单边楼下面游荡，不时仰起头看李小花亮着灯的窗户。时间一长，顾奶奶就问李小花："楼下的那个小伙子是不是你说的那个大学生？"

见李小花有点躲躲闪闪，顾奶奶就说："我猜就是的。小伙子看上去

· 单边楼

不错，挺知识的，毕竟是大学里出来的。你怎么不把人家喊上来坐坐？"

顾奶奶见李小花还是不吭声，以为是害羞。

"你要是觉得不好意思，奶奶去帮你叫他上来。"

顾奶奶正准备去叫，被李小花给拦住了。这下连顾奶奶也琢磨不透了。

没过多久，黄斌在单边楼下被人打了。打他的人是刘胜，刘胜在把黄斌打得鼻青脸肿之后警告他说："你要是敢打我女朋友的主意我就废了你！"

黄斌捂着正在流血的鼻子问："你女朋友是谁？"

"李小花！"刘胜在说这三个字时声音很大，几乎单边楼所有的人都听到了。

李小花在楼上听到下面打闹不知道发生了什么事，刚开始以为是单边楼的工友之间发生了争吵，而她对这类争吵从来不感兴趣，就没有出来。当她听到有人说出她的名字时，心里猛地跳了一下。等她到走廊上时，打人的人已扬长而去，她只看到黄斌如一摊烂泥被人架着往厂医院的方向而去。楼下的打人现场，只剩下一群围观者在议论纷纷。事情从发生到结束前后不过几分钟的时间。

李小花不知道到底发生了什么，楼下的议论也是七嘴八舌没听出个什么名堂。她明明听到有人说她名字，就想这事难道跟她有什么关系？原本想跟着到医院去看看黄斌的，犹豫了很久，但最终还是没去。

直到第二天，李小花才知道一个叫刘胜的青年因为她而打了黄斌。这还不算，那个刘胜竟然当着围观者的面说她李小花是他的女朋友。这一度让李小花感到既害怕又气愤。

黄斌伤得并不重，都是些皮外伤，脸上贴几块膏布就又来上班了。黄斌在经过李小花身边时用一种既无辜又怨恨的眼神看了她一眼，李小花本来是想鼓起勇气当着黄斌的面澄清一下的，见黄斌是这个样子，出于自尊，话到嘴边又咽了下去。

在李小花的设想中，黄斌如果是真的喜欢她，一定还会来找她，至少会把事情弄清楚。但黄斌没有，不但没有，从那以后，心有余悸的黄斌还刻意地与李小花拉开了距离，也再没有去过单边楼。厂里那些原本对李小花有想法的青年职工也都因为黄斌被打这件事而断了对李小花的念想。这与李小花原来所担心的反差太大，连她自己都想不明白，他们所惧怕的不是拿着刀子的爸爸，而是突然凭空冒出来的"男朋友"刘胜。

因此她恨刘胜，他凭什么说自己是他的女朋友？在此之前，她根本就不认识这个人。但李小花更恨那个怯懦的不堪一击的黄斌。在李小花看来，其实大学生也没有什么了不起，中看不中用，遇到一点挫折就稀里哗啦地缴械投降了。她打心里看不起这样的男人。她本来就缺少安全感，如果要找也得找一个能给她安全感的男人。

属于李小花的第一段感情似乎还没有正式开始就以这种莫名其妙的方式宣告结束。

十四

港匪片正在流行。

刘胜将李小花堵在下班的路上。

他手里捏着两张电影票直截了当地对她说："李小花，今天晚上我请你看电影。"

李小花横了他一眼，发育良好的胸脯随着呼吸的急迫而起伏："我不认识你。"

"你不认识我没关系，我认识你。"刘胜涎着脸盯着她不放。

"神经病！"李小花话一出口就一下子想到自己的爸爸，在全厂人的眼里，她爸才是真正患有神经病的人。

"我没有神经病，但我有相思病。"刘胜摆出一副死猪不怕开水烫的架势。

"要去你自己去，跟我有什么关系？"

"当然有关系，你是我女朋友。"

"不要脸，谁是你女朋友？"

"虽然今天不是，但并不代表明天不是。"

"你……"李小花气急了，大叫了一声，"让开！你再不让开我喊人了。"

刘胜这才把路让开。李小花几乎是哭着跑回家的。

李小花回到家里的时候，李全还在磨他的刀子。这回他不是蹲在杂屋的门口，而是蹲在走廊上。他看到哭着跑回来的李小花，磨刀子的手停了下来，仰着头怔怔地看着李小花一只手捂着脸抽泣另一只手掏出钥匙，开门，进去，然后"砰"的一声将门关上。

看着看着，李全的眼神慢慢地黯淡下来，嘴角抽动，整个脸开始变形。握着刀子的手也随之变得僵硬。但很快又松弛下来。

他不再磨刀，他开始用磨好的刀子削木头，长长的厚厚的木屑像犁铧翻开的新泥。他每削一下,喉咙里就咕噜一下。

碰了钉子的刘胜不但没有灰心,反而激起了更为强烈的征服欲。他总是不断地寻找各种借口去约李小花,李小花不答应,他就死缠烂打,搞得李小花气也撒了,火也发了,却一点办法也没有。有几次,李小花下班后为了躲避刘胜的纠缠只好绕道走。但很快就被刘胜发现,他干脆就直接堵在车间的门口,为顾忌影响,李小花有气都不敢撒。尽管如此,李小花还是没有答应刘胜。

有一段时间,刘胜不来找李小花。像突然消失了。

这反倒让李小花的心情变得复杂起来,她总是忍不住去想,这个人是不是出什么事了,要么是终于对她死心,放弃了。这样想着的时候,李小花却怎么也高兴不起来,甚至有点不太习惯,好像突然之间失去了什么东西,心神老是定不下来。以前下班,李小花怕见到刘胜,这几天却老是左顾右盼,没看到那个身板高大、留着络腮胡子的刘胜之后,心里又感到失落。

"我是不是喜欢上他了?"李小花一次次躺在床上翻来覆去地这样问自己,但又不能完全确定。

十五

"顾奶奶,您认为我妈妈长得漂亮吗?"李小花也不知为什么突然会想起问这个问题。

"漂亮。"顾奶奶从一副老花镜里抬起头来。她正在绞扣眼。

李小花抢过顾奶奶手中的针线帮她绞。

"顾奶奶,你还记得那个蒙古人长什么样子吗?"

"个子高大,留着一脸的络腮胡子,但他不是蒙古人。"

"你说,我妈为什么会跟他走呢?"

"这人哪,只有心里的东西猜不透啊。顾奶奶看人看了一辈子,都没看明白啊。"

"顾奶奶,你相信这个世界上有真正的爱情吗?"

"傻孩子,当然有,就看你遇不遇得到。遇到了就是你的福气。"

"要是遇不到呢?"

"遇不到啊,也有可能是一个人的灾难啊。"

"那真正的爱情是不是永恒的?"

"孩子,这个世界上哪里有永恒的东西啊。"

顾奶奶的话深深触动着李小花的心，她一直相信妈妈的出走一定是因为妈妈不爱爸爸了，一定是因为爱上了那个叫巴拉赫图的男人，要不不会这样狠心。在她开始懂事的时候，当爷爷奶奶咬牙切齿地说到自己的妈妈时，李小花也恨妈妈无情地抛弃了她和爸爸。这么多年过去之后，因为妈妈从来没有出现过，也没有她的任何消息，她差不多已经完全忘记她还有个妈妈。李小花突然觉得爸爸很可怜，他是因为很爱妈妈才会变成现在这个样子的，奇怪的是，她又觉得爸爸其实是一个幸福的人，因为在他的世界里只有两个很鲜明、很清晰的字，那就是爱和恨。由此，她想到自己才是最可怜的人，因为她不知道自己是应该爱呢还是应该恨，这两个字对于她而言是如此模糊。

晚上，李小花一个人走在厂区的马路上。

已是秋天，马路边上的枫树不时有叶子掉落下来，秋风起时，这些落叶就会在脚边沙沙地翻动。马路边的一家音响店里响着郑智化的歌声："他说风雨中，这点痛算什么……"这首歌李小花经常听到有人唱，但能够唱出来的痛是假的，她的痛在心里，是一种无法向人启齿的痛。

她看到几个青年人正在一个临街的棚屋下打美式桌球。这几个人她虽然叫不出名字，但她知道他们经常和刘胜混在一起。

"他会在哪里呢？"李小花无法阻止自己的心里这样去想，去问。

其实，只要她鼓起勇气去桌球台边问一下那几个青年中的任意一个，就可以马上知道答案。但她没有，她甚至怕他们认出她来，特意走到路灯照不到的树荫下。

"我难道已经爱上了一个不务正业的混混？"李小花还在不断地问自己。

"即使是那个混混也比那个大学生强。"这话好像是对黄斌说的，又好像是为了说服自己。

十六

到刘胜消失的第六天，就在李小花以为刘胜再也不会出现在她面前的时候，刘胜却挂着一根拐棍意外地出现了。

"不…不小心，摔了一跤。不过……没事，就是扭了一下。"

李小花迅疾地看了一眼刘胜打着绷带的左脚，一下子显得很慌乱。她终于明白了这几天没有见到他的原因。接下来，她又觉得刘胜这个样子有点滑稽，想笑，但忍住了。

李小花尽量装出以往那种拒人以千里之外的表情。

"你摔一跤关我什么事?"李小花冷冷地说。

刘胜见李小花说完这句话又有想走的意思,心里一急,就上前一步想拉住她的手,结果拐棍掉到地上,他一个趔趄,扑倒在地。

李小花惊叫一声,本能地伏下身去,使出吃奶的劲才将刘胜搀扶起来。

事情就在这一刻发生了实质性的进展。

这一天,离刘胜的打赌期限只有一个月时间了。

十七

刘胜的脚伤很快就好了。

李小花和刘胜第一次正式约会的那个晚上,她发现李全不远不近地跟在他们的后面。这让李小花的心里感到特别紧张。每隔一段时间,她都要回过头去看一眼,看看李全是否还在后面跟着,以致刘胜跟她说了些什么她都没注意听。

刘胜见李小花有点心不在焉,以为她对这样的约会还不太习惯,就想换一个她可能感兴趣的话题。

他正寻思着说什么的时候,李小花又回头看了一眼。这下刘胜也看到了跟在后面的李全。

"你爸怎么跟在后面?"刘胜有点纳闷。

"不知道,他有时就是这样。"

"哈哈,看来他对你不太放心。"

"去你的。"

"不如我们站在这里等等你爸。"刘胜说着就停了下来,转过身,面向李全。

李全见刘胜停下,他也停下来。

"他是不是有什么话想跟你说?"刘胜扯了一下李小花的衣服。

李小花白了刘胜一眼:"不用管他,他能有什么话跟我说呀。"

"你在这里等我一下,我去见见他,说不定,他是因为你跟我出来不放心。"刘胜边说边向李全走去。

李全见刘胜向他走来,突然也转身就走,而且速度越来越快,一下子就走远了,不见了人影。

刘胜心里觉得有点好笑,经过那次对峙之后,他知道李全有几分怕他,他是故意这样的,但李小花不知道。见李全没有再跟在后面,李小花总算松了一口气。

　　自那以后，李小花每次和刘胜约会，李全都会跟在后面，但只要是刘胜回过头来，李全就会掉头就跑，这似乎成了他们恋爱时期不断重演的一个环节。

　　过不了多久，车间主任找到李小花，委婉地告诫李小花，要她在个人问题上慎重一点。很快，顾奶奶也知道了，她苦口婆心地劝李小花，不要跟刘胜在一起。但此时的李小花已吃了秤砣铁了心。

　　刘胜虽然是一个混混，却能变着花样讨李小花的欢心。他带着她去爬山、看电影、下小饭馆、打美式桌球、学跳交谊舞……只要是李小花想去的地方他都带她去，只要是李小花感兴趣的事他都带她去做。他还经常带着她在那帮青年人当中炫耀。

　　有几次，刘胜在和李小花约会的时候试图得寸进尺，但都被李小花在关键的时候拒绝了。这一度让刘胜感到很恼火。为此，李小花也感到很矛盾。她很清楚刘胜想跟她发生那种关系，其实她也想。有一次当刘胜的手从她的胸部顺势而下滑向她的腹部时，她差一点就放弃抵抗，但就在这个时候，她的脑海里突然跳出拿着刀子的爸爸，这个画面如同扑面而来的一瓢冷水，一下子就把她身体里窜动的火苗给浇灭了。

　　那天回到住处后，李小花一个晚上都没有合眼。她到底在害怕什么？她相信刘胜是爱她的，当李小花确定这一点后，她开始把所有的害怕都集中在李全身上。她设想自己和刘胜真正走到一起之后，刘胜的家人会不会因为她有这样一个爸爸而嫌弃她，而刘胜又会不会因为家人的嫌弃而动摇。她可能是想得有点远了，但就是忍不住这样去想，想来想去，最终还是无解。

十八

　　单边楼后面的山上有一块椭圆形的草坪，草坪四周都是两三米高的枞树。要是在月光很好的夜晚，这个草坪就像是月亮投射在大地上的倒影。

　　李小花与刘胜背靠背坐着。

　　"你真的爱我吗？"李小花问。

　　"爱。"

　　"可我有一个疯疯癫癫的爸。"

　　"我爱的人是你。"

　　"以后你会烦的，你会因此嫌弃我。"

·单边楼

"怎么可能?"

"就算是你不嫌弃,你家里人也会嫌弃的。"

"他们不会。"

"为什么不会?"

"我是家里的独生子,我说了算。"

"真的?"

"我为什么要骗你?"

"我相信你不会骗我。"

刘胜转过身来,一把抱住李小花说:"原来你是担心这个,这下放心了吧。"

刘胜的话好像是给李小花吃了一颗定心丸。这一次,李小花不再挣扎,任凭刘胜的手在她发育良好的身体上游走……

秋风虽然有点凉意,但这对青年男女此刻如同两团合二为一的火,在尽情地燃烧。

当这两朵火慢慢熄灭时,李小花突然听到周围的枞树林里有人在窃笑。

"有人!"她用手推了一下刘胜。

"听错了吧,怎么可能?"

"刚才我听到有人在笑。"

"那是风吹在树叶上的声音。"

"明明是人,我听得很清楚。"李小花既羞臊又慌乱地穿好衣服,就像是一只机警的兔子,迅速地打量着四周。

突然,她听到石头滚落下去的声音,紧接着有人压低嗓门喊了一声"哎哟,踩到我的脚了",然后是一阵手忙脚乱奔逃的响声。

她和刘胜被人偷看了。偷看的人还不止一个,而是好几个。听他们的声音和看他们在月色中窜下山去的身影,李小花肯定这些人正是平时和刘胜经常在一起混的那几个青年。

李小花一下子呆住了,瑟缩着身子,不知所措地望着刘胜。

刘胜若无其事地穿好衣服:"这些混蛋竟然敢来偷窥老子,看我怎么收拾他们。"

"这以后怎么见人啊?"李小花哭了起来。

"没事,没事。这是晚上,他们能看到什么?"刘胜在李小花的肩上拍了拍。

"哪有你这样安慰人的。"李小花甩开刘胜的手,哭出了声音。

"不看也已经看了,哭有什么用呢?"刘胜一时不知说什么好。

李小花以为刘胜不耐烦了,止住哭声,低下头,一言不发。

"好了,我送你回去吧。"

刘胜送李小花回到住处的时候,李全没有磨刀,也没有用刀子削什么。惨白的月光下,他仰着头、拢着双手似睡非睡地蹲坐在走廊上,仿佛沉浸在一个不为人知的遥远的世界。

李小花不敢看爸爸的脸。顾奶奶房里的灯也还亮着。她轻手轻脚地进屋,关门,像是做了什么亏心事怕被人看见。

从这个晚上开始,她就是刘胜的人了,但她却高兴不起来,在山上被偷窥的那一幕给她的心里蒙上了一层不祥的阴影。

刘胜把李小花送到门口就走了。在厂区的马路边,几个青年按照他们事先的约定正在等他。打赌的结果是刘胜赢了,他成了他们当中的老大。

成了老大的刘胜一下子变得忙碌起来,他开始成天带着这帮兄弟在厂里厂外无事生非。在面对李小花的劝阻时,刘胜的态度并没有明显的转变,刚开始他还有所忍受,李小花说的次数一多,他就不耐烦了,认为李小花让他这个老大在兄弟们面前下不了台,甚至开始冲她吼叫。在劝阻无效之后,李小花选择了顺从。可李小花越是顺从,刘胜越是趾高气扬。

左也不是右也不是的李小花终于爆发了。

这天,李小花约刘胜去参加一位同事的生日宴,结果还在路上两人就吵起来。

"离开那群兄弟你就没法活了?"

"你懂什么?"

"我是不懂,但我知道你们老是这样下去会没有好下场的。"

"我的事你能不能不管?"

"刘胜,可我是你的女朋友,你顾忌过我的感受吗?"

"我没有,可你也没顾忌过我的感受。"刘胜毫不示弱。

"你根本就不爱我!"泪水在李小花的眼眶里打转。

"是,我是不爱你,不爱又怎么了?"刘胜摆出一副无赖的嘴脸。

"既然不爱,当初为什么还要死皮赖脸地追我?"

"我……"刘胜一时语塞。

但李小花没有给他再往下说的机会,扭头就走。刘胜气得站在那里直跺脚："以前是我追你没错，但现在老子不爱你了！"

李小花听到了，走出老远才大声地哭出来。

经过这次争吵之后，李小花觉得刘胜变了，不是当初追她的那个刘胜了，但不认输的性格又让她极不甘心。冷静下来之后，她又想，当时两个人都在气头上，或许刘胜说的是气话，其实刘胜是爱她的，她已经是他的人了，这辈子不跟他还能跟谁呢？如果刘胜真的还爱她，他一定会主动来找她的，他曾经就打着绷带把她堵在厂门口。这样想的时候，李小花又擦干了自己脸上的泪水。

但时间一天天过去，刘胜并没有来找她的意思，她甚至隐约听到有人说刘胜又盯上了一个刚进厂的女孩。李小花终于坐不住了，她要刘胜当面给她一个说法。

十九

李小花约刘胜在单边楼后的山上见面。她心里清楚，这有可能是她和刘胜最后一次约会。

上山的路有点陡，李小花爬得很慢，仿佛身后有什么东西在拖着她。

刘胜在山上等得很不耐烦。他今天特意把络腮胡子刮了，只因那个新来的女孩说他"老气横秋"，他一狠心就把胡子刮了，刮了之后看上去果然年轻了许多。

刘胜见李小花来了，一翻身从石头上坐起来，劈头就问："你爸怎么又跟来了？"

李小花回过头看了一眼低着头跟在后面的李全说："他经常从这条路上山。可能是去山上砍树吧。"

"你不是要我出来和你谈吗？我看我们之间已没什么好谈的了，我们俩不合适，还是分手吧。"刘胜把手一摊，一副无所谓的样子。

"你现在说我们俩不合适，以前怎么没听见你说？"

"以前是以前，现在是现在。"刘胜歪着头，一副玩世不恭的样子。

李小花睁大眼睛盯着刘胜，她不敢相信自己的耳朵，脸一阵红一阵白，眼泪在眼眶里打转。她觉得眼前的刘胜是如此陌生，这种陌生不仅仅是因为他刮了胡子的缘故。她压根就没想到刘胜会这样狠心，狠心到不留余地。她突然扑上去抓住刘胜的衣服，哭着说："你不是说过你爱我的吗？"

"这可能吗？你又不是三岁小孩，当初要不是因为和兄弟们打赌，我才不会追你。你想想，即使我愿意娶你，我家里也不会同意。"

"你……为什么？"李小花奋力控制住自己的情绪。

"因为我们门不当户不对！"

"是因为我爸吗？"

"这可是你说的，你说是就是。"

"刘胜，你这个混蛋！无赖！当初你是怎么跟我说的，你说你是家里的独子，你们家由你说了算……"

"你现在才知道啊，我早就是一个混蛋了。"

刘胜说完就想往山下走。李小花一把拖住他："刘胜，今天你得把话说清楚……"

"让开！"刘胜用手一推，李小花没站稳，当即被推倒在地。

"我已经说得很清楚了，你刚才没听见吗？"刘胜径自向山下走去。他心里记挂着那个新来的女孩，他跟她约好去爬山的，但不是这座山。

李全呆呆地站在半山腰上，他目睹刘胜把李小花推倒在地之后，正对着他走下来。这是下山最近的一条路。此时，属于李全的愤怒、哀伤、胆怯和作为一个父亲的慈爱在这一瞬间像煤块一样在他的眼眶里燃烧起来。直到他眼睁睁地看着刘胜从他的身边走过去，刘胜在走过他身边的时候用一种不屑的目光剜了他一下，他害怕这种目光，在这一瞬间他像个犯了错的孩子，不敢正眼看刘胜，直到刘胜走过去了，他才从背后怯怯地看他一眼。

"巴拉赫图是打死过老虎的人。"他在心里对自己说。但他又极不甘心，他的身体里有一个声音在叫喊："那是骗你的，骗你的！他怎么可能会打得死一只老虎。"

当李全把蒙古刀从刀鞘里划拉出来的时候，他感觉到自己的身子痉挛了一下，腿根就有点发软，黄胶鞋踩在草皮上随着身子的摇摆有点打滑。

"爸，把刀收起来！"李小花从地上爬起来冲李全喊。

听到喊声，刘胜停了一下，他回头轻蔑地看了李全一眼，继续不紧不慢地往山下走。

"不要怕！有什么好怕！"李全吼了一声，然后用刀子比划了几下，意思好像是在对李小花说他手里有刀子，又好像是要李小花走开。然后他跟在刘胜的后面，也向山下走去。

在走到单边楼跟前时，地势平坦了许多。眼看着李全离刘胜只有不到一丈远了。李全斜刺里跨出一小步，脚尖又稍稍挪动了一下，像是一个站在河心的人踩在了一块令人感到踏实的石头上。他好像知道从这一刻起，苦苦等待的时机已经来临，他所面对的不是刘胜，而是那个像动物一样凶猛的巴拉赫图。

"爸！"李小花又喊了一声。

刘胜再一次回过头来。毕竟是有点心虚，他用手指着李全："你别过来！"

像是施了定身术，李全一下子站住了。就在两人用目光对峙的时候，李小花走到了刘胜的身边，她要刘胜快走，但刘胜并没有听她的，他始终认为李全不会对他怎么样，他甚至一直认为李全在心里是很怕他的，要是现在就这样走了，他的颜面往哪里放？

这次似乎与以往不同，李全并没有退让的意思。他看了看刘胜又看了看李小花，一副似笑非笑的样子。

在李全眼里，此时的李小花多像她妈妈年轻的时候，简直就是一个模子印出来的，不，在李全看来，李小花就是陈赛花，而那个身材高大的小伙子就是巴拉赫图。李全突然对着刘胜嘿嘿地笑了几声，脸上露出十分鄙夷的神情。

他把脖子一甩，仿佛脖子是装上去的："兄弟，你以为你刮了胡子我就认不出你了？！"李全握着刀子的手一阵剧烈地抖动。

十年了，终于等到了这一天。他挺了挺胸脯，感到自己强健的肌肉在衣服里拱动，他已经不是从前的李全了，尽管他还没有十足的把握可以取胜，但为了自己心爱的女人，他豁出去了。李全往前跨出两步，刀子在手中翻卷着。刘胜死死地盯着他，嘴角透着一股讥讽般的冷笑，李全也死死地盯着刘胜。

"果然是条汉子。"李全突然犹豫了一下，刚刚涌上来的力气一下子又泄了下去，他赶紧又往后跳了两步，跳回到原来的位置。

刘胜压根儿就不相信李全会真的对他怎么样，只是觉得这样很滑稽很好玩，就故意突然摆出一副要搏击的架势来逗他。每逗一次，刘胜都会下意识地后退一步。

逗着逗着，刘胜觉得也没什么太大的意思，就不再理会李全。

"巴拉赫图，你的刀呢？你的刀呢？巴拉赫图……"李全一边含混不清地念叨着一边眼睛死死地盯着刘胜的手。刘胜身上没有刀，他两手空空。

"哈哈"李全大声地笑了起来，"你没有刀，你的刀在我这里。"

刘胜料想李全不会扑上来，干脆把双手交叉合拢在胸前，一副不屑的样子。

很显然，刘胜的不屑在深深地刺激着李全，他只觉得自己的脑子里像是被谁塞进了一团火，这团火越烧越旺，随时都有可能将脑袋炸开。

时间在僵持中一分一秒地过去。

李全抓着刀子的左手突然在自己的右手手背上刺了一刀，顿时鲜红的血从手背上冒出来，顺着手腕往下淌，淌到裤腿上、脚背上，裤子、袜子、鞋子很快就被血浸红了。李小花在一旁惊得张大了嘴巴，一时手足无措。

李全似乎无视于自己的鲜血，他的眼睛仍然死死地盯着刘胜的手，嘴里不时发出阵阵冷笑。刘胜见到这种情景，心里也开始发怵了，原本不屑的姿势一下子变得很别扭，他下意识地把手放了下来。但就在刘胜把手放下来的时候，李全突然向刘胜冲了过去！

按道理，李全是刺不到刘胜的，此时，他们之间至少已有五六米远的距离，这样的距离足以让一个年轻人轻易地避开刀子的锋芒，但鬼使神差，好像在这一刻有一种十分诡异的力量把刘胜定在了那里，他不是没有避开的念头，那电光火石的一刹那产生的念头却没能传递到他的腿上，他站在那里，几乎是一动不动，然后看着李全把那把磨得寒光闪闪的刀子刺进自己的腹部。

当李全把刀子从刘胜的身体里拔出来的时候，他连着嚎叫了几声，轻易得手的狂喜涨满了他身上的每一个细胞。刘胜的身子弓得像一只虾米，一头栽倒在地上。

"杀！杀！杀！"李全对着倒下去的刘胜又连着捅了三刀。鲜血像汩汩的山泉从伤口冒出来，很快流了一地。李全见自己的对手已没有任何还手的余地，这才站起来，用衣服擦去刀把上的血迹，然后不失英武地转过身，以一个胜利者的姿态趾高气扬地走了。

李小花目睹了事情的全过程，当她看到刘胜被李全刺倒在血泊中时，失声尖叫，恍惚中，她看到单边楼的后墙上爬山虎枯灰的叶子在眼前摇晃，整个单边楼也就跟着摇晃，像浸在荡动着的水里。几个人影正叫喊着从单边楼跑出来，向他们走来。然后，李小花就晕厥过去了。

二十

刘胜在被抬往医院的途中死亡。

李全被公安控制的时候，双目圆睁，一边奋力挣扎，一边还在歇斯底里地叫喊着"杀！杀！杀！……"

·单边楼·

　　刘胜的死并没有引起人们的同情，更多的人认为这是他咎由自取，有的甚至拍手称快。

　　李全经法医鉴定后定性为发病期间杀人，不承担法律责任，被再一次强制送往精神病院。刘胜的后事由工厂出面调解。

　　刘胜的死给李小花带来沉重的打击，倒不是因为她为刘胜的死感到痛心，而是因为这命运的残酷完全超过了她的承受能力。幸好有顾奶奶日日夜夜陪着她、开导她。

　　一年后，为提升对外形象，厂里的招待所进行机构改革，专门从各单位挑选了一批年轻貌美的姑娘，负责对外接待工作，李小花是其中之一。令谁都没有想到的是，李小花进招待所不到一个月就走了，她离开了这个让她的身心备受煎熬的地方，她是跟一个前来提车的外省人走的。这个外省人在厂里的招待所等了十来天，一次性提走了三台车，顺便也把李小花像提车一样给提走了。

　　李小花是悄无声息走的，走得决绝，事先连顾奶奶都毫不知情。当顾奶奶知道这一消息后，很久才回过神来，她长叹了一声："这都是命啊！"

　　李小花走后不久，李全又从精神病院跑回来了，仍然住在那间杂屋里。但他不再削什么，那把精致的蒙古刀早已被当做凶器给收缴了。他不知从哪里找到一根木扁担，没人的时候就用抹布一遍又一遍地擦拭。单边楼任何一个人跟他说话，他都只是傻笑，从不开口。若是有生人靠近，他则会抓起扁担撒腿就跑。

　　也不知从什么时候开始的，李全每隔一段时间都会回一次老家，就会让本文开头的那一幕再现，风雨无阻。

　　每当这个时候，一个叫顾奶奶的年逾七十的老人就会站在单边楼上眺望，一边望就一边摇头叹息。那磨磨蹭蹭的太阳光就在离她几米远的地方，这使得她的一头白发显得有点灰暗，更加灰暗的则是她那张脸，和脸上那越堆越多的皱褶。

跳水运动

　　整整一个上午，他站在这座桥上，不时俯下身去，近乎痴呆地望着桥下的河水，望着那巨大而又悄无声息的涌动。他的背后，是另一种涌动，这喧嚣的车流企图与他内心的涌动达成一致。

　　目测，这座桥与水面大约十米高的样子，这样的高度就像是十米跳台，当然，如果从这里跳下去肯定和在十米跳台跳的感觉不一样，那会是一种什么样的感受呢？如果真的跳，他应该以一种什么样的姿态呢？很显然，这种想法绝不是循规蹈矩的生活能够赋予的。这是一种自然的、无法预测和把握的、被自身的重心所牵引的、完全托付于虚空的姿态。当生活的姿态一而再再而三地被压低、压到更低，他对这种来自假想层面的姿态就有了一种无法言说的好感和向往。这种好感和向往就像一把铁爪牢牢地抓住了他。

　　在他的身边，准确一点说，在距他大约十米开外的地方还站着一个中年妇女。他猜想在她的身上一定发生了什么难堪的事情，她的胸脯在急剧地起伏，头部稍稍向上昂着，并不时抬起手来用纸巾搓揉着眼睛。可以肯定，她在哭。

　　他和她，两个毫不相干的人，仿佛约好了似的。

　　她是从桥的那头一路小跑着过来的，她跑动的姿势看上去有点滑稽，她的手肘一高一低，像一个操着双桨的人，她在划动，但她的臀部有点沉，这使得她的步子变得细碎而笨拙。她不像是在逃避什么，也不像是迫于某个人的追赶，那是一种不顾一切的姿势。

　　她一定是受到了某种无法承受的伤害，这种伤害紧紧地攫住了她，攫住她的心跳她的呼吸乃至她的整个生命。但当她真正面对桥下的河水时，又有点犹豫。她几次面向河水闭上了眼睛，仿佛在给自己打气，但她每次在长长地吐了一口气之后又把眼睛睁开。很显然，她的恶劣情绪碰到了从未有过的对手，这对手相对于她的身体而言过于强大，这是她事先没有想到的，也说明她之前的准备还不够充分。

时间开始变得有点漫长。她的犹豫使他对她产生的好奇心很快平息下来。他又开始专注地望着桥下的河水，那如布匹般光滑的河水从未停止过它的涌动。

他想他一定是站在这里太久了，以致他让她感到深深的不解和怀疑。她一张一张地抽出纸巾，有时用来抹眼泪，有时用来捏着自己的鼻子，她那有点肥胖的身体在抽搐中上下起伏。她的纸巾很快用完，最后一团也被她揸一把鼻涕丢到河水里冲走了。在侧过头来偷偷地看他几眼之后，她终于忍不住向他靠拢，她额头的刘海被河风吹得扬起来。他站在那里没有动，她很小心地与他保持着距离，八米或者五米。在她看来，这一定是她认为他能够接受的最合适的距离。然后，她开始扬起手来向他打招呼。

"喂，小兄弟。"她的声音一下子就被风吹跑了，但他还是能够听见。

这真是不可思议！他扭过头看了她一眼，只是看了一眼，肯定没有像她预料的那样响应她。她有点按捺不住，这个好心人开始询问他，到底是因为什么原因什么事情，这个世界上其实是有许多条路可以走的。他相信，这话刚才她也对她自己说过，而且，肯定不止一次两次，以致当她这样对他说时，他总以为她是在自言自语。看得出来，她是一个在生活中很普通的女人，是她有点过分的善良（他就是这样认为的）使她在她所认为的紧要关头成为哲学家。她像是突然受到某种带有使命感的召唤，这种召唤完全可以让她暂时忘记自己的存在。或许你会说，哦，这个女人我认识她，不就是某某某吗，没什么特别的。但就在此刻，他感受到她神圣的一面。

"小兄弟，有什么想不开的事能不能跟大姐说说？"

"人活在这个世界上，难免会有些不顺心的事，你可千万别往心里去。"

"大姐是过来人，曾经也有过这样的念头，现在还不是挺过来了。"

"你不想想你自己，也得想想你的家里人吧，他们以后怎么办？你就能这样狠得下心来？"

"……"

她仍在不停地说着，这些朴素的生存哲学被河风吹过来又弹回去，像是在排练前翻来覆去背诵的台词。

这时，另外一个人从她那头走过来，在快经过她身边时被她一把拉住，那是个年轻的有点冒失的小伙子。在她的示意下，小伙子仿佛马上明白了即将发生的一切。两个人越发紧张地望着他，尤其是那个小伙子像是被人施了定身术。

从他的那头又走过来一对青年男女，两人勾肩搭背，像一对热恋中的情侣。两人在经过他身边的时候连看都不看他一眼，当然，那个中年妇女远远地冲他们挥手示意，想阻止他们靠近他，但枉费心机。直到他们走到中年妇女和小伙子的身边时，才从两人紧张的表情里看到了什么，男青年揽着女孩的肩回过头来瞪了他一眼，两人都是一副莫名其妙的表情，男青年用鼻音哼了一声，然后又迅速地转过头去。

那头，又来了一个小女孩，五六岁的个头，红扑扑的圆脸，大红印花的衣服，每只手上都拿着一支棒棒糖，右手的棒棒糖含在嘴里，把她左边的小酒窝撑得鼓鼓的看不见了，左手的棒棒糖被花花绿绿的糖纸包裹着。她单脚着地，一个人蹦蹦跳跳地走在前面，她背后的小书包和头上的小辫子就跟着蹦来跳去。离她几步远的地方，一个老人正费力地加快着自己的步子。

小女孩在经过中年妇女身边时，也被中年妇女叫住了，她用手指了指他，然后在小女孩的耳边说了几句什么，小女孩好像没听懂，但还是点点头，像刚才一样蹦蹦跳跳地向他这边走过来。小女孩的声音圆润动听："叔叔，我请你吃棒棒糖。"说着，她就将左手抓着的那只棒棒糖递了过来。

他看着她，笑了一下说："你自己吃吧，叔叔不喜欢吃糖。"

小女孩大而有神的眼珠子水灵灵地一转："叔叔，那你喜欢什么？"

他拍了一下她的小肩膀说："叔叔喜欢桥下的河水。"

"叔叔，那你不会从这桥上跳下去吧？"小女孩的眼睛里涌上来一种疑问。

他又笑了，"你在电视里见过跳水吗？"

"见过，好好看，也好好玩。"

他俯下身子，看着她说："叔叔有一个小秘密，只告诉你一个人。"

小女孩一听说是个秘密，就很乖地把耳朵凑到他的跟前。

他悄悄地对她说："叔叔等一下会从这座桥上跳下去，就像你在电视里看到的跳水一样。"

"真的吗？那太好了。"小女孩跳了一下又马上停下来，可能是怕这个秘密被人听去了，她也轻轻地对他说："叔叔，你放心吧，我不会告诉别人的。"

小女孩回过头，见她爷爷和中年妇女正紧张兮兮地望着她，就又回转身蹦蹦跳跳地向她爷爷走去，在快要走到他爷爷的跟前时，被她爷爷一把拖在怀里。中年妇女也像是松了口气，好像是生怕他会把这个女孩从桥上丢下去一样。但他们很快就又不约而同地张大了嘴巴。因为他们看到他开始脱衣服，除了那个小女孩，他们的眼神里在透着惊恐的同时也透着疑惑，一个人既然铁定心要跳下去，那为什么还要脱衣服呢？唯有小女孩一副很激动的样子，这种激动里因为隐含着一个小小的秘密和一种羡慕得近乎崇拜的心理，使得她红扑扑的小圆脸泛出一种白亮亮的光来。

　　与此同时，他开始脱自己的鞋子，还有裤子，一直脱到只剩下一条背心和内裤。他脱得慢条斯理而又旁若无人。他听到车子在背后呼啸而过时突然按响的喇叭声，这有点亢奋的声音刺激着他，他开始翻越桥上的护栏，事实上，这对于他来说实在是太轻而易举了。他确信自己已经站在护栏的外面，然后侧过头来看了看，三三两两地有人在向他走来，越来越多的人在向他走来，越来越多的车停下来，像一个极不真实的幻觉。但那些张大的嘴巴，那些屏住的呼吸，甚至包括那些或焦虑或期待的眼神，让他第一次如此强烈地感觉到自己是一个被重视的充满悬念的人。

　　"小兄弟，千万不能干傻事啊！"中年妇女像投降一样扬着双手在喊。

　　他使劲吸一口气，在心里默念着："1-2-3。"

　　"啊——"

　　"不好，有人从桥上跳下去了！"

　　所有的惊恐很快在同一时间出现在每个人的脸上和惊叫声中。

　　在双手松开桥栏的一瞬间，他的心像一块被抛掷的石头，有了从未有过的弧线。但与他事先想象的不太一样，他努力并拢的双腿很快被分开，他的双手像两片迅疾划动的桨叶，迅速下坠的身体无可挽回地发生倾斜。速度太快，原来想好的动作根本来不及纠正，唯一与想象吻合的就是向下的方向。

　　跳了才知道，目测的高度是最不可信的。

　　最先入水的是他的头部，紧接着是肩、胸和稍稍有点发福的腹部，最后是脚踝……一个类似于45度的角。水面激起一片白晃晃的水花，但很快在桥上的一片喊叫声中恢复平静。

　　他的每一个毛孔都被沁凉的河水所包围。在没有感到窒息之前，他先感觉到来自眼角、脸颊、腹部的火辣辣的痛，紧接着是一股不可逆转的力量在推动着他，他知道，那是他生命的下游。

　　他在水里换了一口气（这是他从小就练就的绝技），然后展开四肢用力一划，身子就像箭一样升到水面。当他浮出水面的时候，桥已经离他很远。他使劲甩了甩头发上的水珠，然后用手抹一把脸。与他想象的一样，桥上已站满了人，就连河的两岸也有不少人在跟着水流奔跑。当他们看到他突然从水里冒出来时，一个个面部的表情呆若木鸡。

"在那里，在那里。"有人用手指着，禁不住大声地叫喊。

说句心里话，他对自己刚才的表现很不满意，在小女孩的眼里，他跳水的姿势一定很难看，她一定会因此感到失望，但顾不了这么多，他尽了力。

他一眼就看见了那个穿着大红印花的小女孩在桥上高兴得一个劲地蹦着跳着，使劲地向他挥手，他也在水里高高举起自己的右手，挥动着向她示意。

他突然想起那个中年妇女，她此刻已站在他原来站立的地方，一副惊魂未定的样子，还有她身边的那个小伙子，努力张大的嘴巴还没来得及合拢。他也向他们挥了挥手，就像一次作秀，一串串闪闪发光的水珠很快沿着他的手臂像散落的珍珠一样跌下来，在水面上跳跃。

他挥动双手，向河中心的一座小岛划去，这么远的距离对于他来说应该不是问题。要是他觉得这样划有点费劲，就会改变姿势一动不动地仰躺在水面上，然后，静静地顺着水流往下漂，这个时候他就可以看到头顶飘过的白云和无边无际的蓝天。

河岸上的人开始散去，还有一批仍然站在那里望着他，好像事情的发展在他们看来不应该是这样的一个结果。他想，他们之所以还站在那里，一定对他还抱有某种期待。

他突然感受到一种从未有过的舒坦和开阔，张开的双臂越划越快。

·单边楼

压岁钱

天还没有放亮，我就睁开了眼睛，醒来之后，再也睡不着。

我伸手摸了摸枕头底下，摸到一张折叠成长条状的纸币，这是一张崭新的纸币，甩一下会发出哗啦啦的声响，就像晚上的北风刮在树叶上。顿时感觉到心里特别踏实，这是昨天晚上父亲给我的一元压岁钱。一想起昨天晚上，我就抑制不住地激动起来。我已经九岁，小学三年级第一学期刚念完，还不确定这一元钱对我来说具体意味着什么，但只要触摸到这一元钱，我就有一种莫名的兴奋和紧张。

纸币正面是一个女拖拉机手开着拖拉机的图案，虽然还没见过拖拉机，但我总把母亲跟那个女拖拉机手联系起来，母亲也是短头发，要是她也开着拖拉机，她的短头发肯定也会像图案上的短头发一样飘起来的。纸币的背面是一幅牧羊图，那个牧羊人就像一个影子，或许是他离得太远了，看上去很模糊，只知道他的衣服被风吹了起来，我还仿佛看到他手中舞动的鞭子，一群绵羊像天边的云朵一样涌过来。

不知为什么，我突然喜欢上了绵羊，我的家里曾经养过一群黑山羊，那些黑山羊都长着长长的白胡子，它们怕水，每次在经过门前的那条小溪时，总是埋着头，不肯跳过去。我使劲地扯套在它们脖子上的绳子，黑山羊就憋足气力，两只前足抵住小溪的边沿，屁股撅起来，身子努力地往后仰，就是不肯过去。没办法，我只好又跳过来，在黑山羊的后面用鞭子使劲抽它们，它们负痛，又被断了后路，只好硬着头皮跳，其实很简单，它们只要轻轻一跳就齐刷刷地跳过去了。

有一天，我懒得牵它们出去，就把它们拴在堂屋的一架风车上，然后扯些青草回来，丢在地上任它们吃。它们吃饱后并没有安分，一张嘴竟然把粘在墙上的"马恩列斯毛"的肖像给一幅幅撕扯下来，还踩在脚下，稀稀拉拉

110

地在上面拉屎。它们这种出格的举动令我很生气，就顺手脱下自己的鞋子追着它们一边大骂一边猛打。我并不知道"马恩列斯毛"都是些什么人物，只知道家家户户的堂屋里都挂着他们的画像，村里的大人们把这些画像看得比自己祖宗的灵位还重要。骂够打够之后，就坐在门槛上直喘气，我一边喘气一边恨死了黑山羊。

绵羊就不同了，虽然我没有亲眼见过，但从纸币上的图案来看，绵羊与黑山羊的区别很大，绵羊的角是弯曲的，像扭起来的麻花，那么硬的角能像麻花一样扭起来，这让我觉得很有趣也很新奇。我想那角一定是软的，想怎么扭就怎么扭，想扭成一个什么样的麻花就能扭成一个什么样的麻花，说不定还能扭出个秧歌来。还有它们身上那厚厚的蜷曲的毛，看着就觉得温暖，要是能穿在自己的身上就好了。画面的背景是大草原，我只见过小片的草地，再就是只看见不远处连绵不绝的山和一条条捉襟见肘的小路，要是一个人能赶着一大群绵羊在一望无际的大草原上，该有多好啊，那感觉，想想就觉得美。

其实，在此之前我做梦也没有想过自己会拥有一元钱。

昨天晚上，父亲好像从来没有这样高兴过。在我的印象中，每次父亲回来都显得很严肃，让人又敬又怕。父亲所在的工厂远在数百里之外，每年只回来两趟，一是农忙，二是过年。平时则很少回来。以往过年，父亲也会象征性地给压岁钱，我两毛，弟弟也是两毛，但往往不等过夜就到了母亲的手里，母亲常说，放在你们身上会掉，还是由我给你们兄弟俩保管着。我很快就明白母亲说的"保管"其实就是没收。但这次好像与往常都不一样，我和弟弟吃过年夜饭后就守在火炉边，火炉里的火烧得很旺，母亲将父亲喝冷的酒暖了又暖。边暖酒母亲边对父亲说："少喝点，喝多了伤身体。"父亲一副满不在乎的样子，一边喝着一边像是自言自语，一边不时看一眼母亲。父亲翻来覆去说的都是过了年以后的打算，说这房子明年要好好修一修了，准备下次回来还在屋后盖一间灰屋；说等他这次休完探亲假回厂后，想办法托熟人再给家里装一车煤回来；说以后会尽量多寄些钱回来，家里的家具也该添些了。父亲的脸在煤油灯下红红地泛着光，他还说只要母亲把家里的事情收拾好，其他的事都不用她操心。在我的印象中，父亲每年都会这样"展望"一下的。转眼几年过去了，房子一年比一年旧，屋后要盖的灰屋也一直没盖起来，家里的家具还是原来的，屋前坪地里的煤还是母亲一担一担挑回来的。

·单边楼

父亲一年到底挣了多少钱回来，只有母亲知道。

母亲、我、弟弟的脸也在炉火边红红地泛着光，我时而看看父亲又看看母亲，母亲一边一脸幸福地听着一边哦着。

夜有点深了，我把一双手夹在两腿之间搓弄着，有一种莫名的兴奋感。弟弟则忍不住打起了瞌睡。

母亲说："不早了，你们兄弟俩去睡吧。"

我嘴里答应着，屁股却坐在凳子上不动，埋着头，一双手放在火上烤一下，又缩回来，不停地搓弄着。这时，父亲突然像想起什么，一边在内衣口袋里摸索着一边招呼我和弟弟："来，你们兄弟两个过来，一人一元压岁钱。"父亲舔了一下手指，从一沓票子里点了两张崭新的。我一下子从凳子上弹起来。在接父亲给我的一元钱时，又使劲地搓了一下手，仿佛手上有什么脏东西会把这一元钱弄脏似的。母亲轻轻推一下弟弟，弟弟如梦初醒。母亲努了努嘴说："给你们兄弟压岁钱呢。"

我和弟弟每人拿到一元钱之后，父亲吸一口酒咂吧了一下嘴又说："兄弟俩一人一元，这次的压岁钱是属于你们自己的，你们想怎么花就怎么花，但有一条，谁也别欺侮谁，尤其是你。"父亲用手指了我一下接着说："你是哥哥，不要打弟弟那一元钱的主意。"

我虽然不喜欢父亲这样说，但刚刚到手的一元钱所带来的巨大喜悦笼罩着我，这些话并没有到我的心里去，我一边傻笑着，一边不住地点头。

弟弟拿到钱后还是一副昏昏欲睡的样子，他似乎对这一元钱并不感冒，当场就把钱放到母亲手里，弟弟的这一举动正好被父亲看到，父亲重申了一句："我说了，这一元钱是给你们自己去花的。"母亲听父亲这么一说，赶紧把手上的一元钱塞进弟弟的裤口袋里，还在口袋上用力拍了几下说："把钱收好，你们都这么大的人了，别弄丢了，这是给你们兄弟的压岁钱，娘不用，娘这里有钱用。"听母亲这样一说，我刚刚悬起的心才放下来。

一元钱，到底应该怎么花呢？要是买纸糖，一分钱可以买两颗，那一元钱得买多少呀，还不是花花绿绿一大把，堆起来比一座山还要高呢。要是买鞭炮呢，村办爆竹厂就有卖，也可以买好几挂，但鞭炮放了终归只是听一个响，而且所有的响都一个样，放完之后就什么都没有了。不像纸糖，吃在嘴里连心里都是甜的，吃完了还可以回味上好长一段日子。那就买纸糖？不，纸糖虽然很甜，但谁见了都想吃，有一次我嘴巴不舒服动了几下，结果弟弟就问我是不是在吃糖。要是真买了纸糖，只怕自己吃不了几粒就被瓜分了，划不来。要不买连环画吧，前两天，我看见供销合作社又来了一批新的连环画，都是以前没有看到过的。以前看连环画基本上是借别人的，村里的顺哥哥不知从哪里弄来那么多的连环画，我从他那里借的次数最多。常常是好不容易借到手还没看过瘾，要么就被顺哥哥要回去了，要么就被别的人抢去看了，有几本传来传去就不见了踪影。对，这次就自己买，买回来自己想怎么看就怎么看，看完之后就藏起来，谁也不借。连环画有几分钱一本的，也有一毛钱一本的，最贵的也不会超过两毛，一元钱可以买好多本。不，现在什么也不能买，一买这一元钱就没了，我转念一想，要好好地收着这一元钱，要等自己把这一元钱看够了玩够了再去花，不买连环画没关系，只要有这一元钱在，什么时候都会有连环画买的。

这样想着的时候，屋顶的亮瓦和对面的窗户透出灰灰的白。我看了看亮瓦，又看了看窗户，觉得一个晚上从来没像现在这样长过。时间就像是一个在雨天背着稻草行走在路上的老人，稻草在他的身上越来越沉，他行走的双脚就越发显得迟钝。我把一元钱紧紧地攥在手心里，生怕它跑掉似的。每隔一段时间，又情不自禁地把这一元钱拿出来，在眼前展开，但光线太暗，再怎么瞪大眼睛再怎么凑近也无法看清上面的图案。我就盯着窗户看，看了一会，突然又抑制不住内心的兴奋，就用手去推睡在身边的弟弟。弟弟先是嘴巴吧唧了几下，然后鼻子猛地吸溜了一口气，身子不大情愿地翻过来，只一会，又睡着了。

我才不管那么多，一边挠弟弟的痒痒，一边附在弟弟的耳朵边说："快起来，要去拜年啦。"

弟弟迷迷糊糊中听说要去拜年啦，一骨碌就坐了起来。他使劲地揉揉眼睛，见屋子里还乌七抹黑的，就知道我在骗他，心里老不高兴，倒头又准备睡。

这时我问他："你的那一元钱放在哪里？"

弟弟嘟哝了一下："放在席子下面。"

我在席子下面果然一下就摸到了："你准备拿这一元钱干嘛？"

"不知道。"弟弟打了一个长长的呵欠。

"不知道？要不，哥教你怎么用吧。"我逗他。

"你教我用？那还不等于是你用的。"弟弟噘起嘴巴，一脸不高兴。

·单边楼·

我没想到弟弟会这样说，就把一元钱又重新放到席子底下。过了一会，我又问，"那你说说看，你打算怎么用？"

弟弟没有吭声，我又重复着问了一句，还是没吭声，原来他又睡着了。

不等天大亮的时候，村子里就此起彼伏地响起鞭炮声。

我将一元钱叠好，沿着原来的折痕叠成长条形，放在自己贴身的口袋里，然后早早地穿衣起床。平时我也起得早，但从来没有像今天这样早过。

母亲起得更早，她忙乎着丰盛的早饭，并利用间隙把纸糖、花生、葵瓜子、香烟一样一样地放进一个大大的盘子里，免得等一下有人过来拜年慌了手脚。见我也起来了，母亲用一种近乎讨好的口气说："今天起得这么早。"

我伸了一个懒腰，突然觉得自己今天是与以前有点不一样，至少在伸了一个懒腰之后神气了许多，小胸脯也挺得比以往高。

"你弟弟呢？"母亲问。

"他呀，一天到晚只知道睡睡睡。"我的语气里俨然有一种架势，像个小大人了。

母亲看着我笑了一下。母亲平时里皱眉的时候多，常常是一副对谁都苦大仇深的样子。其实母亲笑起来也蛮亲切的。我想，母亲要是天天这样笑就好了。

"母亲，你看山那边的云像什么？"我问。

母亲有点茫然地摇摇头。

"像一群绵羊。"我自豪地说。

"像绵羊，像绵羊，"母亲应和着，"昨天晚上你爹给你的压岁钱呢？"

我用力拍拍自己的口袋。母亲就又笑了一下。

吃过早饭，我迫不及待地出去拜年去了。我早就想好了，这次拜年要多拜几户人家，然后把身上所有的口袋都塞得满满的。弟弟想跟我一起去拜年，我嫌他慢吞吞的，就一个人先走了。

拜完了几户人家后，我的口袋里已塞了不少的纸糖、花生和葵瓜子，我并不喜欢这些吃的东西，因为每到过年，这些东西都是家家户户必备的，没什么稀罕，我最喜欢的是香烟，虽然还不会抽烟，但就是有一种说不出来的喜欢。小孩去拜年，本来是不发烟的。有一回，村里的一帮小孩事先串通好，到一户人家，除了香烟什么也不要，主人没办法，只好给他们。这次我还多了个心眼，先看主人家的烟盒，凡是"经济牌"和"火炬牌"的烟都不要，

114

我要的是"飞鸽牌",因为父亲抽的就是"飞鸽牌"。

在快要走到顺哥哥家门口的时候,我冷不丁被从路边闪出来的顺哥哥拦住了。我吓了一跳,但很快又惊喜了一下,以为顺哥哥是在等我一起去拜年呢。去年我也是跟顺哥哥一起去的,顺哥哥胆子大,那架式倒不像是拜年,更像是讨债的,一进门既不落座也不喝茶,只问主人家有没有好香烟,并且声明除了香烟什么也不要,只要主人递了香烟他立马走人,干脆利落,跟着他就像是走马灯一样,几圈走下来,口袋里装的全是香烟。

"准备到哪里去拜年啊?"高我一头还多的顺哥哥用力拍拍我的肩膀。

我突然有点害怕,因为顺哥哥的眼睛里有一种像刀子一样的光,在我的身上睃来睃去,这是我从来没看到过的。

我一下子愣住了。

"听说你爹又回来过年了?"顺哥哥问。

我点点头。

"昨天晚上你爹一定给了你不少压岁钱吧。"

我点点头,又赶紧摇了摇头。

"没有?你不会连顺哥哥也骗吧。"

见我不做声,顺哥哥不慌不忙地问:"你借我的连环画呢?"

我的心剧烈地跳了一下,我到底借过顺哥哥几本连环画连我自己都搞不清,有的还了,有的顺哥哥当天就主动要回去了,但有的确实是别人抢去看了,过两天,我也就忘记了,当时顺哥哥好像也没有催我还的意思,我也就没怎么放在心上。这日子一长,我以为顺哥哥根本就不记得了,谁知他是在装糊涂。

"等下我回去找给你。"我的声音比蚊子的腿还细。

"哼,你还找得到吗?"顺哥哥冷笑一声,又接着说,"那些连环画都是我从别人那里借来的,现在人家要我还,你说,我拿什么还给人家?"

见我呆呆地站在那里一言不发,顺哥哥又拍了一下我的肩膀说:"这样吧,我知道连环画你是找不到了,真要是按原价你也赔不起,算我倒霉,你现在身上有多少钱就掏多少钱吧。"

我听顺哥哥这样一说,下意识用手按住自己左边的口袋:"我身上没有钱。"

我低着头涨红了脸,不时用眼睛的余光看顺哥哥那副可怕的表情。

·单边楼

"真的没有？"顺哥哥死死地盯着我按着口袋的手。

"没有。"我的嘴巴像是很吃力地翕动了一下，口里含着的泡沫使我吐出的声音有点含混不清。

"真的没有？那你让我搜一搜，要是真的没有，我也不为难你。"

顺哥哥说着就把手伸过来，我的身子颤动了一下，却不知道该如何反抗。口袋鼓鼓的，顺哥哥先把摸出来的香烟放到我的手里，再把那些纸糖和花生摸了出来，没有。顺哥哥不甘心，一只手扯开我裤子上的松紧带，另一只伸进去摸贴身的口袋，我想挣扎，结果被顺哥哥横了一眼。很快，顺哥哥摸出那张被叠成长条形的一元钱。

"这不是钱是什么？"顺哥哥拿着那一元钱纸币在我的眼前晃了晃，有几分得意地说，"这一元钱就算是你赔我了，从此以后，那些连环画我也不找你要了。"

我手里抓着顺哥哥摸出来的烟和纸糖，一声不吭地盯着自己的脚底，我的右脚已将路面犁出了一道深深的印痕。

顺哥哥在走出几步之后又折转过来，说，"你这么小，哪里晓得抽什么烟……嗬哟，还是清一色的'飞鸽牌'，这些烟就给我抽吧。"说着，就把我手中的香烟也全部拿走了。

我终于憋不住"哇"的一声哭起来。等有人听到哭声从屋里出来时，顺哥哥早一溜烟跑得无影无踪。

我只哭了几声就没有再哭，我哭只是觉得刚才这一下心里憋得太难受了。想想，顺哥哥的连环画是我借的，也是我给弄丢的，他不找我赔找谁呢。这样一想，顺哥哥从我身上搜走一元钱是理所当然的事，要怪也只能怪自己。话虽这样说，我还是一下子没转过弯来，一元压岁钱带来的快乐还没来得及在口袋里捂热，就一下子凉到心里去了。岂止是凉，简直就是刀割一样的难受。我再也没有心思去拜年了。

大年初二晚上，父亲带着弟弟走亲戚去了，家里只剩下我和母亲，我吃过晚饭就想去睡觉，结果被母亲叫住了。

母亲拉着我的手，在火炉边坐下来，说："你现在已经吃十岁的饭了，应该懂事了。"

我先是低着头看着火炉里烧得通红的煤球不吱声，我预感到母亲叫住我一定是有话要问，我最担心的是那一元钱的事，虽然父亲说那一元钱是由我

116

们自己拿去花的，但万一母亲要把一元钱收回去呢？为了这一元钱，我已想了一个晚上和一个白天了，还是没想清楚。

我的脑壳里一下子像塞满一把电线，乱糟糟的。

"伢，你想想，现在我们家全靠你爹一个人在外面挣钱，多不容易。"

我仰起头，母亲正一脸慈祥地看着我，直看得我很不好意思，慌忙把头低下去。

母亲叹一口气接着说："伢，你爹也讲了，明年我们家里要修房子换家具，还有这里那里，哪个地方都得花钱，等过完这个春节，你们兄弟俩又要交学费了。"

听到这里，我的心里一咯噔。

果然，我最担心的事情发生了。

母亲说："你是最听话的好孩子，知道大人的难处，你的那一元压岁钱还是先借给娘，娘攒着给你们交学费，以后，等情况好点了，娘再还给你。"

母亲这次没有说"保管"，而是说了"借"，在我听来，"借"比"保管"要顺耳得多。如果那一元钱还在我的身上，我一定会毫不犹豫地把它"借"给母亲，但要命的是，我现在已没有那一元钱了。我突然在心里很恨顺哥哥，或者说很恨连环画，既而很恨自己。更要命的是，这事还不能让母亲知道，母亲要是知道就完了，母亲一定会很生气，然后去跟父亲说，父亲要是知道我把一元钱赔给人家了，一定也会很生气的。我是一个自尊心特别强的人，不想让父亲和母亲生气，一直以来，我都是一个好孩子，我一千个一万个不愿意因一元钱而成为一个坏孩子。

"爹……不是说了……由我们……自己……自己……花的吗？"这一刻，我感觉到那炉里的煤球是让自己给憋得通红的。

"你爹不当家，哪里知道柴米油盐贵。伢，你是个懂事的好伢子，应该晓得娘的难处。这次娘先借着，以后会还给你的。"

母亲在说这句话时，眼里的光柔和如水。

"那弟弟的钱呢？"我突然问。

"弟弟现在不在家，等他和你爹走完亲戚回来，那一元钱也会先借给娘的。"

我灵机一动说："那我等弟弟回来的时候再一起给吧。"

接下来，母亲没有再说什么。

· 单边楼

  我躺在床上,怎么也睡不着,因为我心里很清楚,等弟弟回来,我也不可能拿得出一元钱来的,之所以跟母亲这样说,无非是想拖延一下,或者说,能拖到什么时候算什么时候。
  我圆睁着双眼,死死地盯着天花板,仿佛要把天花板盯出一个洞来。
  去找顺哥哥把那一元钱再要回来?
  其一,我没有这样的勇气;其二,即使有这样的勇气也不一定能找到顺哥哥这个人;其三,即使找到了顺哥哥,他也绝对不会轻易把一元钱给吐出来,说不定那一元钱早已被他用来还债或者花掉了。
  去借一元钱回来?
  一个小孩子,谁愿意借一元钱啊。再说一元钱有多金贵,村里能一次性拿出几元钱来的人家都不多,你一个小孩子一开口就借一元钱,可能吗?就是大人出面去借,也不一定能借得到。
  我感觉到自己的头像是装满了炸药,随时都会爆响一样。
  最后的办法是到哪里去偷一元钱?
  一想到偷,我就一下子想到弟弟的那一元钱,我下意识地摸了摸席子下面,弟弟的一元钱居然还在!
  我长到这么大,还从来没有偷过什么东西,连偷东西的念头也从来都没有过,甚至只要有人提到"偷"这个字,我都会露出一脸的鄙夷。
  但现在,我把属于弟弟的一元钱紧紧地攥在自己冒汗的手心。为了让自己成为父母亲心目中的好伢子,我不得不先让自己成为一个坏伢子。
  "只偷这一次。"我在心里一遍又一遍地对自己说。
  "不能等明天弟弟回来,一定要赶在他回来之前,就把钱给母亲。"
  弟弟是弟弟,弟弟不懂事,把钱丢了也就丢了,母亲一定会原谅他的。
  第二天一早,我就主动把一元钱给了母亲。母亲拍了拍我的后脑勺:"真是娘的好儿子。"
  我脸上一烫,一阵风,头也不回就跑出去了。
  等我回来的时候,父亲和弟弟也从亲戚家回来了。父亲又喝多了,回来倒头就睡。
  母亲不等我屁股落座就问道:"你看见弟弟的一元钱没有?"
  我心里惊了一跳,赶紧装出一副懵懵懂懂的样子摇了摇头。
  "这就怪了……"母亲一边寻思着一边喃喃自语。

"我明明是放在席子底下的。"弟弟在一边不断地重复着这句话。

"伢，你再好好想想，是不是你后来又从席子底下拿出来，放在自己的口袋里，然后才去亲戚家的。"母亲引导着弟弟。

"不可能！娘，我就是放在席子底下的，我记得很清楚。"弟弟差点跳起来。

母亲不甘心，就又去翻那床已经翻过好几遍的席子。这回，母亲把垫在席子底下的稻草全都翻遍了，都没有找到。

我跟在母亲的后面，一边心跳如鼓，一边也装模作样地帮着母亲翻那些稻草，见母亲一副不肯罢休的样子，我还主动地钻到床底下，又装模作样地找了很久，才灰头灰脑地爬出来，然后再装出一脸无奈的样子说，没有。

"这怎么可能呢？这钱又不会自己长脚，怎么会跑呢？伢，你可要跟娘说实话。"母亲又把脸对着弟弟。

弟弟急得有点结巴了："我说的都是真的，不信，你问哥，哥也知道的……我的那一元钱就放在席子底下。"

我一听也急了，忙说："那天晚上你是放在席子底下，但后来放没放我就不晓得了。"

"伢，是不是你自己拿去用掉了？你身上的鞭炮是哪里来的？那一元钱是不是买鞭炮了？"母亲从弟弟的口袋里搜出一小挂鞭炮来，然后问道。

"没有！这鞭炮是我在大伯家的门口捡的！要是不信，你去问问大伯就晓得了，他看见我把地上的鞭炮踩熄的，本来有这么长一挂，一路放回来就只剩这么长了。"弟弟一边说一边用手比划着。

"那会到哪里去呢？"

"一直是放在席子底下的，后来我根本就没有动过。"弟弟的声调里已带着哭腔了。

"难道是家里出鬼了。"母亲话音刚落，马上又连续"呸"了几声。新年大吉，说"鬼"是不吉利的。

我不时偷偷地看母亲一眼，此刻，我多么希望这件事就此结束。

我正这样想着的时候，母亲突然问我："是不是你拿了弟弟的钱？"

"我……我没有。"我感觉到自己的魂魄在这一刻像是要飞出去了。

"你没有？只有你知道弟弟的钱放在哪里，不是你拿的，还会是谁？"

"我……我真的没有。"我努力想让自己的声音高一点，但不知为什么就

·单边楼·

是高不上去。

"哥,真的是你拿的吗?"弟弟感到有点惊讶,也有点不太相信。

我回过头,迅速地剜了弟弟一眼,弟弟马上就不做声了。

"不是你还能是谁?"母亲一下子提高了声音,"你说,还有一元钱你放哪里去了?"

"我……我……我……"我想狡辩,但一下子又不知道从哪里说起。

"你还是老老实实地说出来,免得我告诉你爹。"母亲的语气越来越严厉。

隔壁屋里,父亲的鼾声像正在拉着的破风箱。

"你爹要是知道你偷了弟弟的钱,不打死你才怪。"母亲说,母亲在说这句话时稍稍地压了一下嗓门,母亲越是这样,我越感到害怕。我害怕父亲真的像母亲所说的那样,知道我偷了弟弟的钱,会暴跳如雷,别看父亲以前很少动怒,但一动起怒来就会像一头咆哮的狮子,连母亲都怕。

"弟弟的……钱……是我拿的。"我不敢看母亲。

"我就知道是你拿的,那你自己的那一元钱呢?"

"我……我自己的……用了。"

"用了?买什么了?"母亲像是被一块石头砸了一下。

"买……买……"我觉得脑壳里稀糊糊的一片。

"到底买什么了?拿来看看。"

"没买什么,是顺哥哥拿去了。"我终于一咬牙脱口而出。

"顺哥哥?他怎么会拿你的钱?你的钱又怎么会到他的手里去?"

"我……他……我……"

"好啊,你什么时候还学会撒谎了?到现在你还不肯说真话,看我不打断你的腿。"母亲一边说一边扫了一眼屋旮旯,顺手操起一根笤帚,对着我的屁股就抽过来,母亲的嘴唇颤抖着,抓笤帚的手也颤抖着。

我的屁股像被火烧了一下,待母亲再抽时,我不顾一切地抱住母亲的双腿,哭着叫道:"我说的是真的,钱是顺哥哥拿去的。"

父亲的鼾声突然停止,父亲从床上起来时,床板发出叽叽喳喳的声响。

"你们在吵什么?"父亲问。

我慌忙用衣袖抹了一把眼睛,然后可怜巴巴地看着母亲,母亲却视而不见。

压岁钱

母亲指着我的额头对父亲说:"你看,你看,越大越不学好了,那天晚上你一人给了一元压岁钱,他倒好,自己的那一元钱不见了,还偷了弟弟的一元钱,问他,他还撒谎,说他的钱让顺哥哥拿走了。"

我眼睛一闭,心想这一下全完了,但又不甘心,哭着说:"我的钱是顺哥哥拿去了,我没有撒谎,我没有撒谎。"

父亲用手挠了一下头,又抹了一把脸,然后目不转睛地看着我,直看得我心里发毛。我等着父亲发火的那一刻。出于一种本能,我偷偷地看了看屋后的那扇门,门是开着的,我暗自打定主意,做好了夺门而逃的准备,只要父亲一动手,我转身就跑。

但父亲迟迟都没有动手,父亲竟然很有耐心地蹲下来,对我说:"一元钱是小事,但撒谎就不对。俗话说,人看家小,马看蹄爪。你现在这么小的年纪就知道撒谎,长大了那还得了。"

父亲顿一下,又接着说:"今天是新年大吉,我不打你,也不骂你,但你一定要说真话。"

我点了点头,但不敢正眼看父亲,我只盯着自己的鞋尖看,偶尔用眼角的余光睃一下周围。

"弟弟的钱是我拿的,我的钱是顺哥哥拿去了,我没有撒谎。"我怯怯地重复着。

父亲问:"顺哥哥为什么要拿你的钱?"

"以前我借了顺哥哥的连环画,丢了,他要我赔。"

"哦,是这样,"父亲若有所思地点点头,"以前我不是跟你说过吗,你现在是学生,是不允许看连环画的,你的任务是把老师教的书念好,你为什么就不听话呢?"

"他明明是在撒谎,"母亲用胳膊肘拦了父亲一下说,"你说钱是顺哥哥拿的,那好,我现在就带你到顺哥哥家里去当面问个清楚。"

"你真要带他去?"父亲把脸转向母亲。

"不问个水落石出你怎么知道他是不是在撒谎?"

"为这点事,不嫌丢人?"

"丢什么人?他家顺哥哥要是没拿就没拿,要是真拿了也得有个说法吧,哦,就几本破连环画就把人家身上的钱给搜走了,要赔也得找我这个大人的赔吧。"

·单边楼

"好，好，好，你行，这事你想怎么样就怎么样吧，我懒得管了。"父亲说完又上床睡觉去了。

母亲带着我去找顺哥哥，走到顺哥哥家门口时，我不肯进去，多丢人啊。但母亲铁了心，不由分说就把我拖进顺哥哥的家里。

顺哥哥、顺哥哥的父母亲正好都在。顺哥哥的父母见到我们感到很意外，尤其是新年大吉的，赶忙起身让座、倒茶。从进门开始，顺哥哥就一直用一种狠毒的目光盯着我，直盯得我心惊肉跳。母亲客气了两句后，就进入了正题。她把事情的经过和来意前前后后说了一遍，说得顺哥哥的父母亲一愣一愣的。

在知道来意后，顺哥哥的父亲厉声问顺哥哥："真的有这回事吗？"

"你撒谎怎么撒到我家里来了，我拿过你的钱吗？你可不能乱说，"顺哥哥眉头一挑，矢口否认，"爹，我根本见都没见过一元钱，他这是在耍赖，哦，自己身上的钱不见了，就往别人身上赖，那我们家的钱不见了，说是你们家拿的，你们家乐意吗？"

"我……我……"我只觉得自己的脖子梗得难受。

这时，顺哥哥的父亲对着我母亲双手一摊："我家顺伢子虽然有点调皮，但从不撒谎，他说没有，就肯定没有。你们家的毕竟还只是个小孩子嘛，丢了钱，又不是个小数目，怕大人打骂，撒个谎也很正常。"

母亲的脸像正在被人拉着扯着，忽青忽紫。我知道，那是气的。母亲还从来没有受过这种气。

在从顺哥哥家回来的路上，母亲突然一巴掌打在我的脸上，高声叫道："你不是说钱是顺哥哥拿的吗？刚才怎么就说不出话了？是不是哑巴了？"

我趔趄着走了几步，号啕大哭起来："钱是我自己弄丢的……"

"你刚才说什么？"母亲以为听错了，"你再说一遍。"

"钱是我自己弄丢的。"我边哭边在前面猛跑起来，"爹说的，这一元钱是让我们自己用的，呜呜呜……"

母亲气喘吁吁地在后面追："是你自己丢的你怎么不早说？"

"爹说的，这一元钱是让我们自己用的，呜呜呜……你们大人说话不算数……呜呜呜……"

我跑得越来越快，我在跑过自己家门口时，并没有停下来，发了疯似的跑着。

母亲见父亲和弟弟站在屋门口发愣，就冲他们喊："拦住他！"

但我一下子就跑出老远，母亲跑不动了，弯着腰捶着背，声音嘶哑地念着："呀，娘相信那一元钱是你自己弄丢的，娘不怪你，你给我站住，你要到哪里去，你回来呀。"

此刻，我的耳朵里塞满脚步声，我不敢往后看，只是拼了命地跑，那些脚步声，母亲的，父亲的，弟弟的，还有隔壁邻居的，汇成一片，我仿佛看见母亲上了一辆拖拉机，拖拉机冒着白烟，轰隆隆地追过来，母亲的短头发飘了起来。

"呀，你要跑到哪里去啊？"母亲的喊声里带着哭腔。

我跑得越发地快了，渐渐感觉到自己就像一阵风一样，要飘起来了。要是真的能够飘起来，那该有多好啊，就像天上的云朵一样。

背后突然传来一声沉重的声响，那是母亲摔倒在池塘边上的声音。

我回过头，站住。此刻，天上的云朵在我的眼里正由一群绵羊慢慢变成一群黑山羊……

·单边楼

我的村长叔叔

一

叔叔当选为村长那年,我正好离开父母所在的城市,到省城一家杂志社打工。

父亲一共三兄弟,还有一个是我的伯父,虽然不是祖母亲生,却是祖母一手抚养大的,跟亲生的一样。但很不幸,伯父在他四十五岁那年得狂犬病去世了。父亲把全家迁出来后,伯父的儿子勇仔就搬到了我们原来住的老屋,和叔叔一家住到一起,好歹有个照应。退休后,父亲要是有时间,碰上心情又好,每年总要回老家看看,多则半月,少则一个星期。每次还没有去之前,叔叔也会不时打电话过来催他,不是说家里的鸡长大了,塘里喂的鱼可以吃了,就是说现在正好事情不多,可以陪他到处走走,或摸摸字牌搓搓麻将。父亲听了心里一痒往往就去了。父亲每次回来脸皮就会黑上一圈,但每次都会带着一种意犹未尽的表情,告诉我们许多关于老家的信息。譬如说,村里已经修好的那条马路,都经过了哪些人家的屋门口;每家每户都装上了电话;村里有信用社,还设了邮政储蓄代办点,寄信和存钱再也不用跑远路了;新修的高速公路占了村里多少亩地,国家又补贴了多少钱;谁家发了大财,存款上了几位数;叔叔这个村长当得如何如何;等等。这些都是好的,也有不好的,又譬如:谁家的房子在年前失了一次火;哪个老人家去世了;谁谁正在闹离婚;等等。每次我从省城回来,父亲就会主动跟我说起这些,我曾在老家呆过十六年,父亲提到的人家我大都记得,常听得一惊一乍。尤其是伯父的儿子勇仔,自己在村里办起了一个加工厂。父亲在说到勇仔的时候,眼睛里都泛着光。父亲还说,叔叔经常挂在嘴边的有两个人,一个是勇仔,一个就是我了。自从我混到省城后,叔叔就把我当成了名人,在村里逢人就说他有个侄子在省城里当记者。

　　这天,我正在办公室里忙着编辑下一期的文稿,突然很意外地接到父亲打来的电话,父亲在电话那头着急地说:"刚才你叔叔来电话,说勇仔被派出所抓起来了,具体情况我没听清,但无论如何你要帮着想想办法。"

　　刚和父亲说完,叔叔家里的电话就打过来了。

　　叔叔在电话里无奈而又愤愤不平地告诉我,勇仔在一个星期前被当地的派出所抓起来了。

　　我啊了一声:"怎么会这样?"

　　叔叔在那头有点气喘地说:"本来我以为自己能够解决,所以一直没有打电话给你,现在眼看过去一个星期了,情况不但没有好转,反而形势对勇仔越来越不利,实在没办法才来找你的,你是省城里的记者,耍了这么多年的笔杆子,见识了那么多的人,一定是有办法的。"

　　这件事来得太突然,有没有办法我当时心里一点底也没有。我的真实身份只是一家杂志社的文字编辑,虽然也揣着一个记者证,但这个记者证除了平时出门在外行个方便之外,平时基本上没派过什么用场。但勇仔就像是我的亲弟弟,我这个做兄长的自然是责无旁贷。

　　我用尽量短的时间梳理了一下自己被打乱的头绪,然后问他到底是怎么一回事。

　　叔叔这几年的村长算没白当,他不但把事情的来龙去脉说得清清楚楚,还加入了强烈的感情色彩。

　　由于他的讲述里夹杂了许多家乡的方言,怕读者听不明白,我只好在这里稍作处理后再复述一遍:

　　　　一个星期前,勇仔在他岳父家里玩。那天正好下了一场大雨,晚上等雨停之后已是后半夜了,他岳父想把自家田里的水放掉一些,岳母娘不同意,说他年纪大了身体又不好,晚上一个人出去不放心。勇仔和他老婆就睡在隔壁,听到说话声就起来了,主动提出要岳父待在家里,由他去田边放水。他岳母娘就把正在酣睡的儿子小武也喊了起来,要他陪姐夫一起去。

　　　　勇仔扛着一把锄头,小武打着手电跟在后面。他岳父家的水田挨着一口水塘,勇仔和小武放了水后就往回赶。在回来的路上,他们碰到了一个人,跟小武是一个村的,是那口水塘的主人。因为是熟人,他们相

·单边楼

互之间打了一个招呼。回到家里后,已快凌晨两点钟,他们就各自睡下了。

大概是早上六点多钟的样子,水塘的主人再去塘边时,发现塘里的鱼全死了,翻了一塘的白。当即就到派出所报了案,说有人在他的水塘里下毒,并一口咬定是勇仔和小武两个人干的。

下午四点多钟的样子,已回到自己家里的勇仔正准备到村里的刮板加工厂去。他走到离刮板加工厂不到百米的马路上时被两个穿便衣的陌生人叫住了。勇仔问什么事,两人只是说了一句"跟我们到派出所走一趟",然后一边一个架着他往停在路边的一辆破吉普车走去。当时站在加工厂门口的一位工人看到了,开始以为是业务上的事情,就没有在意,直到他们上了车之后警灯亮了起来,才知道不对劲,马上打电话给我。

当时,我和几个村民正商量在村东头搞一个花卉园的事,还准备把勇仔也叫过去的。接到电话后,我急忙打勇仔的手机,但手机已关机。

我和花妹(勇仔的老婆)赶到派出所后,勇仔已关在审讯室里。我们根本见不到人,问派出所,也无人搭理。

人关了三天后,花妹才接到派出所的一张拘留通知,并允许她和勇仔见一面,顺便送些钱和换洗衣服过去。见勇仔那天,我也去了,不过三天时间,勇仔就被折腾得没个人样了,他本来就瘦小,身体又不好,再这样下去,只怕是吃不消。勇仔告诉我们,他之所以被抓与毒死的那塘鱼有关,那天晚上他们只是去放水,根本就没下过什么药,现在塘主一口咬定就是他和小武毒死的,因为那天晚上塘主在路上只碰到他们两个经过他的水塘。派出所也认为是他们干的。在这三天里,派出所的人根本不把他当人看,还从勇仔身上搜出了一张六千元的活期存款单,说是作为这次的办案经费,通过一顿拳打脚踢后从勇仔的口里撬出了密码,把这笔钱从银行里取走了。

我是看着勇仔长大的,深知他的为人,他是绝对不会干这种偷鸡摸狗的事的,放毒的一定是另有其人。后来我了解到那个塘主原来是派出所所长的一个亲戚。塘主的用意很明显,无非是想找个替罪羊,挽回自己的经济损失。派出所正好也乐得就汤下面,勇仔这两年虽然没赚到钱,但名声在外,他们想趁机敲一竹竿也不是不可能。为此,我先后找过乡党委书记、县政法委书记,但都没有什么用。现在当官的都是官官相护,一个个又忙得很,如果没有很铁的关系哪个来管你,但这些关系是要用钱去铺路的，我没钱，勇仔家里也没什么钱，有点钱也被他丢在加工厂里了，带在身上的一张存单是准备用来进材料的，结果都被他们搜走了。我这个当叔叔的除了一肚子火，也实在想不出什么办法。万万没有想到，在审到第四天的时候，本来躲过一劫的小武竟然从外面跑回来了，并主动到了派出所，他的本意是想给姐夫作证的，结果他这一去正好被他们逮个正着，也关了起来。更要命的是，小武被迫承认了他和姐夫在塘里下毒的事实！

依照我的估计，小武一个细伢子根本就不懂事，再加上派出所的人连哄带吓，这个说你姐夫已经承认了，如果你还不承认就等着坐牢吧，要不就是只要你承认了有这么一回事，我们就放你回去。这样一来他能不承认吗，还懵懵懂懂地按了手印。当然，这是我个人的猜测，但这种猜测完全是有可能的。现在倒好，事情变得越来越复杂化了。

幸亏勇仔到现在还没有松口。昨天我又去见了他一面，我问他吃了饭没有，他说没吃，我就问怎么不吃呢，他说哪里吃得下。我还试探着对他说："勇仔，你一定要跟叔说实话，这事要真是你犯的就早点认了，要罚款也好，要坐牢也好，都怪不得别人。"勇仔冲我直摇头，他跟我说："叔，我没干过那种事，他们就是打死我，我也不会承认的。"当时听得我的眼泪都要出来了。现在有的派出所跟土匪差不多，只要被抓进去了你就得脱身皮。

勇仔被抓之后我是一天也没睡过安稳觉。你想想，村里本来有一大堆事，现在他的加工厂也没人管了，停一天就要损失好几百，我得给他去打招呼吧？花妹虽然是个泼辣人，一旦遇上这样的事她就乱了方寸，只知道找我出面，你也知道，平时在村里我都是有商有量，如今碰到这样的事我一个小小村长能起什么作用？

你是省城里的记者，又是勇仔的哥哥，先暂且不说勇仔到底有没有在塘里下毒，令人气愤的是派出所的一些做法。我虽然是个不懂法的人，但他们好像比我更不懂法，你抓人总得有个说法吧，不管青红皂白，说抓就抓了，到了第三天才看到拘留证，这个程序应该不合法吧。另外他们凭什么将勇仔身上的存单搜走，还把钱取走，这难道不是知法犯法吗？你再看看勇仔那副样子，一天比一天瘦，连背都直不起来，表面上看不出什么，说不定早已被他们打成内伤了，这些人别的不会，打起人来一个个都是内行……我觉得，你们当记者的完全可以来采访，他们这些人

· 单边楼

除了怕上面就是怕记者。

听着叔叔的叙说，我的头跟着就大了起来。我没想到事情会搞成这样，跟叔叔的心情一样，我也是又急又气，但一时半会还理不出个头绪来。在叔叔看来，仿佛我这个记者只要一出面，事情就会迎刃而解，但我这个记者与报社的记者完全是两码事，现在即使是报社的记者出去采访事先也得由报社分派，采访的也大多是一些典型性的大事件，像这种尚无定论的小案件是很难见报的。再说，现在的记者还能唬得住谁呀。但我还是问叔叔要了那个派出所所长的电话号码，抱着试试看的态度拨了过去。

电话通了。所长问，是谁。听对方的声音，应该是四十来岁的中年男人。我说，我是省城的一名记者。他愣了一下，然后问，你有什么事。我说，听说一个星期前你们派出所抓了一个叫勇仔的人。我话还没说完，他果然就冷冷地撂下一句，我们现在不接受记者的采访。我刚想说几句，那头的电话就啪的一下给挂了。

这个电话非但没起一点作用，反而激怒了那个所长。

叔叔第二天又打电话过来，说派出所长问他，是不是有个亲戚在省城里当记者。叔叔说是有一个，是勇仔的哥哥。谁知派出所长一巴掌拍在叔叔的肩上，态度一下子强硬起来，说你以为有个记者亲戚就能吓住我，你看我这个派出所的所长是吓大的吗？

在心里我操了派出所长一句，叔叔说那天他也气得裤裆里直冒烟，但他忍住了，还赔了那个所长一副笑脸。

我从老家出来的时候，勇仔已经没有读书了。他只小我两岁，懂事却比我早，初中还没念完就谈起了恋爱，那时学校对恋爱管得特严，结果他和那个女同学因为不小心暴露了一百多封情书而同时被学校开除。那年，勇仔十五，那个女同学十四，勇仔的成绩在班上排第一，女同学排第二，两棵读书的好苗子，因为在读好书的同时没有耽误恋爱而被学校粗大的手给掐断了。女同学刚到村里来那会，怎么看也是属于营养不良的一类，只有那张脸青春逼人，红晕晕的，见谁都笑。两人正是情窦初开，却对爱情有了比成人更为深刻的理解。这样说你或许不会同意，但当你看到被开除的双方毅然决然地走出校门同居到一起时，你就不得不佩服他们的勇气了。女方的家长自然是死活不同意，但这个叫花妹的女同学更倔，最后闹到了断绝父女关系，两人最终还是走到了一起。村里人原以为这样的爱情不会长久，但这么多年过去

128

了，他们无论贫富贵贱，感情始终如一。

　　刚开始两人的日子很不好过。田土少，而花妹的田土又没有过户，尽管也勤劳但收成上不去，只是花妹的脸仍然是红晕晕的，倒是勇仔，个子倒是长了一些但就是不长肉，一张瘦脸仿佛是菜油浸过的。日子开始好转是在勇仔学会了麻鱼之后，有两年时间，勇仔每到傍晚的时候就会背着一个麻鱼机出门，田边、塘边、河边，一路麻过去，往往要到第二天凌晨才会回来，每次回来都是一篓子，泥鳅、黄鳝、鲫鱼白花花倒了一脚盆，麻药过后，一桶水淋下去，这些鱼翻过身子又活蹦乱跳起来。等天也像鱼一样泛白之后，勇仔就和花妹把鱼拿到集市去卖，卖完回来后，勇仔就蒙头大睡。这样的日子约摸过了两年的光景，小两口不但日子过滋润了，还有了五位数的存款。也就是从这个时候开始，女方的家里人才慢慢接纳勇仔。

　　勇仔正准备再接再厉的时候，河里的水被上游的造纸厂污染了，鱼都死得差不多了。再说村里人也不干了，无论是田边还是塘边，只要看到勇仔背着一个麻鱼机过去就会说上几句，这对勇仔的自尊心是个打击，这样的次数一多，勇仔就再也不好意思出去麻鱼了。

　　没想到几年后勇仔会牵头在村里搞起一个刮板加工厂。三年前勇仔还专门到省城来找过我，说是来征求我的意见。那时他正在县城的一个私人加工厂打工，学会了冲压技术和简单的模具设计。那次他很兴奋，说这个私人小厂生产的刮板经常是供不应求，那神情仿佛那个加工厂就是他的一样。还说这一年时间来他通过对市场的了解，发现有一个村子全村人采取手工制作的方式生产这种刮板已有十几年的历史，全村人的生计就靠这一种产品养活，另外县城生产这种产品的厂家也并不多，市场始终得不到饱和。说着说着我就明白他要说什么了，这小子想跳出来单干。对加工方面的事我是个门外汉，对他的想法我既不表示支持也不表示反对。只是应付式地说，前前后后你可要想清楚了才干。他是上午来的，下午就坐火车回去了。我挽留过他，说我们两兄弟好久没在一起说话了，明天走不行吗。勇仔却坚决要走，说想好的事情不马上去干他会睡不着觉。把他送走后，我才反应过来，勇仔来找我的本意是打算向我借钱的，不知是什么原因，他始终没开这个口。可能是他感觉到我刚到省城不久状况也不大好，或者是不好意思，也有可能是因为我对他想开加工厂的事没有明确表态。后来是叔叔在一次电话中跟我提起这事我才知道的。

　　关于勇仔开加工厂的事，叔叔还专门召集村干部研究过给他贷款的事。

勇仔拿出自己所有的积蓄，再在村里信用社贷了一笔款，一口气买了四台二手冲床，他的加工厂很快就办了起来。在勇仔的调教下，村里十余名本来想出门打工的青壮劳力留了下来，成了厂里的工人。四台冲床，三班倒，按件计，每个月最多的可以拿到两千元。一年时间，勇仔的加工厂就连本带息还清了所有贷款，村里有十几户人家的日子因有了一笔可观的收入也开始过得滋润起来。叔叔也因此从勇仔的身上得到了启发，曾多次在电话里跟我描绘过村里的发展前景。

可就在这样一个节骨眼上勇仔被抓起来了，不知情的，还真以为是勇仔下的毒。勇仔在村里的形象一下子就矮了一大截，甚至连他曾经有过的那两年麻鱼的经历也被当作了前科。我懂叔叔的心思，他原本还想着把勇仔作为村里人发家致富的楷模呢。

二

眼看着时间一天一天地过去，再不想出更好的办法来，勇仔的处境只会越来越艰难。如果派出所把他移交给司法部门，他很有可能就会判刑、坐牢。

叔叔开始的语调也很强硬，说他妈的一个小小的派出所牛什么牛，我就不信这个社会没有了王法，他们想敲竹竿，没门！

过了两天，叔叔问我是不是能回老家一趟。我说，并不是我不愿意回去，因为即使回去也是于事无补，无非是白跑一趟而已，甚至还有可能起反作用。

又过了两天，叔叔的口气明显地软了下来，他问我平时有没有结交一些有权有势的人，省城里的大官多的是，要是有一个肯卖面子的，只要悄悄地打个招呼就什么屁事也没有了。

但他这一说我倒是想起一个人来，这个人不是省城里的，他是当地县委宣传部的一个副部长，姓章，平时也喜欢写点小文章，经常往我们杂志投稿，前不久还来过一次，在一起吃过一次饭，也算是认识，看他会不会帮这个忙。

叔叔虽然不知道这个章副部长，但一听是县委宣传部的副部长，就赶紧要我同他联系。

没想到章副部长很爽快就答应我去过问这件事情，还说这个派出所长他不但认识，平时还很熟，宣传和政法虽然是两条线，但凭着私交，应该没有什么问题。叔叔得知这一消息也很高兴，认为勇仔的事应该很快就会得到解决。我也很高兴，甚至还有一种久违的感动，这种感动使我为曾经无情地退过章副部长投来的稿件而深感不安。

但叔叔等了一天就坐不住了，一个人跑到派出所去打探虚实。打探的结果令他有点失望，派出所长对他的态度仍然很强硬。叔叔在电话里催我说："这个章副部长你一定要盯紧，从今天我到派出所的情况来看，他好像并没有打招呼，当然，像他这样的人肯定很忙，也有可能忘记了，但我们在时间上拖不起啊。"

我再次打电话给章副部长的时候，他打着哈哈说正准备出门给岳母娘祝寿。他仍然很爽快，要我放心，他已经给派出所长打过电话了，并答应我从岳母娘家里回来后专程找那个姓刘的所长说一说。

一眨眼又是两天过去了，这次章副部长说话的口气明显有点不耐烦，他说这件事情比他想象中的要严重，只怕有点为难，但他会尽快想办法的，现在手头上的事情又多，要我耐心一点，过两天再给他打电话。

叔叔在那边急得连说话的声音都在抖，他凭着自己的经验对我说，这个章副部长可能是在敷衍，论道理他出面说句话应该是有用的，毕竟只是下面一个小小的派出所，怕就怕他口头上答应得好好的，心里却不当回事。

再打时，响了好一阵，章副部长才接，他说他正在开会，有消息他会打电话过来告诉我的。然后啪的一下挂了。

叔叔一天打好几次电话过来，我也急，但只能干急，在没有想出更好的办法时，这个章副部长是唯一的法宝。但在他还没有打电话过来之前，我是催也不是，不催也不是。

我说："叔，不如这样，您亲自到章副部长家里去，必要的时候意思一下。"

叔叔有点为难，但叔叔的话听来也不无道理。他说："本来勇仔摆明了就是冤枉的，要是送红包的话不等于是承认了这事是自己干的？再说了，他们这些当官的，送少了不稀罕，送多了又送不起。现在到处是官官相护，表面一套背地里又是另一套，万一他们中间有什么勾搭，不正好是送个把柄给他们抓。如果这个章副部长有心帮这个忙的话，只要他卖个人情就行了，几分钟能够解决的事情一转眼拖了好几天，依我看，是没指望了。"

接下来的情况果然是越来越糟。

叔叔怒不可遏而又心急如焚地告诉我，尽管勇仔一直没有承认，但派出所一直在积极寻找勇仔下毒的证据。而他们所谓的证据据说是在水塘附近找到的几个空药瓶，甚至还听说找到了两个相关的证人。一个是镇上一家出售这种药的老板，并认定勇仔在十几天前从他这里买过这种药。另一个是镇上一个买鱼的,说他曾亲眼看到勇仔挑着毒死的鱼在镇上叫卖。明眼人一听就知道,这次是要把勇仔往死里整了。

"简直是无法无天!"叔叔在电话里一下子就骂开了,"现在这个社会,执法者知法犯法,哪里把老百姓当人看。勇仔是我看着他长大的,以前虽然与鱼打过交道,但那是以前,再说他也没干过什么犯法的事。这段时间他一直待在加工厂里,根本就没去过什么镇上,那些空药瓶子随便在哪里捡几个就是,那些所谓的证人其实都是派出所找的假证人,派出所的人要你出来作证,你敢不作证吗?我们这些普通老百姓,明明知道是作伪证,但也只能干瞪着眼看着。勇仔这孩子真是命不好,父亲死得早,全靠自己打拼,好不容易有了点起色,又碰到了这种倒霉的事。"

我一声不吭地听着,叔叔也自顾自地说着,他说:"不说你也知道,村里这段时间也实在忙得很,这个跟我说加工厂的床子停了好几天了,到底这班还上不上,那个又在问我花卉园的事情还搞不搞。花妹则一天到晚只知道在我面前哭,一到派出所要她去哭去闹甚至去骂她又做不出来了,你婶娘也只知道在我耳边唉声叹气。我又不是三头六臂,勇仔这件事已够我烦了,村里甚至还有人跟我抬杠,问我,要是勇仔不是我的侄子我会不会这样关心。说句心里话,要是村里另外某个人被抓了,虽然不至于像这样急得心里痛,但我也不至于置之不理吧。再怎么说我是这个村的村长,手心手背都是肉,掐哪里哪里还不都一样疼,我不操这份心,谁来操。再说,勇仔这孩子从小就身子骨弱,哪里经得起折腾,万一有个什么……"

叔叔说着说着声音竟有点像踩在稀泥上一样,打滑。

"叔,实在不行,给勇仔找一个律师吧。"我安慰道。

"找律师?我们也想过,那该要多少钱啊?"

"只要官司打赢了,也花不了多少钱。"

"问题是现在的律师又有几个可靠的?村里的谭老六去年不也打了一场官司,结果明摆着在理的一场官司都让律师给打输了,还不如不打。"

"要是本地的律师不放心,可以到省城来请啊。"

"……"

"这事等我跟花妹再商量一下吧,看到底请还是不请,怎么个请法。"

三

请律师毕竟还不是最好的办法,一是耗时太长,万一打输了,还得劳民伤财。经过一番冥思苦想，既然不能指望那个章副部长，为什么不找一找市里的领导试一试呢。

我花了一个晚上的时间，以省城的一名记者的身份给当地的市委宣传部张部长写了一封信，在信里我把叔叔告诉我的事情经过简要地写了一下，托一位在省城打工的老乡于第二天带给叔叔。叔叔当天下午就坐车到了市里，很顺利地找到了这位张部长。张部长看完信听了叔叔的叙说后，当即在信上做了批示，并且是直接批给当地县政法委书记的。张部长的批示就一句话："查明真相，秉公办理。"

但叔叔拿着这个批示并没有送到那个政法委书记的手里，而是揣在自己的衣兜里，一直不敢拿出来。

他在电话里忧心忡忡地说："现在的情况越来越复杂了，勇仔的岳父也找到了一个关系，来头好像还很硬，要不是勇仔的小舅子也关在里面，他才不急。花妹还特意嘱咐我，在她父亲这层关系还没有结果之前，千万不能轻举妄动，到时关系搞复杂了，事情会更难办。另外，我也暗地里想，万一张部长的这个批示递出去了并没有起什么作用，那不是很丢张部长的面子，再说了，勇仔岳父那边肯定会责怪我成事不足败事有余。若是起作用了，这个政法委书记心里肯定会很不舒服，认为这是在给他施加压力，这桩事情了是了了，说不定下一桩还不知道会出什么乱子。"

叔叔的担忧并非没有一点道理，我一时又找不到说服他的理由。这事就这样耽搁下来了。

部长的批示暂时还不能递，而勇仔岳父找的那个听说很硬的关系也迟迟没有回音。叔叔跟花妹商量后，觉得只要价钱合适，还是先请一个律师再说，心里多多少少要踏实一些，总比眼睁睁地看着勇仔坐牢好。万一官司打输了，也算是尽到了最大的力，要怪也只能怪命不好了。

做出这一决定的第二天，叔叔就坐汽车来到了省城。在车站接到叔叔的那一刻，我简直不敢相信，他比两年前瘦多了，脸上的皮肉开始往下掉，背也勾了下去，他一开口说话，那稍厚的呈青紫色的嘴唇就会痉挛性地抖动，走路的步子也小了许多。我和他到了省城一个有名的律师事务所，经朋友介绍找到一个姓李的律师。李律师三十出头，两边的络腮胡子刮得干干净净，这使他的脸显得格外白净而富有光泽。他平静地听了叔叔讲了案子的经过后，皱了一下眉头，然后从法律的角度做了简单的分析：

"其一，派出所没有按严格的程序抓人、关人和取走身上的存单只是违纪行为，最多在内部批评和教育，对他们而言并不会有什么影响；其二，倘若罪名不成立，也就是说派出所抓错了人，最多也是按关押的天数赔偿一些误工费，数目很少，像这种情况，估计最多也就是千把块钱的事；其三，如果案子成立，勇仔将逃脱不了扰乱生产秩序的罪名，估计可能会判到二至三年，据目前你们所提供的情况来看，勇仔的处境十分不利；其四，这场官司不太好打，我建议最好请两个律师，一个律师专门侦查案情寻找相关证据，等这一工作完成之后就撤回来，一个律师负责与勇仔沟通并来打这场官司，之所以有这样的想法，是为了有效地分解一些不必要的麻烦，另外能节省不少时间，费用上并没有增加。"

叔叔看上去神情有点呆滞，这使他那张饱经日晒雨淋而又睡眠不足的脸显得更加阴郁和苍老。只有当李律师看着他的时候，他才会急忙礼节性地咧开嘴唇似笑非笑地点头、欠身。

叔叔是看着我长大的，我也是看着叔叔变老的，叔叔年轻的时候虽说不上强悍，但绝对称得上英武，尤其是刚从部队转业回来的那几年，干什么事情都是直来直去，雷厉风行，就连那脾气也倔得很，是唯一敢和当时的生产队长操家伙的人。转眼就过去了几十年，再英武的人看来都无法跟世俗和岁月抗衡。

"打这场官司，大概要花多少钱？"叔叔终于小心翼翼地问。

"这个啊，费用主要由这几部分组成，一是律师费，无论官司输赢这个费用是一定要出的；二是派车的费用，这么远，又是两个人，如果不需要我们事务所派车那也得租辆车，费用可能会更高；三是食宿费用，像这种情况我们的律师必须待一段较长的时间，以便掌握有力证据。当然咯，至于最后到底要花多少钱我们到时会列个明细出来，如果你们想打这场官司，先预付两万元，到时根据具体情况再追加。"

"先要付这么多啊，还有没有少？"叔叔的神情仿佛是在怀疑自己听错了。

"费用你就放心吧，我们不会多收你一分钱。更何况你这是通过朋友介绍来的，考虑到你们打一场官司不容易，我们会尽量压缩开支的。"李律师说得很诚恳。

"……"叔叔抬起头，他的喉结在上下滚动，似乎想说什么，又好像还没想好，话到嘴边又咽了回去。

我坐在一旁，见叔叔好像很为难，就对李律师说："不如这样吧，让我叔先回去考虑一下，等决定了，再专门来请你们。"

叔叔估计也是这个意思，忙一边起身一边顺着我的话说："对对，回去再商量一下，考虑一下，如果决定打了，一定来请你们。"

走出律师事务所，叔叔就露出一副惊讶的神态说："打一场官司哪里要这么多钱，这官司哪里打得起，我们村里人均一年的收入还不足四千块，这一场官司打下来，得白干多少年。"

"叔，你的意思是这官司不打了？"我问。

"不打了，别说花妹拿不出这个钱，我也凑不出来，万一打输了怎么办？这名声丢了不算，连钱也赔了，划不来。"叔叔咬了咬牙根说。

"叔，依我看，你还是把张部长的那个批示递上去吧，"我提醒说，"你好不容易找到张部长给批了，想想，人家给了你多大的面子，你倒好，把它捏在自己的手心里就是不递出去。"

叔叔听我这样一说，脸一沉说："走到这一步，灵不灵，也只有这一张牌了，回去我就去找那个政法委书记，把这个批示递上去。"

叔叔晚上打电话过来，像是憋足了一口气说："批示递上去了，直接给了县政法委的黄书记，他当时就看了，但一句话也没有说，只怕是作用不大。"

第二天，叔叔又打电话过来说："勇仔上午被放出来了，派出所承认他们抓人的证据不足，只是那从存单里取走的六千元钱要过一年后才能退。"

叔叔说话的声音有点发颤："还是张部长的批示顶用啊，早知道是这样，何必绕这么大一个圈，我应该在当时就将张部长的批示递上去。这都怪我，前怕狼后怕虎，害得勇仔白吃了这么多苦。"

不等我说话，叔叔又说："这事幸亏有你，要不是你以一个记者的名义写信给张部长，只怕张部长也不会批。"

可我一点也高兴不起来，我只是连声说："人出来了就好，人出来了就好。"

四

勇仔这件事虽然搞得叔叔疲惫不堪，叔叔的名声却因此响了起来，至少有两个硬件为村里人所羡慕和敬畏：一是叔叔在省城里有一个当记者的侄儿，二是叔叔能让市里的宣传部长批条子下来。

今年村里换届选举，叔叔说，就是给他修座皇宫，他这个村长也是无论如何不当了。

父亲听了，不以为然，说，话不要说得太死，我还不了解你。

选举结果出来后，叔叔这次是全票当选。村民们还等着看叔叔的花卉园呢，说有市里的宣传部长撑腰，不定哪天批个几十上百万下来，别说一个花卉园，就是把整个村子搞成一个花花世界都不难呢。再由那个记者侄儿帮着在报纸上宣传宣传，全村不就直接奔小康了？

我打电话过去想问问真实情况，叔叔倒是自己先说开了，他说："勇仔的这件事把我给害苦了，我这个村长如今当也不是，不当也不是，问题是不当也得当，难呐！"

我放下电话，看着夜色自窗外涌进来，一种奇怪的感觉突然攫住了我，让我觉得既憋闷又虚空，好像身体里一下子被塞进了一堆乱麻，然后又一根一根慢慢地被扯了出来。

伯父之死

父亲有三兄弟。伯父是奶奶捡回来的，见人总是一脸的笑，嘴巴张得像个"二"字，四十好几的人了，一直都这样，他的笑仿佛与生俱来，老远就能听到。我曾经问过奶奶，伯父天天都这样开心，难道他就没有不开心的事吗？奶奶反问我谁没有不开心的事呢？我不信，因为我从来没有见伯父不开心过。那年我七岁，刚念小学一年级，叔叔则刚好从部队复员回来。除了父亲，当时让我比较崇拜的人就是叔叔了，一件白晃晃的衬衣塞在有点肥大的军裤里，有着五角星图案的皮带头常在阳光下晃得我眼睛生疼。叔叔的胆子特大，可以在夏天一个人深更半夜去河里游泳，但叔叔太严肃，对人爱理不理，因此我又有点怕他。

由于父亲在离家数百里外的一个军工厂工作，每年只有两次探亲假，基本上只能是一种精神上的象征。更多的时候，我跟伯父比较亲近。

伯父不跟我们住在一个院子里，到现在我也不知道是因为什么原因，他家是独门独户，又是在半山腰上，已好几年了。奶奶经常念叨他，你也是，跟你说过多少回了，看门狗总要养一条吧，就是不听。伯父每次都咧嘴一笑，娘啊，你老人家就放心吧，来串门的都是自己村里的人，养条狗也是多余的，要是万一咬了人家多不好。奶奶就说，万一你不在屋里，再就是深更半夜来了贼呢？有条狗看着总还是要好些吧。伯父就又赔着笑说，娘，您老就放心吧，家里就那几样破东西，贼还看不上眼呢。

伯父说得对，我本来和海山是最要好的朋友，自从他家养了一条红鼻子白母狗后，我就很少到他家里去串门了。我也很讨厌海山把他家的狗带到院子里来，原因很简单，除了海山一家人，这条狗对外人一概不认，你今天喂饱了它，它明天看见你从屋门口过照样会对你大吼大叫一通，有时连海山都骂不住。

然而，从不养狗的伯父却被狗咬了一口。

那天刮着很大的风，雨也下得特别大，屋后的铁皮梨树都被风刮断了好几枝。

伯父披着一件蓑衣，挽着高高的裤管，一摇一晃地从屋后的土塬上走了下来，见我站在屋檐下看着雨发呆，就冲我扬了扬他手里抓着的两只泛红的铁皮梨。后来回想起来，那应该是我吃到的最甜的铁皮梨。

伯父一进门，身上的水就哗啦啦往下掉，他脱去身上的蓑衣，笑呵呵地说好大的雨。正在剥豆壳的奶奶见是伯父来了，心疼得不得了，一边数落他早不来晚不来，偏偏下这么大雨就来了，也不晓得就近先躲一躲，一边起身去找毛巾。伯父说不是好久没下过雨了吗，没想到这次雨会下得这么大，只好临时到田里去放水，要不水没地方去。

伯父又开始脱身上湿透的衣服。一边脱一边接着说，本来想就近到海山家里先躲一下，后来想反正这里也不远，就过来了。

哦，屋后的铁皮梨树被风刮断了几枝，田边土里到处都有梨，有一些已经打坏了，等雨停了，要侄儿去捡一下。

我一边啃着手中的铁皮梨，一边一直盯着伯父的脚后跟看，因为我看到那里有两个深深的牙齿印，从牙齿印里不断地有血渗出来，但又很快被伯父身上淌下来的雨水给抹去了，不一会儿，血又冒了出来。

"伯父，你的脚怎么啦？"我嘴巴里含糊不清地问。

伯父看了我一眼，又偏过头看了一下自己的脚后跟，不以为然地笑了一下："刚才被海山家的那条狗咬了一下。"

奶奶听见了，连忙问咬到哪里了咬到哪里了。

伯父接过奶奶手中的毛巾抹了一把脸说："不要紧，过两天就会好的。"

奶奶从土墙缝里摸出一个小纸包来，那是她自制的"红口子药"。这种药的制法很简单，把还没来得及长毛的老鼠用石头砸碎了，拌一些石灰，放在太阳底下晒干就行了。有一回我和海山在柴房里发现了一窝小老鼠，估计有十来只，一身红嘟嘟的，眼睛都还没有睁开。奶奶把它们制成"红口子药"后包成了好几份，这个家里送一份，那个家里送一份，说好好备着就是，说不准哪一天能派上用场。

"挨千刀的，哪里咬得这么深。"奶奶恨恨地骂了几句，然后把纸包一层层打开，抓了一小撮捏成粉末后，小心翼翼地撒在伯父的伤口上，伤口上的血立马就给止住了。

过了两天，伯父再来的时候，奶奶就要伯父把裤管卷起来，用手在伤口附近按了按，问痛不痛，伯父说不痛，只是有点痒。奶奶就咧着掉光了牙齿的嘴笑了，正在长肉呢，但还下不得水。又过了几天，结的痂都脱掉了。奶奶从此不再提伯父家养狗的事。要是看到海山家的狗到院子里来了，奶奶就会拿着一根棍子对它一顿乱晃。

有一天，海山家的狗又蹿到院子里来了，这次好像与以往不一样，它对着叔叔家喂的一群鸭就冲了过去，追得鸭子们嘎嘎乱叫。

当时叔叔正在家里摆弄一架生了锈的犁铧，见到这副情景一下子就跑了出来，对着海山家的那条狗一石头砸了过去。那条狗遭到重创，没几天就死了。为了这条狗，海山大哭了一场，海山的母亲跑过来与叔叔大吵了一架。仅仅因为海山家里与我叔叔吵过一架，我有很长时间没有和海山说话，海山不理我大概也是因为这个原因。

日子过得飞快，屋后的铁皮梨又泛红了，转眼我就读小学五年级了。

伯父每次来的时候，我都有做不完的作业。

"一眨眼就变成个男子汉了。"伯父总喜欢摸着我的头说。

见我一副很认真的样子，伯父就又笑了，"马上就要升初中了吧，好好读，将来考个大学也好让伯父跟着沾点光。"

现在回想起来，伯父当时说的每一句话都好像就在耳边。可伯父并没有等我考上大学，甚至不等我考上初中就匆匆离开了人世。伯父给瘦小的伯母留下了三个女儿、一个儿子和三间土瓦房，大女儿春花姐十六岁，曾经是我学习的楷模，但读到十四岁就辍学了，现在是家里的主要劳力。伯父终究还是生了个儿子，他的儿子艾艾还不到一岁半，刚学会走路。在一个月之前，伯父家喂的唯一一头生猪仔的母猪也被用来抵罚款让抓计划生育的人赶走了，那天伯母伤心得不行，伯父却笑着安慰她，我们有了一个儿子还在乎这一头猪么。

那段时间，我正忙于应付升学考试，对家里的任何事一概不管不问，家里也很懂昧，有什么事情包括农活从不拿来烦我。但伯父发病的事情我还是知道了。

那天晚上，我在油灯下做一套模拟试题，奶奶坐在门边补一条裤子，补着补着就坐不安稳了，不时走出去看一看，不时又坐下来，嘴里不停地念叨着什么，有时还用衣袖偷偷地抹眼泪，一边抹一边叹气。

我突然想起我已有好长一段日子没有看到伯父来过了，就问了一句伯父哪里去了。

奶奶开始不说，说我一个小孩子不要关心这么多，读书才是天大的事。

我不问的时候，奶奶的眼泪就又流下来了。

大概是晚上九点钟的样子，叔叔回来了，一听到脚步声，奶奶就慌忙迎了上去。

"怎么样？"奶奶的声音有点发颤。

叔叔一声不吭地进了屋，找到杯子喝了一口水，然后在桌子对面坐下来，我仰起头看着叔叔，油灯被风吹得一晃一晃，叔叔阴沉的脸也跟着一晃一晃。

"我们是昨天上午把大哥送到乡卫生所的，医生问大哥是什么时候被什么动物咬伤的。怎么这个时候才送来。我们都不清楚，连大哥自己也说不清，在他的身上也找不到被咬的伤口，"叔叔喘了口气接着说，"乡卫生所说大哥是狂犬病发作了，他们收不了，要我们找县人民医院，没办法我们又抬着人找到了县人民医院，县人民医院看了也不收，说已经没救了。"

"人呢？"

"刚刚又抬回来了。"

"县里医院不行，不还有地区医院吗？"

"娘，哪来那么多钱啊，再说了，这个病哪里治得好，就是有再多的钱也是白花。"

"那就只有在家里等死吗？"

叔叔不吱声，一动不动地坐在那里，眼泪从他那双布满血丝的眼睛里吧嗒吧嗒地往下掉。

"叔叔，我知道，伯父曾经被海山家的狗咬过。"我放下手中的笔说。

"什么时候？"叔叔忙问。

"好多年前了。"我想了一下说。

"小孩子别瞎说。"奶奶瞪了我一眼。叔叔看着我也是半信半疑。

"我没有瞎说，那天下很大的雨，还是奶奶用'红口子药'给伯父包的伤口，奶奶还问过伯父是谁家的狗咬的，伯父自己亲口说是海山家的狗。"我昂起头说。

"哦，我想起来了，那好像是五年前的事了……我记得当时明明是好了的……"奶奶怎么也想不通。奶奶的"红口子药"一向是很灵验的。

"医生说，当时咬伤了就要去打什么疫苗，还有，这种病的潜伏期最长的可到好多年。"

听叔叔这么一说，我们一致认为是海山家的狗要了伯父的命。

奶奶当晚就要去海山家讨个说法，结果被叔叔拦住了。

"娘，要怪也只能怪那条狗，要怪也只能怪我们自己，跟海山的家里人有什么关系，他们也不知道会这样。再说，这么多年过去了，他们家的那条狗早被我打死了，哪里还说得清楚。"

沉默了一会，叔叔又说："就是能说清楚也是枉然，人都这样了，说了还有什么用？不如不说。"

奶奶像是被什么噎住了，青紫色的嘴唇在不停地抖动，却一句话也说不出来。从这以后，我再也没有听奶奶提过她的"红口子药"。

第二天，我没有去学校。我、我母亲、奶奶、叔叔去了伯父家。等我们去的时候，伯父家已挤满了村里的大人和小孩，令我没有想到的是海山和他的母亲也在。海山嘟着嘴望了我一眼后，一转身就不知到哪里去了。我本来应该恨海山的，但又怎么也恨不起来，因为我从海山的眼睛里看到了一种无奈的忧伤。

伯母在一边奶儿子一边嘶哑着嗓子干哭，她的脸上哭得只剩下泪痕了。春花姐没有哭，看到我们来了也不打招呼，只是一个人神情木然地在屋里忙这忙那，她的另外两个妹妹还不懂事，为争不知从哪里捡来的一个破笔套而互不相让。

伯父把自己反锁在一间屋子里，任何人去敲门他都不开。

我透过墙壁的一条缝隙想看一看伯父的样子，却只看到屋子里黑乎乎的，什么也看不清。跑到屋后发现唯一的一扇小窗户也关得严严实实。

"怎么一点响声也没有，是不是人已经死了。"海山的母亲在窗户边听了一阵后自言自语。

"你才死了呢。"我瞪了海山母亲一眼并在心里狠狠地骂了一句，这时我想起海山家里曾经喂的那条白母狗，我恨死了它。

伯父的儿子突然大声地哭闹起来，一边哭一边嚷着要骑马马。

"哪来的马马骑哦。"海山的母亲往杂乱的屋里扫了一眼说。

她不说还好，伯母一下子悲从中来，号啕大哭起来。一边哭一边断断续续地念:"他是在喊他爹……经常要他爹……趴在地上让他骑……一岁半还只晓得喊马马……"

艾艾的哭声就像一把刀子,在屋子里飞来飞去。

"好,婶婶带你去骑马马。"海山的母亲一边从伯母手中把艾艾抱了过来一边扯开嗓子喊:"海山,海山,鬼崽子,刚刚跟我一起来的,一下子又死到哪里去了。"

海山不知从哪里钻了出来,问:"娘,喊我干什么?"

"去,去把后面的那扇窗户打开。"海山的母亲冲海山努了努嘴。

海山又不知从哪里找来一根食指粗的铁棍,三五下就将窗户撬开了。这一撬如同伯父在田边放水时挖开了一个口子,光就像水一样涌了进去。就在这时,我们都听到里面"啪"的一声,好像有什么东西倒在了地上。

我率先在窗户口占据了一个有利的位置。海山的母亲一边把其他看热闹的孩子赶开一边把还在哭闹的艾艾抱到了窗台上。

伯父双手紧抱着头部匍匐在地上,他的头发乱糟糟的,黑糊糊的有点弯曲的手指仿佛要抠进肉里去,他的后颈在不时地抽动,他那宽厚的肩背好像一张正在使劲拉着的弓,两条腿像是拖在地上,不住地抖动,让我想到刚刚剥去了皮的青蛙的腿。伯父的身边,一个铝脸盆已完全失去了原来的形状,它的一半拧在一起像一块霜打的烂抹布,一个杯子倒扣在地上,杯子周围的地湿湿的,布满指甲刮出来的痕迹,一床缀满补丁的青花被子在床底下被揉得皱巴巴的,被子的一角勾在伯父的脚趾头下,一条蚯蚓一样的血迹像是用画笔用力画上去的一样。

艾艾一看到伯父马上就不哭不闹了,他一边喊着马马,一边就想将一只小脚往里面跨。这时伯父的嘴里突然发出一连串低沉的吼声。吓得海山的母亲慌忙把艾艾抱了下来。

伯父在家里一共折腾了三天,听人说前两天还经常有人去他家里看看,第三天除了自己家里的亲戚外人都不来了,主要是他们知道了狂犬病的厉害,一传十,十传百,越传越邪。有的说只要是疯狗或发病的人对着你叫一声,甚至在你的影子上抓一下你也会染上这种病,还有的说染上这种病之后拉出来的不是屎,而是血糊糊的狗崽子。伯父临死的前一天可能是因为太难受了,他号叫着差点从后面的那扇窗户里跳出来。是叔叔使劲将窗门堵住的,伯父一边用头撞着,一边哀求叔叔:"好兄弟,你杀了我吧,你杀了我吧……"

伯父之死

伯父的尸体是叔叔和村里的一个赤脚医生抬出来的。

自从那天旷了一天课后,我没有再去看伯父,一是我母亲不让去,二是心里害怕,要我去,我也不敢去。

我始终没有再看到伯父的脸——那张笑了几十年笑起来像"二"字的脸。

三年后的一个夏天,我在从学校回来的路上捡到一条黑色的小狗,说是捡,其实是它自己跟过来的。开始我看到它时只是觉得好玩,就逗它,这一逗它竟然摇着尾巴走到我的跟前,小眼睛亮亮的,对着我的裤管又是嗅又是舔,亲热得不行,好像我就是它的主人。后来我在前面走它就在后面紧紧地跟着,一直跟到了家门口。

首先反对我养狗的是奶奶,奶奶说你伯父是怎么死的难道你忘了。听奶奶这样一说,我母亲也不赞成我养。为此我想了整整一个下午终于想到海山,其实海山一直都想与我和好,但每次碰到我在看了我一眼之后又赶忙把头低下去。有一天他终于鼓足勇气跑到我家里来找我,结果我又不在家里。因此我决定硬着头皮带着小狗去找他。

海山连读三个五年级都没有考上初中,已在家里待了一年多。他根本没有想到我会主动到他家里去找他,高兴得不得了,在得知我因为怕耽误升学考试要他帮着照看一条狗时,想都没想就一口答应下来:"放心吧,我正愁一个人不好玩呢。"在临走的时候,海山才突然想起问我小狗叫什么名字,我想了想说就叫它小黑吧。

升学考试很快考完,心情一下子轻松许多,接下来的一个长长的暑假我和海山经常背着家里人带着小黑到处玩,同样是因为一条狗,我们的友谊又回到了从前。

那天满坡的野菊花开了,我和海山带着小黑去了一趟几里开外的集市。一路上,小黑一直在奔跑,有时故意撇开我们,低着头扑向坡地下面的草丛,看到我们走到了前面,又绕着道儿跑过来,乌黑的鼻梁上沾着新鲜的泥土和草屑。

小黑的快乐一直没有停止。从集市上回来后,它仍然精力充沛,一眨眼就冲到葡萄架下,一群正在觅食的鸡仔被惊得咯咯乱飞,还有那些被掀动的灰尘和羽毛,把阳光一下子搅成一团浑水,它站住,并不追赶,只是看着它们落下来或者飘远。它甚至跃到高高的篱笆上,昂起头来像个穿着黑色礼服的绅士，在一本正经地踱了几步后，突然调转身子飞快地窜到我们的跟前，抬起头，小眼睛亮亮地望望我也望望海山，仿佛是在告诉我们，它所抒发的快乐里也有我们的快乐。

几分钟后，我和海山拿着几根肉骨头走出来时，小黑已倒卧在地，它的头部已经裂开，它的四肢还在一下一下地抽动，它的眼睛还来不及有一丝一毫的惊恐，它的快乐还在随着扩张的瞳孔慢慢地散去。

"它疯了。"

叔叔正在用一把稻草抹去锄头上沾着的血迹。

镜像·

镜像

高明快要疯掉了。

这个身材高大、长相英俊的摄影爱好者刚刚过完他的 25 岁生日，刚刚在自己所属的企业举办了个人摄影展，也刚刚成为 A 市摄影家协会的会员，正是一个小人物踌躇满志春风得意的时候。这样一个人怎么会疯掉呢？当然，他还没有疯掉，只是快要疯掉了。谁也不会想到，平时洋溢在他脸上的那种得意的神态突然之间不知到哪里去了，取而代之的是焦虑、沮丧、痴呆、时而发作的歇斯底里。当然，这些夸张的表情只有当他一个人的时候，才会表现得淋漓尽致。尽管如此，明眼人还是一眼就能看出来，高明与以前相比已经判若两人，那个爱笑的、喜欢在小区里高谈阔论而又不失真诚的帅小伙已变得悒郁、沉默寡言、躲躲闪闪，就连那笑也像是牙缝里的泡沫，刚刚冒出来就破了，碎了，完全不是发自内心。尽管如此，仍然有些人会认为这是一个毛头小伙子开始变得成熟的标志。最起码高明的父亲就是这样认为的，好几次他在跟别人谈论自己的儿子时甚至感到有几分自豪："这小子比以前稳重多了，总算是长大了。"当然，也不乏讽刺挖苦的，说这小子不就是搞了一次摄影展吗，倒真的把自己弄得像个人物似的。

高明的女友严丽最先感受到他的这种变化。她和高明说话时，发现他老是走神，嘴里不停地"哦"着，像是她说的每句话他都在认真地听，其实一句话也没有听进去，甚至当天叮嘱过他好几遍的事情竟然也会忘得一干二净。为此严丽已跟他争吵过好几次了，但这样的情况还是经常发生。

"我在跟你说话，你到底听到没有？"

"哦……啊？什么？哦。"

类似于这样的对话太多了，高明每次都像是大梦初醒。严丽有几次气得眼泪都出来了。她很不喜欢高明这样，但她一时又搞不清高明到底是哪根筋出了毛病，她甚至开始怀疑高明是不是不爱她了，或者是变了心爱上了别人。可高明又总是矢口否认，并马上对她信誓旦旦，说一些"今生今世只爱你一人"的话。而当女友问他到底在想什么时，他又支支吾吾，临时编一些摸不着头脑的事来敷衍她，她也明明知道这是敷衍，但又无可奈何。

高明真的是快要疯掉了。

他每天一下班就只想往家里跑，一到家里就直奔自己的卧室，一进卧室就把门关得严严实实。有时蒙头大睡；有时坐在床上发呆；有时大口大口地喘气，像是肚子里吞了什么类似于黑烟一样的怪物；有时使劲地拉扯自己的头发，并用拳头捶打自己的脑门；有时一副欲哭无泪的模样。这一切，除了高明自己，没有人知道，即使是所有的人都知道了，也丝毫不能缓解高明的这种痛苦。一切都无济于事。一切都不可理喻。

自从高明发现在镜子里照不见自己的那一天起，他就很快变成这样了。

这事要是说出去，有谁会相信呢？妈的，谁也不会相信！但这又是事实，不相信又能怎样？如果这事发生在别人身上，高明可以不去相信，但这事偏偏就发生在他自己的身上。

那天早上，高明事先并没有什么预感，他的身体也没出现什么异样的状况。像往常一样，他穿衣、起床、洗漱，可当他站到衣柜前的那面镜子跟前时，除了自己身上穿的衣服，镜子里竟然看不到自己！他的头发，他的粗眉毛，他的高鼻梁，他的整个脸，他的脖子，他露在衣服外面的手臂，统统都看不见。以致穿在他身上的衣服就像是挂在一个无形的衣架模型上！刚开始，他以为自己一定还躺在床上没有醒来，这只不过是在梦里出现的情景，但当他在镜子跟前走了几步之后，发觉自己又不像是做梦，他分明听到了自己的脚步声，并且刚才还到洗手间洗漱过，牙齿缝里还残留着牙膏的薄荷味。为了进一步确定，高明在自己的脸上掐了一把，痛！是真痛。既然不是做梦，难道是自己的眼睛花了？在努力使自己平静下来之后，他使劲揉了揉眼睛，他并没有觉得自己的眼睛有什么不舒服，凡是镜子周围的东西他都看得一清二楚。他一晃动，镜子里的衣服也会跟着晃动。绝对没错！镜子里除了他自己的肉体之外，他身上穿的，背后白色的墙壁，铺着一床踏花被的床，写字台一角堆放的照片，黄色沙发上换下来的衣物，统统都看得一清二楚，唯独没有看到他高明！他呆站在镜子的跟前，一下子没反应过来，不知道到底发生了什么事情。这个世界到底怎么了？到底是镜子的问题还是人的问题？抑或是科学还没来得及发现的问题正好在这个时候被他遇上了。如果不是自己

镜像·

亲眼看到,高明无论如何也不可能相信这会是真的,但这恰恰又是真的,而且千真万确!

还是在念初中的时候,高明就学过镜面成像的原理。他可以不相信鬼神,但他绝对不会不相信科学,科学利用成像的原理发明了镜子并生产出了镜子,才使得人们通过镜子面对面地看清自己,修容饰面,端正仪表。如果这是一块新买的镜子,他尚可心存怀疑,问题是这面镜子他不知照了多少回。平时从来没有出现过这种状况。要是灯不亮,他会想到是不是停电了,或者是开关坏了,再就是灯泡断丝了。可这是一面镜子,当一面镜子照不出自己时,你就是想破了脑壳也是白想。

高明手忙脚乱地翻找出家里所有的镜子,这是他目前唯一想到要做的也是完全出于一种潜意识的行为。但没有哪一面镜子能照得见自己。"这到底是怎么回事?"他一边不停地问自己,一边顶着一头冷汗在房间里走过来走过去。可怕的可能还不只是内心的沮丧,比沮丧更可怕的是这没有来由而又自四面八方涌来的恐慌感。突然,他想到了自己的照相机,自从上次和女友在公园里拍过一次外,这玩意放在包里已有好几天没有动过了。他手忙脚乱地把照相机拿出来,然后将自己的面部对着打开的镜头,奇怪,镜头里也看不到他的影子。上次的胶卷还剩下几张,他对着自己一连"咔嚓"了几下,发现屋里的光线有点暗,又打了闪光灯,直到将剩下的胶卷全部拍完。

所有的底片被冲洗出来了,高明想努力让自己平静一点,却无法做到,当他用抖动的双手将冲洗好的底片凑到灯光下时,他首先看到了他和女友的合影,一张一张地看过去,胶卷在他的手中一寸一寸地拉长,拉到最后几张的时候,他闭上眼睛,深深地吸了一口气,然后突然一下子将剩下的胶卷全部拉了出来,紧接着睁开双眼,剩下的几张与他在照镜子时出现的情况完全一样。接下来,他又做了两件事:第一件事是将窗户玻璃的一面涂黑,第二件事是从一个好朋友那里借来一台摄像机,但最终结果还是一样。以前,高明自认为这一辈子会跟奇迹无缘,但奇迹还是在他的身上发生了,不,这不是奇迹,是令人感到无比恐惧的魔幻,即使是在小说和电影里也很少出现过。如果说这就是奇迹的话,这样的奇迹他宁可不要。现在他渴望的是再出现一次奇迹,让一切恢复到从前,但一次又一次,他,失望了。

岂止是失望。时间在一天天过去。时间每过去一天,高明就要受一天的折磨。在这种似乎没有休止的折磨中,失望很快演变成绝望。

"难道这是一个人行将走到生命尽头的一种先兆?"如果是,这样的先兆为什么不发生在别人的身上？这个世界一天中有多少人要面对死亡，为什么偏偏就针对他高明呢？他还这么年轻，一个月前他们单位做过一次体检，他的身体没有查出任何毛病，看来病痛暂时还不可能要他的命，唯一可能要他命的只能是突发性事故。那什么才是突发性事故呢？在单位他是坐在办公室里的技术员，不像那些与机械打交道的工人，说不定哪天突然飞来一块铁锭就把头给砸了。他平时也很少外出，即使是走在大街上也十分小心。是房子倒塌？是车祸？是突如其来的瘟疫？是天上飞下来的陨石？是……他记起曾经在办公室的一张报纸上读到的广告语"这个世界没有什么是不可能的"。以前，高明对这句话嗤之以鼻，认为那是属于人的一种虚狂。但现在，他相信了，以致高明多年以来在内心深处为自己筑起来的精神壁垒几乎一下子全部坍塌。

当一个人认为自己是将死之人时，他还能干什么呢？属于高明的答案只有两个字：等死。一个年轻人，仿佛一下子坠入到暮年的深渊，眼前的一切和与想象中的未来有关的所有顿时化为梦幻泡影，这是一件多么可怕的事。比等死更可怕的是，高明仍存有一丝活的希望，死不甘心的挣扎。甚至还有比这更可怕的，那就是维护活的尊严。在高明看来，活的尊严超越一切。这就注定高明要做好饱受自我折磨的心理准备。

正是在这样的心理准备下，高明每天还得正常地上下班，还得吃饭睡觉，还得与女友约会。等时间稍稍一长，高明感到最可怕的事情还不是维护自己的尊严，而是如何让这一切成为无人知晓的秘密，这是维护尊严的前提。因为他无法想象，当他把这一切告诉他的家人、同事和女友时，他们会以一种怎样可怕的眼光来看待他，在他们的眼里，他一定会是一个怪物。他高明即使是死，也要把这个离奇的秘密一同带走。

高明开始对镜子甚至所有的玻璃都极为敏感，只要是远远地看见了，他就会不由自主地避开，就像是迎面走来一个催债的，而他正是那个想赖账的人。

在高明办公室的二楼竖着一块仪表镜，以前，他每次走到这里都会很自恋地站上一两秒钟，看看自己穿的衣服是否合体，看看自己的头发是不是被风吹乱了。这次他却趁办公楼没有一个人的时候，从裤兜掏出一个事先准备好的小铁锤，用自己衣服的下摆把镜子的一面蒙住，从背面轻轻一敲，仪表镜就给敲破了，由于他的力道掌握得恰到好处，仪表镜的镜面并没有大面积破碎，只是出现了不少裂纹。第二天，高明如愿以偿地看到仪表镜连同镜框和座架被办公室里的人搬走了。

　　与严丽出门散步时，高明事先划定好了一条路线。以前，严丽最喜欢挽着他的胳膊沿着大街上的那排店铺走过去再走过来。严丽身材高挑，人长得也俊俏，高明尤其喜欢她那一头披肩长发，看上去很飘逸。平时，严丽最喜欢边散步边到店铺里逛逛，试一试最新的款式，或者看一看柜台里的化妆品。如果碰巧碰到有合心意的，高明总会给她买下来。女友知道高明的收入并不高，也总是适可而止。但这次高明选择了走大马路上的人行道，这让女友感到有点不快，认为他是因为吝啬才这样的，但又不好明着说出来。高明则另有自己的想法，店铺里是镜子和玻璃密集的地方，很容易让人觉察出来。他现在恨镜子，恨所有的镜子，包括玻璃在内。说得更准确一点，他是害怕镜子，甚至害怕有人在面前提到"镜子"这两个字，仿佛那是杀人不见血的刀子。

　　他自己家里的镜子一面接着一面地失踪了，就连他卧室衣柜上的那面立式的穿衣镜也被他在搬一张凳子时，"一不小心"被凳子的一条腿"哗啦"一声给撞碎了。当时高明的父母亲不知发生了什么事，马上跑了过来。"你就不能小心一点吗？"父亲看着一地的碎玻璃直摇头。"这么大个人了，做事还这么毛手毛脚，"高明的母亲要温和一点，她一边收拾地上的碎镜片，一边说："下次再去划一块安上。"后来还催过他几次，但一直没有动静。高明只留下一面镜子，锁在抽屉里，圆形，绿色的塑料边，巴掌大，隔一段时间拿出来照一次，又飞快地放进去。尽管绝望，但他还是多么希望有一天突然在镜子里又重新看到自己。

　　他的头发在一天天长长，从耳际到脖颈再到肩头，他以前经常刮得溜光的胡子也长出了形状，那是典型的山羊胡，浓而密。家里人都看不过眼，他的父亲简直就是深恶痛绝，直骂他"伤风败俗"。单位的领导已提醒过他很多次，要他注意自己的"形象"。女友更是恨不得一把就把他拖到理发店去，但一想到理发店他的心里就发怵，死也不去，也说不出一条过得去的理由。他的母亲则拿着一把剪刀走到他的面前，结果被他一把夺了过来，从窗口丢出去了。

　　有一天，女友要高明陪她去买一双高跟鞋，那双鞋摆在一家店铺的展示柜已有一个月了，女友每经过一次都要去看一次。高明实在是躲不过去了，就陪她去，一个人远远地站在店铺的门口，仿佛那里有瘟疫，就是不肯进去。女友穿上高跟鞋在一面很大的镜子面前左右前后地照，然后回过头来问他：

·单边楼

"好不好看？"高明从门外望过来，冲她直摇头。

"高明，你就不能站进来吗？"当着店里服务员的面，女友没好气地大声喊。

可怜的高明，假装没听见把头扭过去了。

女友当时气得把鞋子一摔，哭着冲出了店铺。等高明反应过来去追，她头也不回，一下子就跑出了老远。高明追着追着就不追了，他撑着双腿猫在路边大口地喘着粗气，好像严丽刚才的那只鞋直接摔在他的脑门上，眼前金星乱闪。女友是爱他的，这一点高明从来就没有怀疑过，就像他爱她一样。直到现在，他仍然很爱她。

过了一个星期之后，严丽终于打破了他们之间的僵局，主动提出星期天一起到街上的影楼去拍婚纱照。事实上离他们原定的结婚日期也一天一天地近了，这个时候去拍应该是比较合适的。但高明不能去，这个完全不需要再去思考就能做出决定的决定，使他的整个身心完全失重。他一边喃喃地呼唤着严丽的名字，一边像一个气球一样飘浮起来。

"高明，你这个骗子，流氓，你去死吧，我以后再也不想见到你！"女友在电话那头一边恨恨地骂一边号啕大哭。

直到电话"啪"的一声被挂断时，高明的脑海里仍然是一片空蒙。

高明与女友的最后一次通话是在一个星期一的晚上。严丽说话的语调听上去很柔弱，但每一句话的尾音都在颤抖。高明听得出来，她在努力地控制自己的情绪。

严丽说："高明，是我不好，不该说那样的话伤你，我知道你这段时间心情很不好，我感觉你一直有事瞒我，我只是不明白，我是你的女朋友，有什么事情不能当面和我说吗？哪怕是你告诉我，你现在不爱我了，你爱上了别人，只要是你亲口告诉我的，我都认了。如果不是因为你爱上了别人，而是因为经济上的原因，那就更应该告诉我，我不是一个爱慕虚荣的人，我爱的是你这个人。再如果，就算你现在患了难以启齿的绝症，你也要告诉我，让我陪在你的身边照顾你，我会想尽一切办法为你去求医问药。可是……你为什么？为什么什么也不跟我说……"说着说着，严丽在那头抽泣起来。

"我……"高明话到嘴边还是咽了回去。如果真如严丽所问的任何一种情况，高明都有勇气把它说出来，可偏偏都不是。严丽在电话里等了一分多钟，都没有听到高明的回应。这是她最后一次打高明的电话。

得知儿子的婚事告吹之后，高明的父亲气得差点吐血。原以为儿子变得比以前稳重些了成熟些了,他万万没想到到头来会发生这样的事情。从那以后,他只要一看到高明,气就不打一处来。

所有的人都在忙着自己的事情,没有人关心高明,更没有人试图走进他的内心,即使有这样的人又能怎样呢?现在的高明,他的内心是关闭的。严丽的离去等于是把高明一个人抛向了更为孤独的深渊。这样也好,高明更有理由一个人独处了,任何人他都可以视而不见,他总是低着头,怀揣着一个不可告人的秘密,总是形迹可疑,来去匆匆。他的这副模样由陌生到熟悉,也渐渐地被周围的人所接受。这个所谓的接受就是指见怪不怪,或者说不当回事。

"他就是这样一个人。"当有陌生人奇怪地向别人打听他时,他就隐约听到这种带有取笑和嘲弄口吻的答复。

高明并没有完全死心,他曾经一度相信这不过是上天在给他开一个天大的玩笑,总有一天上天会因为可怜他而将这个天大的玩笑给收回去的。因此,他仍然会每隔一段时间偷偷地照一次镜子。但等待他的仿佛是永无休止的失望。唯一值得期待的是,他还活着。

这天天气很好,他像往常一样发了一阵呆,回顾了这些天所发生的事情。当所有堆积起来的失望和绝望将他的内心塞满之后,他反而变得冷静下来。高明决定一个人到外面去走走,对,到公园里去散散心,总比这样闷在家里强。

公园里都是一些陌生的面孔,他们三三两两地走过来,一个个如沐春风,显得悠闲自在。有的在和高明擦肩而过时还报以微笑,这使高明的身心受到鼓舞,他的心情顿时好起来,他甚至想找一个陌生人交谈一次,把自己这些天来的离奇遭遇和苦闷和盘托出,但这仅仅只是一个想法而已。

"难道我真的就这样等死吗?"他这样问自己。他还这么年轻,他应该想办法活下去,好好地活下去。在路边的一张石凳上坐下来之后,他长长地叹了一口气。当他想到他要活下去的时候,总觉得底气不足,与其这样活着还真不如死了好。这个念头在他脑海里一闪时仿佛一道灵光,一下子让他变得激动起来。这个念头甚至迫使他把所有的精力集中到了一起。

"我为什么不能主动地去死呢?"他甚至有点迫不及待地对自己说。以前是害怕死,一想到死就千方百计去躲避,而死往往就如影随形。现在,高明要变被动为主动,要让死来怕他。

其实死是一件再容易不过的事情,既然等死这么难受,不如早点了结自己。高明还记得有一个哲人说过"死就是生"的话。但用什么方法了结最好呢？跳楼太痛苦了，万一一下子没摔死怎么办；上吊又太难受，死也会死得很难看；最好的办法是吞安定片，一瓶吞下去，就像睡着了一样，既不痛苦又不难受。主意打定后，接下来到哪家医院去买安定片呢？要是医生问起来该如何回答呢？听说这安定片没有医生开的单子是不准乱卖的。要是买不到怎么办呢？想过来想过去，高明又想起另外一句话"连死都不怕的人还怕活吗？"他最终还是打消了自杀的念头。这只能说明他还不是真的想死。

在往回走的路上，高明的情绪又变得恶劣起来。再多的想法也于事无补。

"这个世界没有什么是不可能的。"高明的脑海里突然又跳出这句广告语。在高明的大脑神经绕了无数个弯之后，这句广告语的出现让他激动得一下子要跳起来。

自那以后，高明对报纸产生了浓厚的兴趣，每天上午办公室的报纸一来他会第一个抢到手，然后迫不及待地翻看报纸的广告栏。以前高明从来不看报纸上的广告，总认为花钱打广告是坑人的行径，因为广告费全部摊到了消费者的身上。在这一点上，严丽正好相反，她看报纸或者杂志只看广告，牌子不响的东西一概不买。

几天后，高明终于在一张晚报的广告栏里看到B市的一家医院刊登的广告。广告里最醒目的还是那句"这个世界没有什么是不可能的"。接下来，广告上说B市的这家医院专治各种类型的疑难怪症，其中还有这样的案例描述：一个生下来就没有痛觉的女子，在她二十岁这年经过这家医院的治疗终于第一次有了痛觉；一个平时以石头和玻璃果腹的男子通过在这家医院医治后也终于以米饭为食了，并从此对石头和玻璃产生厌恶感，尽管这男子的生活后来陷入困境，但这一成功的病例还是为医院赢得了很高的声誉……

这则广告无疑成了高明的福音，让他有绝处逢生之感，至少生的希望与那天想死的念头如出一辙，同样是灵光一闪，但效果却是两重天地。更为难得的是，这个B市是一个临海城市，离A市很远。他去看病不会有任何熟人知道。

高明在单位很顺利就请到了病假。他揣着那张晚报，从A市到B市坐了一天一夜的火车，一下车，他就买了一张当地的地图，然后按图索骥，找到了这家医院。

对医院，高明并不陌生，他是在医院的产房里出生的，平时感冒发烧什么的也总是往医院跑。但他不知道像自己这种情况应该去找医院的哪一个科，更不知道找哪个专家。在医院大厅的公告栏里，他得知一个姓王的教授这天正好在五官科坐诊，他就想，他平时照镜子最先照的就是五官，他就挂了五官科的号。

高明很快就找到设在二楼的五官科，因为有专家坐诊，所以前来看病的人很多，有男的女的老的少的，有歪鼻子的，有斜眼睛的，有嘴巴开裂的，他们都用一种很奇怪的眼神打量着高明，仿佛要在他的脸上打量出一个洞来。

其中有一个中年妇女问他："你这是帮谁挂的号？家里人？"

"不是。"

"女朋友？"

见高明摇头，中年妇女神情关切地告诉他："这个是不能代的，最好是陪病人亲自来看，才不会误诊。"

高明一时不知如何应对她，就愣在那里。

"该不会是你自己看病吧？"中年妇女又问。

"是的。"高明吐了一口气。

中年妇女和旁边的病人就越发奇怪了，有的甚至莫名其妙地冲他笑，大概他们还是第一次见过五官长得这么周正的人也来这里看病。

"看不出来，你……"中年妇女很好奇，正想问个究竟，这时高明听到里面在喊"下一个"。

轮到高明进去了。高明在挂号时特别留意过墙上的专家简历，这次坐诊五官科的专家王教授是从某医学院退休后被这家医院返聘过来的。

戴着眼镜坐在桌子边的王教授正在一张病历单上一丝不苟地记着什么，他头也不抬地问他："病历呢？"

"没有。我……我……挂了号。"

"嗯，你有什么问题啊？"

"我……不知道。"

"不知道？"王教授这才抬了抬眉毛，翻动两个眼珠子开始从镜片的上面打量他，这样看了一阵后，他狐疑地伸出一只手托起高明的下巴，另一只手抓起桌子上的放大镜，首先要他把嘴巴张开，接着又翻了翻他的眼皮。

王教授用手中的放大镜在高明的嘴巴和眼皮之间晃了两下，象征性地点了点头，并下意识地在放大镜上哈了一口气，同样象征性地用衣袖在镜面上擦拭了几下，表情有几分狐疑和不解。

"你觉得哪里不舒服啊？"

"好像没哪里不舒服，"高明如实回答。

"好像？没哪里不舒服？那你感觉到哪个地方不对劲啊？"精瘦的王教授看上去有点生气了。

"我……"高明确实不知道自己患了什么病，也不知道这个病到底属于什么科，或许这根本就不叫病，一时竟不知道从哪里说起。

"我，我……我，我是看到你们的广告才……过来看病的。"

高明有点慌乱地从身上找到那张晚纸摊到桌子上，把医院打的那个广告指给他看。王教授似乎对他们医院打的这个广告不感冒，他把报纸推开，找到被盖在报纸下的纸和笔，有点不耐烦了："你是不是得了什么怪病啊？"

高明一边点头，一边迅速把摊开的报纸重新叠好。就在这时，他无意中发现身侧靠近墙角的地方挂着一面镜子，就把教授叫到镜子跟前，指指自己又指指镜子，要教授看镜子里面。

教授看了看镜子，又看了看站在他身边的高明，很是不解。高明只好将刚才的手势重复了一遍，一脸疑惑的王教授突然惊讶得合不拢嘴。他一边看着镜子，一边从座椅里站起来，慢慢地挪到镜子跟前，左看右看，他的鼻尖都快碰到镜面了。愣了好一阵王教授才像是回过神来，然后转过身死死地盯着高明的脸自言自语地说，"难道是我老眼昏花了？要不就是他有特异功能？"

"教授，您看这病能治吗？"高明的声音在不住地抖动。对于他来说，这一刻是决定他生死的重要时刻。

在肯定自己的眼睛并没有昏花之后，王教授不住地摇头："像你这种情况，我们建院三十多年来还是第一次遇到。"

王教授哪里能体会高明此刻的心情。但他显然对高明这个人产生了强烈的兴趣，他回到座位上，把眼镜摘下又戴上，然后拿起刚才用过的那支笔问高明的详细地址，电话号码，干什么工作，家里还有些什么人，是从什么时候出现这种状况的，身体有没有什么异常反应，等等。王教授问了半天见没有人答应，反过头来一看，高明早已不知去向，站在他身后的是一个嘴巴肿得比拳头还大的人，他的嘴唇一下一下地扭动着，可能是想回答他刚才提的这些问题，又无法开口，但他显然是尽了力。

王教授马上起身走到门口，门外哪里还有高明的影子。

从医院里出来，高明并没有再回到 A 市。高明的家人只知道他出差去了，高明的单位在他失踪一个月后才将他除名，在除名之前，单位找过他的父母，找过他以前的女友严丽，该找的人几乎都找了，在当地的晚报上也登过寻人启事。滑稽的是，他的照片和寻人启事与那则"世界上没有什么是不可能"的广告刊登在那天的同一个版面。高明的家人也曾四处奔走寻找过他，但都一无所获。关于高明的失踪曾经有多种传言，传得像真的一样的有这样三种：一种是说高明的神经出了问题，出走前的情绪悬殊便是前兆，只怕出走后正好发作，现在很有可能正流落街头；另一种则认为高明极有可能遭遇了不测；还有一种是说，高明好不容易甩掉了身边的女友，原因是在外面另有新爱，现在只怕是身在温柔乡中乐不思蜀了，也有可能就在外面安家落户了。三种说法倒是为大家增添了不少谈资，但到底是真是假谁也拿不出令人信服的依据。

　　两年后，除了高明的父母和女友，A市凡是知道有高明这样一个人的人几乎已忘记他曾经存在过了，只有他的父母仍在无边的等待、怨恨、自责中打发余年。但在离A市很远的一些城市，首先是B市，再譬如C市、D市、E市、F市，一个神奇的魔术师正频繁出现在各大演艺场所，他表演的大型魔术"人间蒸发"简直是令人匪夷所思。舞台上，但见大幕拉开，16面镜子在无数道反光中像折叠式屏风一样将整个演艺大厅照得令人眼花缭乱。一个长头发蓄着山羊胡子的青年举止优雅地站在舞台中心的那16面镜子的跟前，但任何镜子都照不见他，任何能够成像的镜头也都捕捉不到他。更绝的是，他甚至不需要任何道具，随时随地都可以表演，凡是亲眼目睹过他表演的人无不啧啧称奇。

　　关于介绍他的文章也频繁出现在各大娱乐性报纸和杂志上，唯一令人感到遗憾的是在任何一张与他有关的报刊上都看不到他的照片，他的尊容也从来没有在电视里出现过。据说许多电视台都曾想做一个他的专访，但没有一家如愿以偿，这真是太神奇了。一家著名的娱乐周刊是这样评价这位年轻有为的魔术师的：

　　"他英俊潇洒，像一位绅士，他的那一头飘逸的长发使他极富艺术气质，尤其是那一撮浓黑的山羊胡，让年轻的女士着迷，可他至今还是个单身汉。当记者问他有没有心仪的女子时，他表示了一贯的沉默……令人遗憾的是，我们无法用镜头捕捉到他的身影，但对于我们的读者而言，这也正是他展示神奇和神秘的魅力之所在……简直不可思议，那完全是天才的创举！如果你不是亲眼所见，还以为他是制造反科学奇迹的

·单边楼

超人……"

　　青年魔术师蹿红不久，一位姓王的教授专门在报纸的娱乐版发表了一篇署名文章，说这位青年魔术师曾经只是他的一个病人，其实他根本不懂什么魔术，至于镜子里照不见他虽确有其事，但还有待科学做进一步研究。

　　王教授的文章发表后，立即引来了一片嘲笑和挖苦，魔术师的崇拜者和不少靠娱乐吃饭的评论家纷纷撰文指责教授，说他无非是想哗众取宠。一个教授应该好好钻研学术，到娱乐圈里来搅和，无非是想借别人的名气来炒作自己。这样炒来炒去，教授气得吐血，而青年魔术师的名气倒是越炒越大。

　　这个青年魔术师就是高明。但现在他不叫高明，他改了名，叫高敖。名字是他现在的经理人方先生改的。

　　自从高明那天从医院走出来后，自杀的念头就像恶魔一样牢牢控制了他。他一个人来到了海边，这还是他第一次看到大海。曾经有无数次他想背着自己的相机来看大海，但万万没想到是以这种方式。眼前的大海与摄影的美感没有任何关系，它的辽阔也并没有扩张他的心灵。他看到的是海浪的狞笑，看到那狞笑在扑向礁石时所激起的玻璃般的碎片，他内心的那个恶魔也在狞笑。不假思索，他以这个陌生的城市为背景，神情恍惚地向大海走去，顺便带着那渴望成为碎片的心灵。

　　在离高明不远的地方，一个中年男人在海滩上来回地踱步。这个中年男人就是方先生。稍远的地方是一个码头，码头上是货轮、吊车和被卸下的集装箱。

　　当海水快漫到高明的脖颈时，他朦朦胧胧听到一个男人的叫喊。

　　等高明清醒过来时，他已被两个民工拖上海滩。方先生从身上摸出两张百元的钞票每人塞了一张，连连向他们道谢，仿佛救上来的是他的亲人。

　　方先生经营过一家演出公司，但经营不到两年就每况愈下，方先生原本身体不好，虽努力支撑，公司还是垮了。公司一垮，方先生大受打击，差点一病不起。

　　这天，身体刚刚有所康复的方先生一个人来到了海边，一是想到海边透透气，二是想思考一下下一步将何去何从。就在这个时候，他看到了高明，看着他一步步走向大海。以方先生现在的身体状况，他一个人不但救不了高明，还有可能会搭上性命。也是高明命大，正好走来两个在码头卸货恰好经过这里的民工。是方先生叫住他们把高明给救上来的。

156

高明获救后,情绪仍然很低落,无论方先生问什么,他都一言不发,方先生只好暂时把他安排在自己的家里住下。为了尽快找到高明的家人,方先生准备在报纸上刊发一则寻人启事。由于高明什么也没有提供,方先生打算给高明拍一张照片。

在高明毫不知情的情况下,方先生拿着自己的相机对准了高明。就在方先生的相机出现在高明的跟前时,高明本能地伸出一只手想捂住镜头,但已经晚了,方先生在镜头里看到了令自己目瞪口呆的画面。是的,他明明对准的是高明的脸,在镜头里却看不到,甚至连高明伸过来想捂住镜头的那只手都看不到,他只看到高明空空洞洞伸过来的一只衣袖。更令方先生猝不及防的是,高明会不顾一切地扑过来一把把相机从他的手中夺走!然后埋着头抱着相机跌坐在地上号啕大哭。

方先生是高明的救命恩人,也是高明唯一可以信赖的人,他的安抚起到了决定性的作用,高明在情绪慢慢稳定之后终于向这位方先生敞开了自己的心扉。当他把自己遭遇的一切全部告诉方先生后反倒一下子轻松了许多。他太需要倾诉了,而方先生正是这个世界上他唯一可以倾诉的对象。

事实也正是如此。方先生在听完高明的倾诉之后并没有什么过激的举动,尽管这事情来得很突然也很令人惊愕,但这个见多识广的生意人早已习惯于用极为冷静的表情来掩藏翻江倒海的内心世界。他用一个持续于兴奋之中的无眠之夜为高明和自己设置了一个未来。当他把自己的设想告诉高明时,连高明也不得不为这个富有创举的设想而感到震惊。

为了高明,当然更多的是为了方先生自己。前段日子,方先生一直不甘心自己的失败,或者说他随时随地都在渴望着奇迹的出现。他和高明,一个面对的是事业的穷途,另一个面对的则是精神的末路,这两个人一旦走到一起,谁也不知道会有什么样的奇迹发生,即使是发生了什么奇迹也是毫不奇怪的。"天意,真是天意啊,"方先生在心里不断地感叹。

有了高明,方先生准备重振自己的演出公司。在方先生的设想里,这家演出公司将以焕然一新的面貌卷土重来,而高明将成为方先生手中的一张王牌。为此,方先生专门为高明购置了所有的道具和行头,并专门对高明进行了训练和包装,为了尊重高明的意愿不暴露他原来的身份,方先生还特意给高明取了一个艺名叫高敖。

三个月之后,高敖以一个青年魔术师的身份在 B 市举行了自己的首场演出,由于准备得非常充分,演出一开始就十分顺利,高敖表演的"人间蒸发"节目简直是滴水不漏，给观众带来了强烈的视觉冲击。

"怎么可能呢？他是如何做到的，天哪！"很多人不敢相信自己的眼睛。

"太不可思议了。"有人在现场站起来大声惊呼。

演出获得巨大成功。第二天，B市大小报纸的头条都是这位青年魔术师的新闻，其轰动效应远远超过方先生的预期。高敖一举成名。

美中不足的是，高敖只适合于现场表演，不能参与任何摄制类栏目的录制，但从另一个方面来看，这恰恰增添了高敖的神秘感，也暗合了人们的猎奇心理，你越神秘，越能吊起人们的胃口。

高敖的走红，也让方先生的演出公司名利双收。这期间，高敖收到大量女观众的求爱信，方先生也曾多次提到过高敖的个人问题，但都被高敖婉拒了。

两年后，正当高敖的魔术事业如日中天的时候，A市也迎来了建市五十周年大庆。在即将举行庆典之际，A市专门邀请了全国当红的歌星和电影明星前来助阵，为了满足广大市民的强烈要求，A市还将这位炙手可热的青年魔术师作为重点邀请对象列入工作日程。有关庆典的广告很快在全市铺天盖地，市民们听说他们仰慕已久的魔术师会来，一个个奔走相告，他们太想看一看这位魔术师的庐山真面目了。

刚开始高敖不愿意到A市来演出，其中的原因只有方先生一人清楚。当初，高敖是从A市走出来的，A市有太多他没有勇气去面对的记忆。那记忆曾经给高敖带来太多的痛苦。为此，他背弃了太多：工作，爱好，年迈的父母，心爱的女友，甚至作为人的尊严。平时他只要一想到A市心里就会有一种莫名的恐慌感。这两年来，尽管他的名气越来越大，但他的恐慌感并没有消散，有时甚至会更加强烈。

作为生意人的方先生则有他的考虑。其一，A市开出的价码是最高的，机会难得，要是放弃了太可惜，等于是放弃了一片市场；其二，高敖的全部心结在A市，高敖要是不回A市，他的心结就无法解开。从内心深处而言，方先生也迫切希望高敖能早日解开心结，以一种积极的心态与他一起去拓展更大的演艺市场。

在方先生锲而不舍的游说和开导下，高敖终于答应回A市演出。

市民们好不容易盼到了庆典这天。A市特意把这次演出安排在全市最大的可容纳上万人的新星体育馆。演出的门票早在一个星期前已售罄。

这天晚上，高敖的魔术表演作为压轴节目安排在倒数第二个。观众耐着性子将前面的领导致词、歌舞、相声、小品看完，终于轮到魔术师出场了。

"下一个节目……"不等女主持人把节目的名称报出来，观众的情绪就一下子高涨起来。

"高敖！高敖！高敖！高敖！"台下响起了此起彼伏的喊声。

大幕拉开，顶棚的聚光灯将一个偌大的舞台照得绚丽夺目。舞台中心，呈弧形摆放着16面镜子，每一面镜子上都蒙着一块紫色的绸布。

青年魔术师高敖依然保持着原有的经典造型：披肩长发，山羊胡，特制的燕尾装。当他优雅地从后台走出来时，台下的观众发出了一阵阵尖叫，有几个女青年高喊着"高敖，我爱你"，甚至还企图跑到台上去拥抱他，结果被工作人员拦了回来。

表演正式开始。为了渲染气氛，高敖先不忙于表演"人间蒸发"，而是选择了一些小魔术，譬如：玫瑰花变成会飞的鸽子，红方巾里变出扑克牌等。观众对于这些类似的小魔术早已见怪不怪了，他们盯着的是竖在台上的那16面镜子。在吊足了观众的胃口之后，高敖示意工作人员把那些用来表演小魔术的道具拿走，台上只剩下镜子了。台下顿时一片沉寂，大家都在等待那神奇一刻的到来。

高敖缓步走到了第一面镜子的跟前，他故意闭上眼睛，在观众屏息静气的注视下伸出了自己的右手。

在第一块绸布被揭开的那一刹那，台下的喊叫声、口哨声、拍打声几乎同时爆发出来，但不到一秒钟的时间，所有的声音像是突然被什么切断了一样归于沉寂。站在台上的高敖不知发生了什么，要是在平时，这个时候应该是他闭上眼睛享受观众那种狂热情感大潮的时候，这是他现在能够支配和拥有的唯一虚荣。但这次的情景有点出乎他的意料。当高敖睁开眼睛时，他在镜子里看到的不是高敖，而是高明，只是比以前的高明多了长发和山羊胡而已。显然，台下的观众也看到了，而且比他还先看到。

这突如其来的变故令高敖一下子惊呆了，他站在那里，心情异常复杂。这心情里有一时无法承受的惊喜，也有暴露在众目睽睽之下的羞愧和难堪，还有极度的虚幻感，他甚至怀疑自己并不在表演的现场。

时间仿佛在这一刻停住了，但表演不得不继续下去，打在它头顶的聚光灯如同烈日，在炙烤着他，他感觉到自己的身体像是要燃烧起来，然后炸裂，他甚至听到了炸裂声，但四周是如此安静，发生在观众席上的一声咳嗽也足以震响耳鼓。高敖长长地吸了一口气，他硬着头皮揭开了第二块、第三块、第四块……以前,他每揭开一块绸布,都会引来一片呼声,即使是 16 块也不觉得多,当他站在它们中间,是舞台的灯光和镜子的反光让他感觉到了自己的存在,那存在是真实的。此刻的情景却正好相反,每揭开一块,高敖不但没有一丝成就感,反倒觉得自己心虚得难受。他不由得加快了速度,这样做无非只有一个念头,那就是尽快结束这个节目,尽快地离开这个舞台。

"假的,骗子!"观众席上不知是谁冲台上喊了一句。

这一喊马上得到响应。

"骗子!骗子!"

甚至有好事者开始将手中的空矿泉水瓶往台上扔,眼看场面就要陷入混乱。

站在舞台旁边的方先生事先对这次表演所发生的意外没有任何心理准备,他不停地跺着脚,急得满头大汗,但又无计可施。

在高敖终于把蒙在镜子上所有的绸布揭完时,事情的发展就像发生在高敖身上的奇迹一样完全超出符合理性的想象。有人开始站起来鼓掌,接着又有人站起来,紧接着几乎所有的观众都像是突然大梦初醒一般,整个体育馆爆发出雷鸣般的掌声。

这时,女主持人走到了台前,不无煽情地对正准备跑下台去的高敖进行了现场采访。

"简直是太精彩了!高敖先生,以前你表演的'人间蒸发'是让观众在镜子里看不到你,这一次,你是用了什么魔法让自己又变回来的呢?"

女主持人的问题一问出来,尖叫声和口哨声也随之响起。

见这位青年魔术师支吾着不知从何说起,女主持马上说:"看来我们的高先生还沉浸在观众朋友们的热情之中,依我看,这个节目从此以后要改名了,应该叫'回归人间'对不对?"

"对!"台下几乎是异口同声地响应。

女主持意犹未尽,正准备再提一个问题时,掌声又猛烈地响起来,女主持这才看到高敖已经走下了舞台。女主持只好对着高敖的背影说:"看来,高先生对我们 A 市是情有独钟,把他以往从来没有表演过的新节目贡献给了我们 A 市,这是我们 A 市人民的福气,让我们再次以无比热烈的掌声欢送高先生……"

从台上下来之后,回到后台的高敖还没想清刚才发生的一切。"假的,骗子!"这声音像锥子一样不断地向他刺来。

高敖在一面化妆镜前坐下，这张久违的脸是那样熟悉又是那样陌生，但它终于出现在自己的眼前，就好像是一个失踪多年的人又回来了。高敖情难自禁，伏在镜子前痛哭流涕。一直站在不远处的方先生把这一切看在眼里，但他没有靠近。他知道，此时的高敖需要的是一个人待着，其他什么都是多余的。另外，刚才发生的变故让他还没有把头绪理清。

所有的演出都已结束，观众开始退场。高敖擦干眼泪，他的情绪开始稳定下来。

"放我进去。"高敖听到后台门口有人争吵，那是方先生和一个女子的声音。

女子操一口 A 市方言，听上去很是耳熟。他们之所以发生争吵好像是那个女的想进来而方先生在尽力费口舌推脱，这样的情况在以往是很常见的，每次演出一结束，往往会有大量的女粉丝到后台来献花或者索要签名什么的，要不是方先生或者保安人员拦着，高明一般情况下是很难脱身的。但这个女的好像很执拗，她趁方先生不注意，突然找到一个空隙冲进了后台。

"高明！"女子失声叫出来。

高敖转过身。

"高明，你真的就是高明！你终于回来了！"

这个女子正是高敖以前的女友严丽。

严丽的这一喊，令高敖有恍若隔世之感。不错，他不是高敖，他是高明，那才是他真正的身份。

"小姐，他不是高明，他是高敖，你肯定是认错人了。"方先生见情形不对急忙过来拉扯严丽。一边拉扯一边冲外面喊："保安，保安……"

"我没认错，他是高明，他就是高明，我自己的男朋友我怎么会不认识？"严丽死死地盯着高敖，见高敖愣在那里好像一块木头，情急之下严丽一把扯散自己的头发，"高明，是我，我是严丽，你以前的女朋友……"

高敖当然清楚自己就是高明，同样也很清楚站在自己面前的是以前的女友严丽，即使严丽不把盘起来的头发放下来，他也不可能不认识她。与此同时，他也清楚自己是高敖，这与以前的高明有了天壤之别，他是现在的魔术师，一个被无数人追捧的明星。而此时此刻真正要命的是，当高敖还原成高明之后，他不知道等待着他的是狂喜还是更深的痛苦。两年啊，只有他知道自己是怎样走过来的，到头来却只是一个天大的玩笑。这两年来他所经历过的种种影像，如同电影的快镜头，被倒过来又倒过去。很快，他的大脑里一

·单边楼·

片混乱,影像消失,只剩下短路的电线,火花直冒,发出哧哧哧哧的响声。他听不见严丽对他近在咫尺的呼唤,也看不清方先生那变得无奈的表情,他甚至感觉不到身体的存在,他的手放在哪里,他的脚站在哪里,他都毫不知情。

空气在喧闹中也有凝固下来的时候。高敖终于感觉到自己的嘴唇动了动。

但就在这时,外面进来两个保安。

方先生急忙指着严丽对保安说:"这个女人认错人了,一直在骚扰高先生。"

保安不由分说架起严丽就往门外拖。严丽仰着头盯着高敖不放,她一边死劲地挣扎一边在等着高敖的反应。"高明,高明……"直到披头散发的严丽和她的呼喊在门口消失,高敖还一动不动地站在那里。

方先生走上前去,伸手在高敖的眼前挥了几下,也不见高敖有什么反应,就用手轻轻地推他。

令方先生没有想到的是,高敖突然目光发直,像一摊烂泥倒在椅子上。

一窝老鼠

一

退休还不到一年，许工就落下了头痛。这种痛有点像恶作剧，总是在许工没有一点心理准备的时候，就像不知从哪里伸出来的一把锥子在脑门里扎了一下，那痛就会像突然涌上来的潮水，一下子扩散开来，许工的眉头就会扭麻花一样往脑门中间挤，这有点类似于地壳运动，脸上原本松弛的肌肉因为这种挤压而变得生动起来。为此，许工原来划算好的所有户外活动都泡了汤。一是老伴不允许，怕他在外面突然出什么状况；二是毕竟年纪大了，对自己的健康心里没底。要外出可以，由老伴陪着，活动范围也只能控制在厂区附近。要不就老老实实待在家里，喂喂金鱼、养养花草什么的。

许工本来是个闲不住的人，这一闲下来心里就特别难受，一难受就经常发呆，心思就会像板块漂移一样，令自己难以把握，令老伴也无法琢磨。由此带来的最直接的结果是老伴经常提醒他：老许，昨天一定是你喂多了，有两条黑色的金鱼给活活撑死了；老许，以后这些吊兰不要浇那么多水，你看你看这些叶子都黄了焉了……

许工总是哦哦地应着，答应完了也不知道老伴刚才到底对他念叨了什么。后来，老伴连喂鱼养花这样的活也抢先干了。这一下，许工就彻底地闲下来，常常是晚上睡不好白天又睡不着，除了发呆还是发呆：有时站在阳台上眺望远处的山峦和正在冒烟的烟囱；有时拿出搁在床底下的几根钓竿用绒布擦了又擦；有时盯着挂在墙上从未用过的旅游包或者装满旧照片的镜框一盯就是大半天；有时陷在沙发里望着电视荧屏上下了整整一个冬天也没有下完的雪花发呆……更多的时候，许工坐在书房里，什么也不看，什么也不做，只是坐着，双目发直，谁也不知道他在想些什么。

二

但这一天似乎与往常不同。

许工的老伴正从厨房里出来,撩起围裙擦擦沾有油污的手,顺便还揉了揉被油烟熏涩的眼睛,见许工低着头用手抱着脖子,就以为是他的头痛又来了,就忙着给他去找止痛药。等老伴从床头柜里把一个紫色的药瓶翻出来时,许工正俯下身子使劲地朝床底下打量,老伴以为他也在找药,就念他,老许,你的记性都喂狗去了?见许工没什么反应,又用膝盖轻轻地顶了他一下,说老许你要找的东西在这里,它又不会长脚,哪里会跑到床底下去。许工头也不抬,一双手只管撑在地上,身子俯得更低了,但还是什么也没有看到。

"真是奇怪。"许工从地上爬起来搓了搓手上的灰尘。

"老许,你到底想找什么?"老伴这才明白他不是找药,但又不知道他到底要找什么,看着他怪怪的样子,心一下子就提了起来。

"我怀疑家里进了老鼠。"

"老鼠?这怎么可能呢!"老伴吓了一大跳。

"原来我也以为不可能,但昨天晚上我明明听到老鼠翻动东西的声音,开始以为是后面的门忘了关,让风给吹的,我还特意起来看了,结果根本不是这么一回事。"

"昨天晚上?我怎么没听到?是不是你听错了?"

许工摇了摇头,又像是点了点头。

"难道?难道昨天晚上你梦游了?"

听老伴这么一说,许工也开始怀疑问题真的是出在自己身上,人哪,一旦过了六十,什么毛病都是有可能出现的,对于这一点,他倒是越来越没有自信心了。

许工一动摇,老伴心里刚悬着的石头也就跟着"哐当"一下落到了实处。老伴最害怕的就是老鼠,从小就怕,差不多怕了一辈子。为了防贼防老鼠,他们家是全厂第一个装防盗门的,那时刚兴起防盗门,且都是简易型的,唯有他们家的防盗门是全封闭式的。

话虽这么说,许工心里头还是有点不踏实,整整一个下午,许工拿着一把小榔头,这里敲敲那里敲敲,从阳台开始一直到厨房的出烟管道,再从窗户到所有的门、门缝,都仔仔细细地检查了一遍。老伴跟在他的后面,不时地回应许工的自问自答,直到许工认为不可能了或者没什么问题,她才长长地出一口气。

　　睡到下半夜的时候，许工又被差不多与昨天晚上同样的声响给惊醒，那声音从客厅窸窸窣窣地向卧室里移动，像一页揉皱的纸被风推着在走，且声响越来越近。许工用腿靠了靠老伴的身体，老伴将身子侧了过去，并没有醒过来，许工就用脚尖顶了顶她的屁股，这回，两个人都听清楚了。

　　许工用手啪啪拍了两下床沿，那响声立即就停下来，许工感觉老伴一下子抱紧了自己的双腿。接下来是屏息静气的死一般的寂静，但过了不到几分钟，声音又磨磨蹭蹭地响起来，还不时伴有吱吱声。许工和老伴几乎同时从床上坐起来。许工拧亮床头灯，披上衣服，见老伴一副被噩梦惊醒的神态，就冲她噜噜嘴说，睡吧睡吧，别凉着了。老伴就又躺下，一把扯过被子把头蒙起来。

　　许工轻轻地下床，从厨房的角落里找来一把笤帚，对着床底捣鼓一通之后，见床底下没有一点动静，就又俯下身子去看，再把那页发出声响的纸给扒拉出来。一看，这张淡黄色的毛边纸正是他前天用来擦桌上的油污用过的，许工记得当时擦完后他将纸揉作一团，丢在厨房的一个灰桶里。想到厨房，许工马上紧张起来，幸好，所有的食物都放在壁柜和冰箱里，壁柜的门也关得严严实实，他才吐了一口粗气。再看这张纸，缺了一角，纸团差不多已被打开，数十道老鼠划过的爪痕和三粒新鲜的老鼠屎赫然在目。

　　第二天一早，许工和老伴费了九牛二虎之力把床、梳妆台、书桌、高低柜一件一件都搬到了客厅，只剩下一个衣柜了，许工喘着粗气接过老伴递过来的毛巾抹了一把脸上的汗，空气就在这一刻变得有点滞重，让人透不过气来。他和老伴明显感到因为一只老鼠而带来的兴奋和紧张，仿佛一个等待已久的答案就要揭晓。许工向老伴使了个眼色，老伴赶忙出去将门拉上，顺便也把自己关在客厅里。

　　老鼠一动不动地趴在衣柜与墙角的间隙之间。

　　许工把笤帚反过来，用长长的柄照着老鼠尾巴捅过去，老鼠负痛，吱地尖叫一声后飞快地蹿了出来。许工手忙脚乱，抡起笤帚一顿猛打，老鼠一脱离衣柜这个掩体后发现再无藏身之处，便在房子里乱窜，周旋了一会，最终还是被许工一脚踩中。被踩中的老鼠像喝醉了酒，歪歪斜斜走了几步后倒在了墙角，几缕透明的唾液和血的泡沫顺着嘴角喷了出来，身子抽搐了几下就不再动弹。

· 单边楼

三

自从家里发现有老鼠后,许工好久没有到外面走走了。

下楼,经过家属区,紧挨着的厂区让他不由自主地迈开了脚步。厂区三纵四横,厂房的外形有着流畅的弧线,显得开阔而有几分优雅,厂房的周围是规格划一的草坪,草坪的外围原本修剪得整整齐齐的万年青现在像站错的队列,前前后后显得参差不齐。几只灰色的和白色的鸽子飞过头顶,落在厂房顶端的平台上,模样憨憨地,不时将头和身子转过来转过去,没有什么预兆,它们却像是突然受到某种惊吓,呼啦啦一下子又飞走了,不见了,但很快它们又转过身子,呼啦啦飞回来了。

就是这样一座富有现代化气息的工厂如今却显得有几分冷清,一些机器的轰鸣声已不能给血液带来为之振奋的因子。许工长长地叹了一口气,一种莫名的伤感直涌心头,久久不去。

漫无目的地绕厂区转了一大圈,许工在走近自家楼下的绿化带时,一只体态有点臃肿的老鼠正从旁边的下水道里出来,见了他也不慌,旁若无人地爬上一堵围墙,在翻过去的时候,好像还回过头来恶狠狠地剜了许工一眼。这一眼直剜得许工心里发怵。"这畜生在向我示威呢。"许工在心里骂了一句。

爬上五楼,许工见自家的门开着,就知道又是老伴买菜回来了。

"怎么连门也不关。"

"刚才两手不空。"老伴答应着从厨房里出来,一双手湿湿地在围裙上搓弄着。

老伴见许工的额头上汗珠直冒,就赶忙搀扶着他坐到床头上:"老许呀,以后少到外面去走,你又不是不知道自己的身体。"

"知道了,就在下面,又没走远。"许工有点不耐烦。

"你啊,不好怎么说你才好。"老伴一副恨铁不成钢的样子。

"你是不是每天早上买菜回来都没关门?"

"怎么啦?就是进门那一下子没关嘛,你以为老鼠是神仙啊。"

"我估计老鼠就是趁这个空当进来的。"

"应该不会吧。"

"难道这老鼠是从地板里长出来的不成?!"许工寻思着,难道老鼠有特异功能?隔着几层高的楼,也能准确无误地判断出谁家的门是开着的?就连中间的时间差也拿捏得恰到好处？

"一定是从客厅门进来的！"许工肯定地说。

许工是个彻底的唯物主义者，吃的是技术饭，而技术层面上的事情从来就来不得半点虚的，这使得他的好奇心一下子调动起来。

四

这一天，许工哪里也没有去，他把客厅的门打开，自己则搬一条小凳子坐在卧房的门边，然后伸长脖子紧盯着客厅的门，他要亲眼看到老鼠是如何大摇大摆地迈进来的。

时间在一分一秒地过去。

许工聚精会神，目不转睛，生怕自己一眨眼皮老鼠就趁机溜了进来。

一只小飞虫突然在许工的眼袋上停下来，它并不急于飞走，而是不紧不慢地用它细小的腿在眼袋上爬行。这让许工觉得痒痒的，有点难受，但他还是强忍住了，没有用手去揉眼袋，直到小飞虫飞走。

大约十多分钟过去，一点动静也没有。但许工不死心，仍然傻傻地盯着门口。

这时，一只蟑螂出现在许工的视线之内，这只蟑螂摆动着一对长长的触角从墙角爬出来，沿着墙根的那条直线一下子爬到铁门边。要是在平时，许工早就对着它一抬腿猛地踩下去了，但这次没有，许工眼睁睁地看着它顶着两根长长的触须忽而从门底下爬过去忽而又爬过来，最后消失在墙角处。

又过了十几分钟。

许工用手托住有点下沉的头，稍稍转动一下脖子。

他有点坐不住了，屁股搁在凳子上难受。

他直了直腰，看一眼墙上的挂钟，差不多一个小时了，连一根老鼠毛都没有看到。

晚上，许工做了一个稀奇古怪的梦。梦中出现的场景还是几十年前他在乡下所住的阁楼，阁楼上的谷仓突然进了许多老鼠，它们在里面肆无忌惮地奔跑、厮打、拉屎拉尿，谷仓里全是吃剩的空壳。许工气急败坏地架上梯子，爬了许久，梯子好像格外长，好不容易终于爬上去了，但老鼠们并不怕他，有几只站到楼梯口无所畏惧地对他说："你再往前走一步，我们就跳下去！"有几只爬到更高的横梁上，将长长的尾巴绕在自己的脖子上对他说："大不了我们上吊自杀。"还有几只简直是在挑衅他，一边对他挤眉弄眼一边大喊大叫："你过来啊，你过来啊。"见许工站在楼梯上目瞪口呆，众老鼠得意得哈哈大笑。

五

"谁的家里不养几只老鼠啊。"在一次闲谈时老刘对许工说。

"谁的家里不养几只老鼠啊。"许工在心里不止一次地重复着老刘的话。

老刘住在许工的楼上，连他家都有那还有什么奇怪的呢？这样一想，许工就觉得心里好受多了。

渐渐地，许工听到床底下的动静就不那么在乎了，偶尔在白天看到老鼠躲躲藏藏的身影也不怎么当回事。更令他惊奇的是，经过这些日子以来，老伴似乎也不怎么害怕老鼠了。

天渐渐地变冷，风在拍打着窗户。

许工转过身来，拍拍老伴瘦削的肩膀，然后走到窗台边，将窗户的风扣扣好。

透过玻璃，许工看见外面的树在卖力地晃来晃去，不远处厂房的粗线条在灰暗的天空下变得竟然有几分模糊。

许工觉得自己是真的老了，也越活越糊涂了。

而现在，许工只想好好地躺下来，最好是什么也不去想，最好是一躺下什么都想不起来。

就在许工来到卧室把被子掀开的时候，他赫然看到了一窝老鼠！它们躺在垫得厚厚实实的床单上，眯缝着眼睛，像是睡着了。其中一只可能是因被子被掀开而感觉到有点冷，温软的身子向其他的老鼠靠了靠……

六

要不是在床底下找拖鞋无意中找到了那个治头痛的药瓶，或许许工还不会发现——自己的头竟然有好久没有痛过了！当他把这个发现告诉老伴时，老伴也觉得有点不可思议。

"难道已经好了？"许工半信半疑地问，像是问老伴又像是问自己。

"即使是真的好了，你也得老老实实地待在家里，万一复发了呢？"

老伴的话不是没有道理，许工刚刚涌上来的一点点想法一下子又跌落下去。

日子很快又恢复到开头的样子。

有一天,许工突然对老伴说:"干脆我们家里也养一只宠物吧。"
"养宠物?"老伴惊叫一声,"那不是搞得屋里要多脏就有多脏?"
"不会的,反正我闲着也是闲着,卫生上的事我全包。"
老伴仔细一想也有道理,最关键的可能还不是卫生,整天看到许工一副无所事事的样子,她也在心里急,若是长期照这样下去,即使头痛好了,说不定又憋出个其他什么毛病来那就麻烦了,倒还真不如在家里养个宠物。
"那养什么好呢?"老伴的口气缓和下来。
"老婆子,还是你拿主意吧。"
"依我看,养一只荷兰猪吧。上次我在别人家里看到一只,非常小巧,模样还挺可爱的。"
"荷兰猪?那还不跟老鼠差不多,依我看还是养一只猫吧。"许工小心翼翼地说。
"我就知道你心里早有了小九九,自己想都想好了还来问我。"老伴有点不悦。
"你想想啊,要是养一只猫,还能捉老鼠。"
老伴听许工这么一说,觉得有道理,就同意说:"那就养一只猫吧。"
"听你的,那就养一只猫吧,"许工应和着。
第二天,许工从宠物市场抱回来一只猫。
第二天晚上,许工在客厅里无意中发现鱼缸里的金鱼不翼而飞。

全是幻觉

一

小芊怀疑自己得了一种奇怪的病。每次偷偷地去市内的医院检查，医生都说一切正常，但小芊的眼前还是每隔一段时间就会出现一次幻觉，这幻觉是如此逼真，又是如此恍惚，以致小芊经常分不清自己到底是生活在现实里，还是生活在另外一个虚拟的世界里。

她还这么年轻，属于她的美好生活才刚刚开始，最令小芊感到不安的是，最近男朋友看她的眼神似乎有点异样，这让她既担忧又害怕，她根本不敢跟男友说自己有病，更何况是这种捉摸不透又说不清楚的病。小芊是一个不太会掩饰的女孩，也是一个容易受到诚实的秉性所折磨的女孩，好几次她都想鼓起勇气告诉男友，但每次都以难以启齿而告终。

小芊是一名中学语文教师，在25岁之前，她还没有正式地谈过一次恋爱，唯一一次被人追的经历是她在师范学院读书的时候。那一年她19岁，其实早在她15岁那年她的身体已发育得很好了。19岁，单从身体这一角度来看，除了成熟，还有一种少见的韵致。在这所师范学院，小芊虽然不是最漂亮的，却是最冷的，冷到没有谁能够真正走近她的内心世界。她的表情常跟她穿的衣服一样，总是把自己包裹得紧紧的，正是因为这样，这种少见的韵致才得以彰显出来。

追她的男孩叫黄毛，是她的同班同学，每天晚上魂不守舍地站在女生宿舍的门口等她出来。那时候的小芊在同学们的眼里总是一副不可企及的样子，有人甚至背地里说小芊的冷是透在骨子里的，是自我防范意识过剩的具体表现。

小芊对黄毛的态度同样也是如此，小芊的冷里甚至还透着一种不屑。黄毛追得她那么紧，她却从不拿正眼看他，这让其他的倾慕者无不知难而退，当然这种知难而退还有一个更为重要的原因，那就是谁也没有胆量与黄毛抗衡。

黄毛是师范学院出了名的富家子弟，长得也还凑合，在没有追小芊之前经常和社会上的小混混吆五喝六，这让同学们纷纷敬而远之，也让小芊有点鄙视他。但黄毛脸皮很厚，经常买这买那托人送到女生宿舍，结果女生宿舍楼下的那个垃圾池里经常有小芊扔下来的新鲜的桃子、苹果、精致的发夹、会旋转的音乐盒、带刺的玫瑰花和高档的法国香水……

毕业后，黄毛去了某沿海城市，小芊留在本市的一所中学。刚开始，小芊还经常收到黄毛寄来的情书，但她一封也没有回。这种追逐一直到一年后才停止下来，黄毛再也没有写过什么信给她，至此，这场旷日持久的爱情攻坚战以一个单相思的全线崩溃而告终。但小芊从来不认为自己是一个胜利者，这种胜利对于她来说根本就不存在，或者说即使是存在也没有任何意义。

在中学板着脸孔教了两年书之后，小芊的性情开始有了变化，最明显的变化是脸上有了笑容，跟同事的交往也渐渐地多起来。同事中有不乏好事的人，曾多次给她介绍对象，这其中不乏有家境好的和长得帅的，每次都是见一次面就没了下文。

这一拖就到了 25 岁。此时的小芊就像是一个熟透了的水蜜桃，挂在树上有点久了，再不摘眼看就要烂掉。后来同事改变了策略，给她介绍一个既无家庭背景长相也很一般的男士，没想到后来两人竟然手牵着手走到了一起，这几乎让她所有的同事都觉得不可理喻，特别是那些未婚的其貌不扬的男老师，原来一直以为小芊眼界很高，待醒悟过来已经迟了，一个个更是后悔不迭。这位男士就是小芊现在的男友李军。

小芊对李军的第一感觉同样也是不好，李军则正好相反，他见到小芊的第一眼就喜欢上了，这与他在此之前喜欢其他女孩子有点不同。说得好听一点，李军是一个锲而不舍的人，说得难听一点，他是一个死缠烂打的人。当然，他的这种锲而不舍也好死缠烂打也罢与黄毛的方式同样也是不一样的。黄毛是个无赖，而李军是一个聪明的无赖。

有将近大半年的时间，李军不厌其烦而又恰到好处地存在于小芊的意识之中，他的关心，他的诚恳，他的幽默，他的君子之风，再加上他对女性微妙心理和生活细节的捕捉能力，使得自己并不怎么光辉的形象在小芊的心目中渐渐光辉起来。

·单边楼·

二

小芊第一次出现幻觉是在去上班的路上。

当时正是上学的高峰期，来来往往的学生和送学生过来的车辆很多。没有任何预兆，她突然看到靠近学校门口左侧的停车场不知为什么突然在一夜之间陷落成一口落差十几米高的水塘，而她正好就站在这口水塘高高的堤岸上，要不是她及时站住，她怀疑自己肯定会掉下去。

她记得当时头有点沉，心悸得厉害，从手头掉落下来的教案夹哗啦一下向身下的水塘滑去，她蹲下身子，想抓住，但来不及，教案一下子滑到水里去了。这时，一个女学生走过来跟她说，老师，你的东西掉了。她抬起头，女学生手中拿着的正是她刚才掉落的教案夹。与此同时，那口水塘也倏地不见了，停车场仍然是停车场。

那天上完课回到家里，小芊并没有感觉到身体有什么异样，早上发生的一幕被她用好几种可能给忽略了，要么是经期临近的正常生理反应，要么是晚上没有休息，要么是自己走神了，她甚至相信这样的情况以后再也不会出现。

小芊每个星期只有六节课，基本上都安排在上午，剩下的时间都由自己支配。男友李军干的是办公室的工作，也比较清闲，属于随便找个什么借口就可以走人的那种。男友每次都是下午过来。下午，小芊的三居室成了他们爱的天堂。

这次仍然是如此，李军不但早早地来了，还变戏法一般从身后拿出一枝娇艳欲滴的玫瑰花来。小芊拿着这枝玫瑰时，玫瑰花重重叠叠的花瓣像水里的波纹，一下子在眼前不断地扩散开去。

李军趁小芊正看着玫瑰花发愣的时候，轻轻从背后将小芊抱起来放到床上。

小芊感觉自己渐渐褪去衣物的身体像铺满暗红色的霞光，一种巨大的兴奋捉住了她，就像此刻李军捉住了她一样，她甚至觉得在这一刻，自己身上的每一个细胞都充满了不可言喻的汁液，只要李军的手爱抚到哪里，哪里就会欢快地流淌起来、跳跃起来……

自从和李军有过几次鱼水之欢后，小芊像是脱胎换骨一样，曾经耽于想象的与男欢女爱有关的种种噩梦已完全被销魂蚀骨的性爱所取代。

但这次与前面几次似乎不同，高潮褪去后，她身体的汁液也随之流逝，在她的意识里同时出现了枯竭的沙堆和丰茂的水草。一条似乎与她无关的河流正流经这里，她身体里的汁液仿佛是这条河的支流。

"你会游泳吗？"小芊突然没头没脑地问。

"不会，怎么突然想起问这个？"李军有点不解。

"没什么，只是随便问问。"小芊的声音像突然失去重心从高处跌落下去一样。

她微睑双目，用一只手摸索着躺在身边一动不动的李军。

"你全身都湿透了。"小芊喃喃着。

"没有啊。"李军笑了一下，然后一个翻身把小芊压在肘下，一边俯视着她一边屈指在小芊挺直的鼻梁上轻轻地刮了一下："你才湿透了呢。"

奇怪的是，小芊并没有回应他，她的手停止了摸索，她的双眼仍然微睑着，有几粒灰褐色斑点的鼻翼开始轻轻地翕动。

李军见小芊没有反应，刚刚被撩拨起来的兴致一下子又淡了下去。

周围的空气开始安静下来。在李军看来，小芊一定是有点累了，像是快要睡着了一样。他支起双肘充满爱怜地看了小芊一会，然后仰面躺下来，盯着头顶淡蓝如天空的天花板出神。

小芊并没有睡，她的呼吸在安静的空气里开始变得紧促，饱满白皙的额角有细细密密的汗珠冒出来。此刻，她发觉自己正匍匐在长满水草的河岸边，她的双手刚刚只能够着奔涌的水面，而另外一只手却在水面上不断地沉浮着。小芊知道那是李军的手，不会游泳的李军正在水里奋力地挣扎。尽管她也尽力伸长自己的手臂想把李军从水里拉上来，但她是那样的虚弱乏力，她的身体就像是河岸上被伐倒的一根空心芦苇。她明明知道，不但无法将李军拉上来，而且极有可能被李军身体的重量拖进水里去。但她还是不顾一切地想抓住李军伸出水面的手……

正当小芊紧咬嘴唇的时候，躺在一旁的李军还在瞪着天花板，他估摸着时候不早了，自己应该离开这里了。

河水一下子变得湍急起来，伸出水面的那只手奋力地挣扎了几下，可小芊已无法抓到，她眼睁睁地看着这只手被河水裹挟着，只一眨眼的工夫就不见了。

李军正准备穿衣下床，小芊突然睁开眼睛转过身来，一把将李军死死地抱住。

"水，水……"小芊喊着。

· 单边楼

　　李军被小芊的举动吓了一大跳，他本能地想把小芊的手扳开，但他一扳，小芊反而抱得更紧。

　　李军好不容易腾出双手，他捧起小芊变得苍白的脸，小芊双目圆瞪，却呆滞无光。

　　"小芊，小芊。"李军喊她，边喊边摇她的肩头，"你是不是做噩梦了？"

　　小芊像是突然醒过来似的冲他摇了摇头，两行热泪从她的眼角悄无声息地滑下来。

　　"吓我一跳，"李军笑了一下，"你等着，我这就去给你倒杯水来。"

　　可小芊不松手，她的眼睛眨巴了一下，那长长的湿漉漉的睫毛在一张一翕中激起了李军的万般怜爱。他一边深情地注视着她，一边用手抹去她眼角的泪痕。

　　"怎么啦？刚才你不是一个劲地喊'水'吗？是不是感到口渴？"

　　"不要，我不要水。"小芊不断地摇头。

　　"是不是刚才梦见水了？"

　　"不知道，我以为你走了呢。"

　　"小傻瓜，我不是在这里吗？"

　　李军轻轻地拍拍小芊的肩，然后用手指去触摸小芊的额头，不像是发烧。

　　"是不是不舒服？要不要带你去医院看看？"李军体贴地问。

　　"没什么，时间不早了，你也该走了，我只想一个人好好休息一下。"小芊说。

　　李军是一个很敏感的人，以前每次来小芊这里，只要他不说走，小芊是从不叫他走的，这次的情形却是如此不同。小芊超乎异常的反应，让李军有点摸不着头脑，直到在回办公室的路上他仍然在想其中的原因，但他怎么也想不明白。

三

　　又是下午，小芊在住处等了一会，没等到李军，就打电话过去，李军说办公室开会，无法脱身。小芊感觉到有点失落，便一个人闲逛到了街上，在经过一家超市门口时，她赫然看见李军和一个女子勾肩搭背地走在她的前面，小芊使劲地揉了揉眼睛，难道又是幻觉？是真是幻，连小芊自己都无法判断，但她还是悄悄地跟在后面，一直跟到两人亲密无间地走进旁边的一家宾馆。

　　"这肯定不是真的。"小芊一遍又一遍地安慰自己说。

尽管小芊知道李军在她之前谈过几个女朋友，但那是之前的事了，她相信李军是爱她的，而且一定只爱她一个人，那个人怎么会是他呢，他现在肯定在办公室里开会。

这样一想，小芊就又打了一个电话给李军，李军的声音压得很低，说现在正在开会。

这下小芊彻底相信了，她刚才看到的一切果然是幻觉。这下连她自己也觉得有点好笑，心想是不是自己太紧张了。但随即小芊的情绪又低落下来，她发现自己的病正在加重，幻觉的出现开始变得频繁。

第二天下午，李军早早地就过来了，他发现小芊的表情有点异样。

"是不是不舒服？"

小芊看着他，然后点了点头。

"我送你到医院去看看。"

"不用，只是有点头晕，过一会就好了。"

其实小芊一直在想，我是不是应该现在就告诉他实情呢。

"昨天下午我在街上看到一个人，跟你长得很像。"

"是吗？"李军有点猝不及防，但他脸上的表情就像是在水里晃荡了一下，很快恢复了原状，"一定是你看花眼了。"

"可能吧，但那个人确实很像你。"

"他一个人吗？"

"是两个人，另外一个是女的，两个人好像很亲热。"

"哦，你昨天打电话给我的时候，我正在开会。"

"我知道你在开会，我只是觉得很奇怪，天底下竟然有如此相像的人。"

"大千世界，无奇不有，这有什么好奇怪的。"

"可是，连你们穿的衣服都是一模一样的……"

小芊差一点把自己的病说出来，但说着说着就越说越远了。

这次，两个人的情绪都显得有点阴郁，整整一个下午，就在这种断断续续的交谈中过去了。

到了晚上，李军想约小芊出去走走，但小芊推脱说身体有点不舒服。李军万万没有想到自己和前任女友在约会时会被小芊撞见，他知道小芊并没有看错，小芊之所以这样说是不想把事情摊到桌面上来，免得两个人都难堪。由此可见，小芊说身体不舒服只是一个借口。

四

　　在接下来的一段不长不短的日子里，小芊好像有意躲着李军，每次打电话过去，小芊不是说下午学校开会，就是说晚上跟某个同事约好了，让李军郁闷得不行。

　　其实这段时间小芊除了上课外，剩下的时间一直辗转在市内的各大医院门口。她检查完脑科，又去检查妇科，在照了好几张CT之后，医生好像是事先商量好了一样，都说小芊身体正常，平时稍微注意一下休息就行了。小芊不死心，又去看心理医生，她想，如果身体没问题，那一定是心理方面出了什么问题。

　　她找到的这个心理医生姓刘，是在的士上听交通频道的心理健康节目时了解到的，当时这个姓刘的医生是节目的特邀嘉宾。

　　那天正好是刘医生坐诊。这个胖胖的眯缝着眼睛的刘医生从小芊走进门口的那一刻起就一直盯着她，让小芊浑身有点不自在。

　　刘医生在详细问了小芊的成长、家庭、工作、恋爱等情况之后，沉吟了半响，然后死死地盯住她问道："你是不是隐瞒了什么，当然，也有可能是你忘记了？不过，你不用担心，我不会说出去的。"

　　小芊的脑海里一下子出现了自己被一男子强奸的情形。男子是陌生的，地点是陌生的，甚至连时间都是陌生的。被强奸的情形曾经翻来覆去地出现，令她经常在睡梦中惊醒，有时在光天化日下会突然大叫一声。

　　刘医生认为小芊所说的"强奸"其实也是一种幻觉，问小芊，小芊自己也说不清楚，但小芊所说的"强奸"对于她而言又是那样真实，真实得让人不容置疑。刘医生要小芊到里面的一间房子里做一个小测试。小芊进去之后，发现里面除了一个类似于手术台的长条桌之外什么也没有。刘医生要小芊在长条桌上仰面躺下来，小芊站在那里一下子愣住了，她不知道刘医生所说的这个小测试到底是什么，但她突然有一种不祥的预感。就在她发愣的时候，刘医生从背后一把抱住了她，他的一只肉墩墩的手顺势摸向小芊挺拔的胸部。小芊身子一紧，随即"啊"地尖叫了一声。

　　"你想干什么？"小芊一边喊一边使劲动弹着身子。

　　"我这不是在给你检查吗？"刘医生喘着粗气说。

　　"你有病啊。"小芊急中生智用高跟鞋的脚后跟在刘医生的脚背上踩了一下，刘医生负痛，松开小芊，抱住自己的一只脚在房间里龇牙咧嘴地跳着。

趁此机会，小芊慌忙夺路而逃，在她走出门口时，听到刘医生在里面痛得大骂："没病，你他妈的没病跑到这里来干吗，竟然还说老子有病……"

五

小芊去找心理医生的那天，李军一直跟在后面。

李军自始至终没有弄明白小芊为什么会去看心理医生。他只知道小芊和心理医生说了很久，然后就进到里面的房间里去了，只一会儿，小芊就疯狂地跑了出来，差点撞到他的身上，但小芊连头都没抬一下，一路跌跌撞撞跑了。紧接着心理医生出来了，唬着一张铁青难看的脸，嘴上还不停地骂骂咧咧。

刘医生抬头见李军一脸茫然地站在门口，就没好气地问："看病吗？"

"不看。"李军走过来在桌子边坐下来。

"不看病你来这里干吗？"刘医生的脸更难看了。

"刚才走出去的那个女的是我的女朋友。"李军说。

"刚才……那个女的……是你女朋友？"刘医生一下子紧张起来，声音也跟着低下来了，"你到底想干什么？"

"我只是想问一下她刚才跟你说了些什么？"李军看到刘医生的表情觉得有点好笑。

刘医生见李军并不是来找他麻烦的，心气就慢慢平复下来。他装模作样地想了一会儿，然后说："你女朋友曾经被人强奸过，现在她的心情很不稳定，她这次来是专门向我咨询的。"

顿了顿，刘医生又接着说："我怀疑她由于恐惧而得了一种病，这种病随时都有可能发作，刚才你不是也看见了吗？"

刘医生说完，脸上浮起一种类似于报复的快感。

"有什么办法可以医治吗？"李军问。

"像这种病非常难治，你既然是她的男朋友就要有足够的心理准备，一是要尽量减少性行为，二是不能让她激动，尤其是在病情发作的时候……"

走出医院，李军感觉到自己的头皮快要炸裂了。他压根没想到事情会是这样，依照原来的猜测，他以为小芊是来咨询情感方面的问题，谁知事情突然来了一个急转弯，让他陷入惯性中的思维猝不及防。这么严重的病小芊竟然从来没在他面前提起过，要不是跟踪她，他还不知道自己到底会被小芊隐瞒多久。

·单边楼

    大街上的汽车来来回回地叫嚣着,直叫得李军心烦意乱。他像一个突然被这个世界所抛弃的人,他甚至恨不得一头撞到车流中去。

    "小芊,小芊。"他无力地唤了两声,一张脸一下子绷得紧紧的,牙齿咬得嘎嘣响,仿佛要将什么嚼碎一样。

    从医院里跑出来之后,小芊反倒冷静下来,对医院彻底的失望使她最终决定与李军分手,因为她不敢去想象婚后的日子,更别说是去面对了。与此同时,李军也在做一个决定,他虽然很爱小芊,但一想到小芊曾经被人强奸过,又得了这样一种怪病,他就有点泄气。不错,他不应该背着小芊去见前女友,但小芊更不应该向他隐瞒自己的病情。这两天来一直被心虚所困扰的李军一下子变得理直气壮起来。

    小芊在电话里说,我们好好谈谈吧。

    李军说,我们是该好好谈谈了。

    李军到小芊的住处时,小芊正在与一个男人通话。

    打电话过来的人竟然是黄毛,小芊不知道黄毛是从哪里找到她的电话的,问他,他哈哈一笑,说找个电话对他来说是小菜一碟。

    从电话里听得出来,黄毛的变化似乎很大,这次他是以一个老同学的身份邀请小芊去玩的。心不在焉的小芊敷衍了几句,没有答应他,并急忙挂掉了。

    李军问,刚才跟谁通话?怎么见我进来就挂了。

    小芊抑制住自己的心跳,平静地说:"一个你不认识的老同学。"

    李军苦笑了一下,问道:"小芊,你到底还有多少事情瞒着我?"

    "我……"小芊一时不知从何说起。李军这一问一下子把小芊给问懵了。她不明白李军这话是什么意思,不就是一个很普通的电话吗?难道李军还知道别的什么事情?

    就在小芊胡思乱想的时候,李军的苦笑变成了挖苦:"无话可说了吧,看来,我们之间也没有什么好谈的,干脆分手吧。"

    在走到门口的时候,李军又回过头来,"上次你看到的那个女的是我以前的女朋友。"

    "上次?女朋友?你是说上次我看见的一切都是真的?"

    "真的。"

    "那你为什么要骗我?"

    "你不是也一直在隐瞒我吗?!"李军在说出这句话时,感觉心里有一条江在沸腾。

"我……"小芊张大嘴巴，半天说不出一句话来。

分手，本来是小芊打算提出来的，她做梦也没想到会是李军先提出来，而且是这样突然。小芊本来还打算把自己的一切都告诉李军的，看来什么都没有必要了。

空气在这一刻突然变得沉重得让人透不过气来。小芊和李军彼此用陌生的眼光对峙了许久，但爱情对小芊而言似乎更像是一个幻觉，在出现一段时间之后终于到该结束的时候了。

直到李军走了很久，小芊才回过神来。或许是这一切来得太真实的缘故，在小芊看来反而显得不真实了。小芊原以为自己会痛哭一场的，但她怎么也哭不出来，相反，她显得异常平静。

六

小芊最终还是答应了黄毛的邀请，在做出这个决定时连她自己也觉得不可思议。

黄毛更觉得不可思议，他没想到小芊会真的答应他的邀请。为了核实这不是一个梦，他还拧了自己一下。

小芊特意跑到学校跟校长请了两天假，在她抵达黄毛所在的 B 城时，正是黄昏将至的时候。如果不是听到有人喊她小芊，小芊根本不相信眼前站着的这个人就是以前的黄毛。黄毛胖了许多，鼻梁上架着一副眼镜，原来的一头黄发成了黑色的板寸，他一笑，脸上的肉就有点发颤。接到小芊后，黄毛要小芊在国贸大厦的门口等他，他去把自己的车开过来。

黄毛走后，小芊不由自主地沿着 B 城国贸大厦门口的大街向前走去。阳光像泛黄的纸页铺到她的脚下，并一点一点地像雪一样消融。眼前的建筑、车流、行人，让小芊感到一种从未有过的陌生感和孤独感。这两种感觉不约而同地在某个瞬间抓住了她，使她的脚步变得时疾时缓。她想，她快要忘记自己的存在了，她或许从来就没存在过，即使存在，也不是真实的，或许她根本就不属于眼前的这个世界，而是属于另外一个，那另外的一个世界又是什么呢？她到底从哪里来？她将往何处去？

她甚至忘记了这次为什么会到这里来，她甚至不记得是被一个叫黄毛的人邀请来的，她甚至忘记随身还带着钱包、衣物和化妆品，她甚至不知道用手机去拨一个自己所熟悉的号码。她曾经所经历过的一切都是一种幻觉吗？

·单边楼

就像现在她所面对的这座陌生的城市一样，这时，她突然发现前面停着一辆白色的伏特加，这才想起刚才黄毛好像跟她说过他的车也是这个牌子。

她像是遇到了救星，慌忙跑过去，仿佛要摆脱一个跟踪她的人。她使劲地敲车窗上的玻璃。玻璃被摇了下来，她看到的是一个陌生人的脸，她一下子又愣住了。

"有事吗？"陌生人问。

"我一定是看错了，对不起，对不起。"小芊慌乱地摇着双手，不停地往后退。

"你没病吧。"陌生人眉头一扬，一边嘀咕着一边将车子启动。

小芊还在往后退，结果她的高跟鞋差点踩在一个行人的脚上。

"走路看着点。"行人古怪地看了她一眼。

"对不起，对不起。"小芊显得更加手足无措。正在这时，她的手机响了。

她一边在包里翻手机，一边想肯定是黄毛打过来的。一看，竟然是李军。

"小芊你在哪里？"李军的语气像是很急。

"我去了你住的地方，你不在，又去了你的学校，才知道你请假了，你现在到底在哪里？"

"小芊，你怎么不说话？你倒是说话啊。"

小芊抓着手机的手一直在抖，她感觉自己从来没有像现在这样脆弱过。

"李军，真的是你吗？"

"傻瓜，不是我是谁啊？"

"我们不是分手了吗？"小芊的声音不停地发抖。

"谁说我们分手了？小芊，不管你现在在哪里，你都给我回来，马上，就现在！"

"你有事吗？"

"不是我有事，是我们两个人的事，这两天不见你，我看什么都是你的影子，小芊，我离不开你，你知不知道。"

眼泪刷地一下从小芊的眼眶里淌下来："你说的都是真的吗？"

"真的，我什么时候骗过你？"

"你确定？"

"这还用确定吗？当然是真的。"

小芊终于忍不住，一下子蹲坐在路边，放声大哭。

黄毛开车围着国贸大厦门口的那条大街转了几圈都没有看到小芊，打她的电话打不进去。心想一定是小芊还没准备好接纳他，然后她一个人一声不吭地离开了 B 城，这样一想，他也只好悻悻然开车走了。

七

小芊不知道自己是如何离开 B 城的，又是如何坐火车从 B 城回来的。她心里像有一堆乱麻，怎么理也理不清。她甚至不断地问自己，为什么要去见黄毛，为什么接到李军的电话自己会哭，为什么又要急急忙忙地赶回来。很多的为什么让她觉得极不真实。

直到李军在火车站接到她时，她还在使劲地梳理自己。李军问她话，她一言不发，李军以为小芊还在生他的气，要不就是因旅途劳累而不想搭理他，就不再问。

一路上，小芊的手机响个不停，她一边按掉一边兴冲冲地往前面走，就当李军不存在一样。李军在接过她手中的行李箱时，小芊的表情是僵硬的，就好像她的身体走在路上，而她的脑子还在车厢里，根本没跟得上。

到家后，小芊把手中的钥匙往床上一丢，重重地叹了一口气："好累呀。"正准备往床上躺。

李军放下行李箱，终于忍不住说："小芊，我们好好谈谈吧。"

小芊的身体剧烈地抖动了一下，她觉得李军说的这句话怎么这么耳熟。

"我们好好谈谈吧。我们好好谈谈吧。我们好好谈谈吧。"小芊在心里不断重复着李军刚才说的话，她想起自己在不久前也说过同样的话，突然脑子里像炸开了什么。

"你是谁？你要跟我谈什么？！"她厉声问李军。

"我……"李军做梦也没有想到小芊有如此剧烈的反应，一时语塞。

见李军支支吾吾，小芊冲上去，一把抓住李军的胸口："你不是说你爱我吗？你说，你爱我什么，你到底爱我什么？！"

"你，你……是不是……疯了……"

"我像疯了吗？你才疯了，滚，你给我滚！"

"小芊，这次出门是不是受了什么刺激，你醒醒，你醒醒好不好。"

"滚！"小芊一把将李军推向门外。

门"砰"的一声关得严严实实。小芊背靠着门，身子慢慢地矮下去，痛哭失声。

· 单边楼

八

小芊一觉睡醒已是第二天中午，阳光从忘记拉上帘子的玻璃窗透进来，金灿灿的，晃眼。小芊抱着教案夹到楼下一家餐馆胡乱吃了些东西，然后向学校走去。

刚进校门就碰到不少学生用疑问的眼光看她，这让小芊感到一种莫名的紧张。她一边走一边扭着头前前后后打量了自己好几回。奇怪，她身上又没什么脏东西，学生为什么用这样的眼光看她。小芊正纳闷的时候看到自己的一个同事。没等她开口，同事就先"啊"了一声，好像感到很惊讶。

"小芊，这两天你哪去了？怎么连假都不请，害得学校到处找你。"

这回轮到小芊惊讶了，她很是不解："我明明是跟校长请了假的啊。"

"不可能吧，校长特意来问过我，还说你这是擅自离岗，等你回来再做处理。"

"我……"小芊懵了，一下子不知要说什么。

"小芊你也真是，学校给你打了那么多电话，你一个都不接，难怪校长很恼火……"

小芊打开手机，迅疾地查找。同事后面说了些什么，她一句也没听进去。很快，她翻到了校长的手机号、学校办公室的电话号码，还有不少同事的手机号及要她赶回学校上课的短信。在她的意识里，昨天只有黄毛接二连三地打过她的电话，她是故意没接的，怎么这些号码全部变成了学校的号码。

小芊不知道到底在自己身上发生了什么，所有的记忆在这一刻像是集体背叛了她。

她没有立刻去找校长，而是双手抱着头蹲了下来。她的头像是被钻子在钻。

"全是幻觉，全是幻觉……"她的嘴巴不断地重复着。

手机又响了，是李军打来的。小芊的手像是被烫了一下，手机和教案夹滑落在地，她想去捡，却怎么也够不着，手机在水泥地上不停地振动。

"全是幻觉，全是幻觉……"

像那天在学校门口看到的一样，小芊眼前的一切在手机的振动里成为不断扩散的波纹，散落在地的教案也跟着漂起来，在那波纹里起起伏伏，越漂越远，直到她眼前一黑晕倒在地，什么也不再看见……

后记·

开始写小说是 2004 年以后的事，那时我还在《文学界》当编辑，每天要阅读大量小说来稿，加上平时也读过不少国内外的经典小说，另外我身边的朋友也有不少人在写，难免会手痒，就尝试着写了。浸淫多年的诗歌之后来写小说，以为是一件很容易的事，写了才知道其中的难。一篇好的小说总是在全方位地考验一个作家的能力，这种能力不单单是指写作本身。

我写的第一个短篇是《光明洗衣店》，这个小说的创作动机与我的亲身经历有关，在此基础上我突出了人物身上的荒诞性。随后断断续续写了《胡大的遗憾》《跳水运动》《火车的声音》《蚂蚁》等，这四个短篇是我有意识地将笔切入人的意识层面而进行的写作练习，其中《跳水运动》是对常识性认知的解构，《胡大的遗憾》是对耿耿于怀的怯懦心理在形式上给予的弥补，《火车的声音》强调的是坚定意志所带来的延续性和现实后果，《蚂蚁》表现的是一个生活在社会底层的人从认知的混乱到意识渐渐清醒从而在抉择性行动上发生质的改变这样一个过程。

我似乎从一开始在小说创作上就没有什么长远的计划，对待其他体裁的写作也是如此，随遇而安吧，想到写什么就写什么。其他的几个短篇也是在这样一种状态下完成的，这大多跟当时的阅读有关，有时读小说多些，想写小说的冲动也会多些。在读了马尔克斯的《巨翅老人》和卡夫卡的《变形记》之后，就也想尝试着写一篇具有魔幻色彩的小说，然后才有了短篇小说《镜像》，就像我在写《光明洗衣店》时多多少少会从加缪的荒诞小说受到启发。《金翅鸟》这个短篇对于我来说倒更像是一个意外的收获，在我动笔写它的时候，完全是受到一种语感的驱使，这使我的叙述充满一种难以言喻的快感。与写其他小说不同，这个小说完全不是事先构思好的，而是在写作的过程中自然生长的，这对于我而言是一种极为难得的写作体验。

·单边楼

王安忆在给"短经典"丛书写的题为"短篇小说的物理"的总序里说:"好的短篇小说就是精灵,它们极具弹性,就像物理范畴中的软物质。"我很认同她的这一说法,软物质的"软"意味着受很小的外界作用产生大的变化的特性。这同样说明短篇小说让一个作家获取自足空间的可能性更大。这或许也是像契诃夫、巴别尔等短篇小说大师痴迷于此的重要原因。

另外,像《粉笔》《压岁钱》《我的村长叔叔》《伯父之死》《一窝老鼠》《全是幻觉》等短篇都经过多次修改。《压岁钱》和《伯父之死》曾经是作为散文来写的,写完后觉得更像小说,就往小说上改,结果改成了现在这个样子。这几个小说除了《我的村长叔叔》具有较强的纪实性外,如《粉笔》《一窝老鼠》《全是幻觉》在写之前都有明显要表达的想法,属于主题先行这一类。

《单边楼》是我写的第一个中篇小说,小说主人公李全的形象在生活中是有原形的,包括小说中所涉及的场景也都是现成的。当然,其中的故事基本上是凭借这一原形通过想象虚构出来的。上世纪八十年代末,我随父亲到他所在的工厂念高中、考技校,到九十年代初参加工作,这对于一个从小在农村长大的青年来说完全是一个不同的世界,当时我和父亲就住在小说中所说的单边楼里。在那短短的几年当中,我经常看到那个被我称作李全(不知道他的真名)的人,他怪异的举动像是在告诉我他不同寻常的人生经历,遗憾的是我从未从侧面去打听过他的过去。我不知道打听之后会是一个怎样的故事,极有可能比我现在所虚构的故事更曲折、更复杂。这个人物多年来一直在我的心里活着。当我将这个小说写完之后,反而又没有了遗憾,或许可以这样说,对于这个人物而言,是我通过虚构给了他另外一种真实,小说不就是这样一种艺术吗?

总体说来,上面提到的我的每一个小说都存有或多或少的缺陷,有的是语言上的,有的是结构上的,有的是观念上的。它们的这种种缺陷实际上所指向的是一个写作者能力上的欠缺,为此,我苦恼过,也迷茫过,甚至怀疑过自己,但最终还是选择了坦然面对,这需要勇气。相对而言,我可能更看重勇气对于一个写作者的重要性,因为它会让我一次次获取审视自身的力量,这里定然隐藏着一个写作者的未来。

梦天岚

2016年6月18日于长沙年嘉湖畔